CHURRASCO

TIAGO DONOSO

KOTTER EDITORIAL

Coordenação editorial: Sálvio Nienkötter
Editor-executivo: Claudecir de Oliveira Rocha
Editor-assistente: João Lucas Dusi
Capa: Jussara Salazar
Design editorial: Carlos Garcia Fernandes
Produção: Cristiane Nienkötter
Preparação de originais e revisão: O Autor

Dados Internacionais de Catalogação na Publicação (CIP)
Angelica Ilacqua CRB-8/7057

Donoso, Tiago
Churrasco / Tiago Donoso. — Curitiba : Kotter Editorial, 2024.
288 p.

ISBN 978-65-5361-380-5

1. Ficção brasileira I. Título

CDD B869.3

24-5160

KOTTER EDITORIAL

Kotter Editorial Ltda.
Rua das Cerejeiras, 194
CEP: 82700-510 - Curitiba - PR
Tel. + 55(41) 3585-5161
www.kotter.com.br | contato@kotter.com.br

Feito o depósito legal
1ª Edição
2024

CHURRASCO

TIAGO DONOSO

Ao menos um ator, ao morrer, saberá que está atuando?

Sumário

EVER UM CRISTAL

A casa está caindo

Carlinhos anda com as pernas arqueadas, de montaria, de velho-oeste, por força do covarde Billy the Kid da artrose. As seguidas quedas de escadas e andaimes também lhe deixaram sequelas, parafusos e torções que, durante o sono ou nas tardes frias, comunicam aos nervos uma lembrança ruim. Feito um endurecido boneco de chumbo, percorre as conexões de sua obra recente, um novo encanamento para evitar os constantes alagados e uma caixa de gordura, grelhas, todo um intrincado sistema hidráulico.

O serviço lhe ocupa a mente e o corpo com tenacidade. Vejo-o com a camiseta marinada em suor, indo e voltando, por enquanto sem pegar na pá, na chibanca ou no enxadão, deixando o monte de areia e pedra parado, seco: é preciso, antes, uma solução. A lata de tinta, cheia de água até a boca, a tampa serrilhada aos modos de alça, descansa ao lado da mistura de areia e pedrisco com ares de oferenda. Carlinhos precisa traçar um plano antes de prosseguir.

Desde ontem, Carlinhos se ocupa obstinadamente dos problemas de sua obra. Ele a quer sem defeitos. As noites são particularmente perversas. Se pudesse, ao menos, tomar um trago, talvez fosse mais condescendente. Mas as noites vêm, sóbrias e violentas, e Carlinhos se atormenta com críticas, sem jamais responsabilizar-se totalmente: são problemas das ferramentas — que não são dele; dessa porcaria de tempo, que não para de mandar chuva; problemas de ter dona Ana como patroa, que só compra mercadoria de segunda e que — pior ainda — entre mil ordens, dá mil ordens erradas. "Ela pega no meu pé", diz, assoando o nariz a seco, com o auxílio de apenas um polegar.

Ergue o rosto e olha o sol enfermo da manhã. "Ai ai", resmunga. Limpa a testa com a camiseta translúcida de suor, que mostra a barriga estufada, dura, o umbigo circular e saltado. Há algo de cômico e confusamente sacro em seu rosto. Está quase sentindo prazer com essas dificuldades, com a aproximação de um fracasso sensacional.

Está, ao mesmo tempo, concentrado e distraído. Ao se barbear, ontem, alguns dos pelos de seu cavanhaque foram esquecidos. Barbeara-se quase no escuro, com trapos de luz vindos da lâmpada do quintal — alta, minúscula, cuja presença era mais simbólica que útil, uma pera anêmica enfrentando a selva em redor do rancho e a noite. Sob a lâmpada, oscilante e esganada ao vento feito um enforcado, Carlinhos passava o barbeador, molhado no tanque, levado à cara, colhendo sua barba natalina de espuma com bacilos de fios. Em redor, a grande noite: no céu os garranchos de um breve relâmpago analfabeto, o vento que precedia garoa, as folhas gordurosas e verde-escuras esticando e puxando seu pescoço de fibras, maleáveis, dançando para não morrer; as bananeiras tortas com seus pesados brincos de potássio, as densas alcachofras de seus corações; as árvores movendo-se pela força hipnótica do vento.

Cantam os grilos, os sapos e rãs arrotam e urram.

Durante toda a noite, os sapos bufaram coros gregorianos, eructaram glórias, hosanas de coaxos como monges bêbados, bebendo do fermento verde do lago artificial e tontos pela cerveja e pelos salmos de seus próprios hormônios. Seus papos se enchiam feito bolhas de queimadura, a pele quente pela picância do veneno, a febre epidérmica dos queimados de lua; peixes grandes nadavam e abriam as mandíbulas, enquanto Carlinhos passava no rosto a lâmina cega, tomado por um temor que não lhe ocorria já há muito tempo — desde, talvez, suas noites no Maranhão; a sobriedade desses últimos dias, no rancho de dona Ana, havia-no deixado em pânico. Tentava não pensar. Mas o ar noturno era pesado, eram pesados os relâmpagos desorganizados, e mesmo as inofensivas plantas de que cuidava pareciam se ressentir no escuro de sua poda, crescer com repugnância. Era durante esses períodos de chuva que as cobras acasalavam e surgiam, dos ovos, urutus minúsculas como vírgulas, mas já com maléficas cruzes na testa. Não que tivesse medo dos animais. Mas, sim, ao olhar a noite e as árvores se mexendo, de repente desviar o olhar, cuspir no chão e buscar na geladeira (Ana não está), na geladeira que tilinta feito pulseiras de vidro, uma caixa de leite: "e eu lá tenho medo de cobra", diz, sozinho, para ninguém, respondendo a uma pergunta que não fizera.

Nessas horas, como também nesta noite, retirou a imagem da carteira — aquela que lhe emprestava sentido e o fazia andar com orgulho sobre a Terra — e a guardou dobrada. Tocá-la, apenas — ao enfiar a mão direita no bolso — criava em redor dessa sua consciência involuntariamente abstêmia uma redoma protetiva. Era uma relíquia, e a força do sagrado afastava os maus pensamentos. Desta vez, entre os uivos dos ventos e os latidos dos cachorros distantes, a tântrica epilepsia das bananeiras, vieram-lhe imagens cujo sabor era de temporária felicidade: a praia e a areia, o oceano, o cheiro mofado e fresco do mar, as camas desarrumadas do hotel onde um dia trabalhara, e que por sorte e um arranjo bem feito lhe serviram por mais de um mês — pulando de quarto em quarto, bebendo noite adentro com o mestre-de-obras, seu conterrâneo, talvez o único mestre-de-obras de quem ainda tenha boas lembranças.

Agora pela manhã, contudo, semibarbeado e preocupado, anda de um lado a outro buscando uma inspiração que lhe está na ponta da língua, como se ter uma ideia fosse somente questão de memória; coça a aspereza do queixo e sente nas costas da mão a paliçada de suas cerdas — e sentiria prazer, não estivesse tão preocupado, o orgulho de tocar essa língua de onça, de raspar com a mão o foco meio porcino de sua virilidade.

Há umidade por todos os lados e nenhuma folha seca senão as que se esconderam no rancho coberto. A barba cresce devagar e dançando. Cresce o cavanhaque, crescem as ervas daninhas do pomar. E Carlinhos olha pra mim. Seus olhos castanhos ondulam, um bigato branco de ranho se prende à ponta de seu nariz.

"Fala?", o interrogo, e ele encara novamente o chão. Solta um suspiro que é quase como uma voz.

Ele precisa de alguém com quem conversar, no intuito tanto de exteriorizar seus problemas quanto de encontrar uma solução. Solução cujos termos estão não no mundo, nos objetos apenas, mas dentro dele, guardados em seu corpo, em sua cabeça, nessas voltas cinzentas e meio intestinais do cérebro, nas mãos, em sua coluna, nas cerdas do queixo. E talvez, quem sabe, também em mim. O mundo úmido e os lábios de Carlinhos secos, a pele de braços e mãos tornando-se dura e cada vez mais com jeito de casca, também pela acidez da cal. E, no rosto, uma ou outra laceração da gilete faz minar um sangue fresco, bastante vermelho, quase cosmético.

"Vem cá", Carlinhos me chama. "Vladimir — você tem uma cavadeira?"

Não tenho. Por um instante, ele parece vencido. "Não — tudo bem", e se senta sobre o quadrilátero ainda recente da caixa de gordura que, desde ontem, estivera empenhado em terminar. Por minha vez, ando de um lado a outro, descontente por não ser capaz de ajudá-lo.

"Não vai dar pra terminar", ele diz, mas está mentindo.

Leva a mão ao nariz, sentindo algo anormal. O bigato de ranho gruda na ponta do dedo. Ele abana a mão, como se estivesse quente. A elástica e pegajosa criatura, algo alienígena, troca de dedos e parasita-os um a um. Por fim, despede-se dela ao raspar a mão na pedra. "Não tem como", insiste, e volta a limpar a testa com a camiseta transparente. O resto de seu corpo negro está esbranquiçado de cal.

Por que esse súbito derrotismo? Não é manhã, ainda? Está se jogando no fundo de um buraco cavado a unha pela imaginação, forçando-se ao desespero artificial, para encontrar também artificialmente aquilo que lhe pica a ponta da língua; em um teatro jurídico, se entrega, na esperança de que seja salvo por sua própria misericórdia. Por meio dessa encenação, em que diz a si mesmo haver fracassado, espera enganar-se e às forças que o impedem de acessar o foro distante de sua memória e de sua inteligência.

Ainda uma vez, é como se o problema concreto já não estivesse mais ali, no mundo, senão em uma mítica luta dele contra forças abstratas e poderosas.

Portanto, é impossível olhar o pomar, as goiabeiras, as bananeiras, a casa, o lago com um júri de rãs caladas, pensar nas trilhas dos canos de uma polegada e, assim, apenas, resolver finalmente seu problema. O problema já não está aqui. Carlinhos tenta se lembrar como se, em outra esfera, sua sombra já houvesse encontrado a solução: não é preciso pensar, exatamente, senão acessar esse outro lado onde todas as coisas já foram resolvidas, um além, sombrio, celestial, onde os problemas convivem pacificamente entre leões e cordeiros, rabinos e orixás. Pensar, aqui, é encontrar a Terra da Reconciliação, onde os canos de uma polegada estão maravilhosamente entupidos de leite e mel. "Não tem como". Após essa encenação, de um tribunal da consciência, declarando-se culpado, espera a absolvição.

Em breve se recordará, e o enigma dos encanamentos será resolvido. O limo da casa derramará lágrimas, a raiz da mangueira dará ao PVC seu tuberoso parabéns. Quando disser "Já sei!", estará dizendo que, de certo modo, sempre soube: sempre esteve lá, no recesso paradisíaco da memória, onde os contrastes se acalmam e as contradições se dissolvem em *thinner*. Na memória de Carlinhos, agora inacessível, há o antitrauma, o fórum onde os seres e as coisas descansam em paz.

Por ora, a seriedade de Carlinhos é total, quando diz:

"Não — não tem jeito. Sem cavadeira..." e, aqui, vem o pior, a suprema ousadia, não sem alguma indulgência: "Mesmo que você tivesse a cavadeira. Não tem jeito, a conta não fecha."

"A conta não fecha"? Sinto um calafrio — não de temor, mas levemente quente, levemente ardente, como se trocasse por um segundo a minha pela pele do sapo — o calafrio do cinismo. O juiz parece ser incorruptível. Implacável. Mas por alguma razão sinto que sua expressão é o contrário da desistência.

"Não tem jeito mesmo?", lhe pergunto, porque sei que este é meu papel, e está tracejado no rascunho de sua aventura no interior da terra ou da memória, para a qual cumpro minha função. Obedeço ao Molière das caixas de gordura, ao Ésquilo que conhece as fundações da casa onde piso. A estrutura dramática e os cinco atos do subsolo são de sua propriedade. "Caramba", exclamo, e ele leva as duas mãos à cintura e enche as bochechas artificialmente, quase à altura dos olhos, bochechas erguidas por carne e sem ar — e então um muxoxo — tsc, sem nunca deixar de encarar a terra por onde seguem dois canos encardidos, escavados finalmente para a exposição pública de seus sempre malignos, sempre perniciosos, conchavos subterrâneos, em suas catacumbas hidráulicas.

Por um instante, caminha no quadrilátero da caixa de gordura como uma criança que se equilibra sobre muretas. Abre os braços. Encena o equilíbrio. Mostra assim a si mesmo o "e viu que era bom" de seu trabalho dos últimos dias.

Para e encara a terra; fixa-se em um caco verde de garrafa, não tão sujo que não reluza com o sol. Baixa os braços e apalpa os rins. "Posso te ajudar com alguma coisa?" Ele não responde. "Carlim?" "Ãh?", diz, despertando, para logo voltar a encarar o pedaço de vidro. "Quer ajuda?" Ainda olhando o caco, como se a resposta se dirigisse a ele e com uma nota de ressentimento: "Não adianta", e prossegue: "Não dá", reclama, talvez da falta de generosidade das coisas. Desce da caixa de gordura e coleta o vidro, que depois de um escrutínio rápido, virando-o contra o sol, arremessa dentro do lago. Bate as mãos uma na outra, limpando-as. "Não adianta", repete, e assim, em seu tribunal imaginário, declara-se novamente culpado — na esperança renovada de que essa humildade por fim o salve.

E Carlinhos anda cabisbaixo entre sacos de cimento e folhas pretas, terra, areia e pedriscos, sua bota empoada de cinzas, cumprindo seu papel com maestria nesse teatro de síntese oriental. Quebra na mão um galho da jabuticabeira. Já dá sinais de desespero — que não consegue distinguir se é real, fingido, ou se, começando fingido, pegou gosto pela realidade e agora já o parasita sem volta — quando larga os braços e a expressão vulgar das bochechas e diz: "Eu vou é catar o lixo, que eu ganho mais", e sai em direção a um amontoado de vasilhames.

Pega-os e os colhe em um saco plastificado de ração. À medida que o saco vai se enchendo, o focinho do cachorro fotografado abaixo da logomarca vai se deformando com polígonos subcutâneos. Agora entendo: está tentando uma última cartada — talvez genial, talvez apenas desencantada — e, com as garrafas, produz um instrumento novo, timbales de lixo, tocando *angelus* de cerveja barata, tentando comover as criaturas ou potestades que vivem naquele outro mundo, no além onde o fracasso ainda não foi inventado. Toca esses sinos e lembra, com eles, de tudo o que vem sacrificando, sua atual inocência forçada, sua sobriedade. É seu recurso de apelação: demonstrar sonoramente a contrariedade. Toca esses sinos morenos de vidro, empilha-os, levanta o saco para que repiquem ainda mais, sem necessidade aparente que não inflamar mais essa tristeza, para tensionar a película dessa outra realidade; junta garrafas e mais garrafas, de modo quase autômato, quase que abandonando toda pretensão de consciência; levanta e ajeita ainda uma vez as garrafas, que obedecem, com um som de móbile para bebês ciclopes, e em franca desistência pega o saco e o arrasta pelo quintal — replicando um auto-de-fé ou uma punição medieval em praça pública (senão, o que explicaria ele arrastar quase em círculos, o pescoço do saco esganado na mão, até o centro do saguão onde estão o fogão a lenha e os sofás? Pois ao passar ali, a mesa mostra um ângulo de cadafalso — como alguém que por apenas um instante e por uma luz oblíqua nos demonstra todo o caráter que por tanto tempo tentáramos desvendar — e o fogão a lenha exibe sua curta fração de fogueira herética, e os sofás pululam com a intriga das pulgas) — até que seus olhos subitamente se abrem, ele entende, abre a boca e diz "E se...", mas logo murcham, num travo amargo seus lábios se contraem, verdosos, uma lágrima espatifada de sangue, e ele arrasta agora com fatal desespero as garrafas para o quintal, onde as deixará — sem propósito, movidas por essa vontade caprichosa e frustrada — como uma Eldorado para mosquitos. Quer, talvez, que tudo se dane, que o mundo seja condenado consigo. É tomado por uma breve porém intensa paixão apocalíptica. E Carlinhos se senta mais uma vez na caixa de gordura, quase pronto a admitir como definitiva sua derrota: estará barrado o acesso à reconciliação da memória, a seu acordo de paz — e não haverá jamais solução para o problema.

Ele inspira e fecha os olhos. Pega pedras no chão e as deixa cair, como dados. Suspeito que seja malícia. Que esteja ensaiando uma paciência que, na verdade, não possui. Carlinhos fecha os olhos e inspira, seu lábio se levanta de um só lado; seu peito se ergue, sua clavícula — em que há dois pinos e que mistura, como em um ritual sagrado, sangue, osso, e titânio — se levanta e se projeta quase fora da pele e aponta para o alto; é como se quisesse desligar os braços do tronco, desfazer-se aos poucos, peça a peça, ao modo dos bonecos; e assim finge para mim que está quase nervoso, que expira agora para não destruir a própria obra.

Mas é uma ioga falsa, mentirosa, com no mínimo duplo sentido.

Ele abre os olhos e por um instante não me vê. "Me dá um cigarro", diz em seguida, embora não esteja ainda para conversa. A malícia da paciência o exauriu rápido. As galinhas do quintal passam por Carlinhos e as molas de seus pescoços, as feridas, as carnes vermelhas de suas caras, queimadas no fogo de um sol-gema, se projetam, ao lado de um olho amarelo. O galo passa, cisca um besouro, cisca o ranho com jeito de protozoário albino. Mas Carlinhos, de olhos abertos, fumando, grita "Ah, sai daí, mundície!" e finge que chuta, sentado, o galo-índio, que explode como uma pipoca e corre de cabeça quase rente ao solo, as asas impotentes apenas evitando que caia.

Há sempre uma alternativa. De pé e torcendo a barra da camiseta, ao modo de quem molda um top, Carlinhos faz o suor pingar na areia. Coça a barba que já cresceu um pouco e vai à caixa de ferramentas. E pega uma trena — de todas as coisas, uma trena! talvez não se tenha esquecido, talvez esteja querendo dar o troco — e mede distâncias idiotas. Esquadrinha o percurso dos canos, finge fazer contas, mede o espaço fora do templo da caixa de gordura. Assobia e fala e, quando fala, se justifica — mais para convencer a si mesmo. "Porque se tiver espaço aqui, ó, só com a força a coisa abre". Não abre, e ele sabe. Com essa confiança falsa não será capaz de acessar essa outra realidade, em que se encontra o Ato, a ação precisa. Mas, quem sabe? Carlinhos tem agora a vantagem de poder ser ao mesmo tempo ousado e despretensioso — afinal, não tenta o impossível? Se acertar, glória; se errar, apenas o previsto — que valerá o chiste.

Mas as coisas não funcionam assim. Se errar, se esse caminho torto não levar ao Ato, ele ficará perdido, órfão, abandonado. Poderá reagir com fúria ou, o que é pior, com perigosa melancolia. Quando os erros se acumulam, por vezes acabam por exigir retratação. Brilhará a imagem — como exigência desse erro — da garrafa de cachaça, límpida, mágica, cheirosa como todos os canaviais do mundo em uma ampola, como um poema anídrico, uma versificação sem água; a reconciliação adiada virá, em sua forma degenerada e artificial; brilhará com reluzências de prata, com fulgor de água benta, no centro de sua imaginação; e essa sereia de vidro o chamará das longínquas distâncias de sua abstinência. E, indo em direção solene ao Ato, com toda fúria e todo empenho — como temos visto — poderá parar na Garrafa, entregue à humilhação que faz dos bares um judiciário só absolvição. Como crianças que brincam de escola, sentar-se em uma banqueta plástica, cotovelo no balcão de fórmica, e brincar de redenção.

Carlinhos olha o portão aberto do rancho e suspira. Pensa que Ana logo chegará e, fatalmente, lhe dirá: "Esse homem não faz nada."

Vibra em sua cabeça a ideia do Bar, como um menino que olha a rua da janela, nas mãos, fechada, uma cartilha colorida.

Duas viagens

Dona Ana dirige. Passa pela estrada rumo à zona norte da cidade, onde, por deficiências materiais, as construções vão pouco a pouco se tornando menos sólidas, cada vez mais evanescentes e, contudo, mais concretas, do cimento armado, do vidro com aço do centro e cercanias, às paredes ralas, feitas com muita areia e no cansaço dos finais de semana, aos tijolos sem chapisco, sem prumo, argamassa ou revestimento, até as madeiras recolhidas no Ceasa e em caçambas — papelão, lona, lata. Corta pela rodovia cheia de vales e já alcança a mata alta, as árvores da Reserva Estadual — em breve dona Ana chegará ao rancho. Ao passar, contudo, pelo quilômetro 310, avista o congestionamento.

A rodovia desce íngreme e sobe de uma vez; é possível ver já de cima o festival de luzes, a grande cobra com escamas de carros, as carenagens molhadas de chuva.

Os automóveis reduzem a marcha. Como resultado da hipertensão de suas velocidades subitamente contidas, acendem-se os pisca-alertas. Três faixas se afunilam em duas. Orientam-nos dois homens e uma mulher, vestidos de cores chamativas, verdes e laranjas fosfóricos, em macacões que os assemelham a palhaços em uma estação espacial. Dona Ana baixa o volume do rádio e exclama: "Ô, meu Pai", e tenta adivinhar algo para além dos cones e da van de resgate, dos dois carros envolvidos no acidente: uma caminhonete emborcada, um sedan virado ao contrário da via, mastigados e escarrados ao acaso. "Senhor dos Exércitos!"

A chuva segue caindo em diagonal, empurrada pelo vento com a leveza inflada de sacolas plásticas; o calor vivo das pessoas embaça os vidros, o rodo das palhetas recolhe protestando as gotas; os carros, o asfalto, os postes brilham sob o céu cinza.

"Vai, vai, vai!": os três funcionários do resgate que orientam os motoristas estão furiosos. Mímicos macabros, ordenam que se utilize o acostamento. Um entre eles mais enfático: irrita-o essa curiosidade mórbida, os olhares que procuram um cadáver. Sem se perguntar, contudo: e se não olhassem? E se não tivessem mais que pressa e pragmatismo, isso os faria melhores? Dona Ana acoberta sua curiosidade com um pudor que se confunde com piedade. Não deixa, contudo, de ver o primeiro morto do dia.

"Meu Pai amado, que o Senhor conforte os familiares".

Quando Dona Ana estaciona no terreiro, com algum atraso, em sua boca está um gosto amargo de cuja origem quase se esqueceu. Dá de frente com Luisinho, vulgo "Magnata", parado ombro a ombro comigo, mas cuja atenção se volta exclusivamente ao trabalho de Carlinhos: o Magnata rumina, se contém, e já é possível perceber que de sua barriga em breve subirá uma sequência de flatos de opinião, aos quais não serão possíveis — uma vez expostos — quaisquer chances de interrupção.

Dona Ana nos olha ao bater a porta do carro — Luisinho grita: "não tem geladeira?" Ocupada em não pisar na lama, nos diz: "E esses três, não fazem nada, não?"

Luisinho, que é um baiano do interior, alto e barrigudo:

"Olha, Dona Ana, me inclua fora dessa. Eu é que acabei de chegar."

"Vida-ganha, isso sim. Três vida-ganha."

O lábio de Dona Ana é como que virado ao contrário: brilhante e molhado, com algo de víscera de peixe. Tem seus sessenta anos, talvez, e veste shorts jeans marrons, top vermelho. Vai ao porta-malas e carrega-se de sacolas. É preciso que nos peça ajuda — "Não tem um homem nessa joça?" — para que pensemos em ajudá-la — exceto Carlinhos, cuja expressão não esconde o descontentamento de haver sido interrompido: na lembrança, crucial a seu trabalho; no desvio do trabalho, na esperança da pinga. E certamente pela mera presença de dona Ana. Permanece sentado sobre a caixa de gordura e ignora o cão rajado, afônico por cirurgia, que lhe cheira o suor dos cabelos. O outro cachorro, um vira-lata imenso, descendente de boxer, cheira as sacolas e compõe com seus odores uma versão estranha, de papel-machê, do paraíso: costela, plástico, água branca de mandioca, cenouras, cebola, alho, a provocativa lagarta como uma serpente em um ramo de salsa.

"Vem cá", ela me diz, confidente. E em minha orelha, com seus lábios cor de fígado: "O Traste fez alguma coisa, hoje, ou só fingiu que trabalha?"

"Não, Dona Ana. Ele fez, sim." E não saberia como começar, sinto-me impotente para explicar toda sua monumental luta contra o real.

Dona Ana conta-me sobre o acidente e se persigna.

O Magnata Luisinho acende um cigarro e volta a observar a vala feita pelas mãos de Carlinhos. Dobra o pulso sobre o quadril, fuma, espera. Sem esforço, naturalmente, suas opiniões subirão como um refluxo — basta esperar. E ele olha. Deleita-o ser juiz de obras alheias.

O Magnata se parece, de algum modo, a René Descartes: apenas seu nariz é menos quebrado, mais inteiriço. Tem esses olhos mais sonolentos que espantados, esses lábios finos que dizem a todo momento: "desprezo alimentos exóticos". E, de fato, seu traço mais marcante são os olhos, injetados de sangue, como que digestivos, envoltos por pálpebras mais pesadas que o ordinário; são olhos que poderiam ser chamados de "mortiços", mas cuja indiferença aparente, esse traço de despreocupação, torna-os "vivos", sub-repticiamente espertos: são a seu modo sedutores. E, sabendo-o, o Magnata se aproveita — preferencialmente quando não é reconhecido por alguma garota, alguma senhora, que acaba por encontrar ao acaso no camelódromo onde trabalha; aproxima-se lentamente — veste camisa branca, cujo tecido semitransparente deixa ver por baixo a camiseta regata também branca, que tem ares de ceroula — e com um sorriso calmo, seguro, toca o ombro da esquecida; ela se vira; olha-o, e a princípio não o reconhece; mas eis que então vê seus olhos, projetados, ao mesmo tempo tranquilos e saltados, castanhos de sangue, as pálpebras superiores e inferiores buscando se encontrar com um trejeito de ave; é então que a garota deixa cair os próprios ombros, ergue a cabeça e ri para o teto, se lembrando, mostrando toda a ferragem de seus dentes ainda compenetrados da massa do risoles, os elásticos que se esticam de molar a molar como salivas, a alegria e o abraço feliz e constrangido em Luisinho, segurança da loja de celulares e acessórios. O rosto cheio do Magnata parece dizer: "Sim, é extraordinário: sou eu!" Seus lábios, com um sorriso que não deixa ver os dentes, completam a figura de sua sedução, tanto quanto seu jeito de reclinar-se, elevar a cabeça para trás enquanto anda. São olhos vivos, em suma, porque boiam suaves nesse rosto, em um sono quase alcoólico.

"Você não devia ter levantado esse lado primeiro?", indaga, apontando o dedo, a fumaça do cigarro zombando com um entrelaçamento de signos.

Carlinhos não escuta. Depois, como se saísse de um transe, se atenta a um terceiro comentário, já sem as perguntas introdutórias e mais assertivo.

"Você quer fazer? Vai lá, então!"

"Eu tô só falando só. Você começou aqui, ó — do lado errado."

A fumaça do cigarro se abre em uma buganvília de interrogações.

"A questão não é essa", explica Carlinhos, com sinceridade. "A descaída aqui..."

"Não! Eu tô só é falando, só, Carlim", e Luisinho prossegue com falsa modéstia, seu "não" inicial apenas um pedido de desculpa, um impulso, para continuar sendo impertinente. "Não! Só que se você levanta daqui, ó, e o buraco vinha daqui, ó, daí o barro caía é pra lá".

"Você comeu bosta", argumenta Carlinhos. "Só pode ser."

Luisinho endireita o tronco e em um passe de mágica sua barriga se torna imensamente maior, como um leão-marinho em um rochedo da Patagônia, a espuma das ondas que estouram.

"Eu tô só falando, só", explica o Magnata, e assim como o som de um leão-marinho em paz é o mesmo de quando tranquilo, apenas a tônica sendo capaz de modificar completamente o significado, assim as palavras do Magnata se convertem de esculacho em alerta de perigo.

"Comeu bosta", explica novamente Carlinhos ao Magnata, como se este ainda não o houvesse compreendido.

Sei que, se eu agora disser: "E aí, comeu bosta, Luisinho?", tenho a garantia de produzir uma briga real. Não consigo pensar suficientemente rápido em algum comentário, humorístico, que desvie a rusga de seu itinerário. Meu silêncio é a melhor escolha.

"Eu vou te falar quem é que comeu bosta", retruca Luisinho, enquanto na boca de Carlinhos treme um quase sorriso. Carlinhos toca no bolso a Imagem, aquela que lhe dá força. Do lado de lá do rancho, dona Ana começa uma oração silenciosa, voltada ao acidente há pouco visto, como o último pingo de uma torneira renitente, mas sua oração permanecerá inacabada. Interrompo:

"Mas logo logo para de chover. Hoje ainda vai fazer sol, vai vendo. Daí qualquer coisa dá pra refazer."

Funciona. O Magnata desincha a barriga monumental e Carlinhos volta-se contra mim.

"Refazer o quê? Do quê que você tá falando?"

Com as pernas arqueadas, Carlinhos se aproxima.

Sem que mova a cabeça, os olhos batráquios do Magnata se viram para mim, vermelhos. Respiro. Com profunda humildade, com temor e olhando o chão — não ousando encarar a caixa de gordura — balbucio:

"Só tô falando só".

Suspende o que poderia se tornar uma briga a chegada de Monteiro e Kauane. Estacionam o corsa prata debaixo das bananeiras e causam um imenso alvoroço — os cães se aproximam e, de pura alegria, de satisfação, espreguiçam-se em frente ao casal, em uma reverência antiga, não sem o toque de ancestralidade dos cumprimentos com mesura até o solo, ao informá-los que sua chegada lhes entregava bem-estar, dos mais íntimos e recônditos músculos até o corpo em sua totalidade, entregues com ardor a um elástico relaxamento.

Mas é preciso interromper e dizer algumas palavras sobre Kauane e Monteiro.

QUIROGA

Por trás da máscara não há nada ou O produto puro enlouquece

É um dia de sol seco, o disco branco alto no céu e quase se pode ouvi-lo fritando o ar.

Kauane espera no ponto. O calçamento se quebra pouco a pouco, o mato levanta-se em toda fresta e de seus talos surgem pequenas espigas. No ar que cheira a um verde gratinado, voejam jornais de ofertas, coloridos e carnavalescos, visualmente gritantes como a feira de que são longínquos descendentes — a feira em que as mercadorias eram declaradamente sagradas. "Não perca!", lê-se em caracteres desesperados; "Oferta!", segue-se, com um quê de anfíbio entre o religioso e o laico. As imagens sintéticas, feito diabretes anoréxicos, estão gradeadas lado a lado entre farofas e detergentes, pimentas-do-reino, açafrão e especiarias em chamas; e vitaminas, bombas de chocolate, bombas de sódio, bombas de crescimento. O jornalzinho voa e se perde, cargueiro fantástico ou caravana em Calcutás e Magrebs de vento, de calor oriental.

E Kauane espera, as ruas vazias de domingo. Ouve um motor a diesel e olha, mas é um caminhão que passa blasfemando, saltitando acarneirado, tossindo como que uma nuvem de carvão ralado. Depois, silêncio. Toda sorte de lixo pequeno tomando as ruas de assalto, se divertindo sob o sol. O copo plástico pegajoso de Coca-Cola seca se arrasta, um molusco de vento em cuja concha está não o oceano, mas a sede de um único corpo; os folhetos, gêmeos *in vitro*, volantes ou parados, tentando aprender a bater asas e brilhando o cetim de seus anúncios; um entre eles, menos esperto, se prendeu em uma fenda do calçamento e agita as seis asas em pânico; é perceptível que emprega todas as forças, que se exaure em vão, enquanto o sol branco come lentamente as cores de seu rosto e lhe suga toda água até deixá-lo quebradiço; outros, mais astutos, voam de asas abertas um voo raso porém imponente, cambalhotam e, procriando por cissiparidade, em pleno rasante se tornam dois, três, cada qual voando mais leve e com vida própria; maços de cigarro se desamassam sozinhos, lentamente, em busca de uma irrecuperável dignidade; notas fiscais amarelas rastejam, também friccionadas pelo sol, e vão deixando seus conhecimentos para trás, esquecendo-se das palavras, dos números e das letras, esquecendo-se de seu aspecto vago, declaratório, de anticlímax do consumo, em contraste com os folhetos coloridos, orgásmicos; fios de cabelo gregários se juntam de todos os cantos e lugares, e para se esquecerem da própria morte, para se esquecerem das cabeças a que foram ligados com tanta cumplicidade, formam emaranhados ao mesmo tempo loiros, castanhos, ruivos e pretos, lisos e encaracolados, um couro cabeludo falso, leve e maravilhosamente híbrido, mas que, em sua ilimitada alegria, se perde e acaba por se enroscar irresponsável nas patas dos pombos grandes, amputando-lhes os dedos; cabelos que voam, encimando crânios vazios, fazendo a molecagem de desenhar bigodes, cabeleiras e cavanhaques no ar, fazendo de bobo o Éolo dos tufões. E, ao passar do caminhão, todos eles — os copos e os cabelos, folhetos, notas fiscais, papéis de todo tipo e sacos plásticos, medusas que asfixiam crianças — se elevam, gritam, rodopiam, zombando. Na mais perfeita entropia, em flácido êxtase, ninguém quer regressar a casa; os fragmentos todos, o copo plástico e os acéfalos cabelos, brincam felizes.

O sol segue alto com um calor criminoso, com seu branco colarinho de fogo. Apoiada ao mastro do ponto de ônibus, Kauane espera. Um mendigo delira na grama ao lado do semáforo, aguarda a passagem de algum carro. Veste uma camiseta de futebol, de um time para o qual não torce — como só o fazem os mendigos e os jogadores profissionais.

Na rua vazia, o agudo zunido de uma lambreta. Ziguezagueando com um movimento especial, algo apiário, sai da rua principal e entra nos pátios e garagens da COHAB. É um rapaz musculoso, de camiseta cavada e tatuado; o capacete e os óculos escuros escondem o rosto, mas vê-se que chupa um pirulito. Passa com a despreocupação dos orgulhosos, com deliciosa soberba. Os olhos de Kauane o acompanham com um interesse que nada em seu corpo expressa — mantém os olhos vivos mas o rosto vedado, de estátua de jardim, os braços ainda cruzados abaixo do peito. E então ouve o próximo motor a diesel vindo do alto da rua, descendo ao mundo como uma obesa criatura alada. É o ônibus 339.

Após o gesto de chamá-lo, sobe os degraus. O motorista é Monteiro. O alegre, o mágico Monteiro. Conhecido por toda a região, há tanto tempo faz a linha 339 que, quando alguém menciona o número — contido em um telefone, em um logradouro — sente que, de algum modo, também aquele número lhe pertence, e dele fala de pronto com familiaridade.

Dirige o ônibus branco e verde. Sacerdote-auxiliar dos grandes movimentos da cidade, tem o corpo habituado às vibrações, cujos imperceptíveis e implacáveis abalos desrosqueiam aos poucos todos os parafusos e fazem percutir com som de pratos as placas do assoalho. O motorista é por inteiro vibrátil, chacoalhado, virado ao avesso devagar; as gorduras e as carnes de sua barriga se desligam e ligam a todo instante, sua digestão é mais rápida, centrífuga, sua inteligência paira sobre a cidade e para ele não há mistério. Monteiro, o sacerdote-auxiliar urbano, entra pela madrugada no pátio de auroques assobiando um repertório irônico, amoroso, de sua própria curadoria. Com uma marreta bate em todos os pneus e reconhece cada uma das máquinas, e por elas tem predileções e repulsas. Em geral, tem uma relação complexa com os ônibus mais novos: gosta da aventura de domá-los ainda frescos, mal-acostumados na marcha-lenta, viciados de nascimento. Gosta, porém, de dois ou três dos auroques mais velhos, cujos eixos pendem para um lado, mas que têm a personalidade dos seres trespassados pelo tempo. De resto, pelo embate de classes, chama de pervertidos tais ônibus mais recentes, frutos das abstrações já em si viciadas dos engenheiros — que nada sabem da vida e que são como que playboys dos números, desqualificados, desconhecedores do mundo sensível, dândis alienados, com os quais repete, por meio de sua dedicada empiria, algumas das mais expressivas batalhas escolásticas — e, chamando as máquinas novas de criaturas malcriadas, se empenha em convertê-las à realidade das engrenagens babando graxas azuis, do mesmo modo que um velho cocheiro poderia se sentir feliz em ensinar palavrões novos ao filho do patrão, injetando-lhe doses maldosas e doloridas de realidade. Pois sabe, a seu modo, que essa inocência de criatura nova é somente a forma hereditária do vício, da ignorância voluntária dos privilegiados. E Monteiro, apesar de no mais das vezes silencioso, é Lutero contra o papado na mesa do refeitório — com a enorme vantagem de não precisar de 95, mas de quatro ou cinco teses para provar seu ponto e cultivar à mesa uma secreta fúria digestiva. Fala mal da simonia dos donos da companhia VaiUrbano, metade nome de papa, e dessa maçonaria de ônibus vaidosos, superficialmente bonitos — sem notar que os auxilia, ao valorizar os ônibus velhos e ratificar sua economia na renovação da frota. Assim, gosta de pegar esses ônibus virgens e domá-los ao contrário, iniciando-os na furiosa inocência do mundo. Quer seus auroques capazes de coices, vagamente perigosos, com a fronte calejada, o chifre esquerdo quebrado. E assim é. Sem deixar, contudo, de acariciar a lata do favorito, de reconhecer no ônibus de design quadrado e antigo os pneus grisalhos, os sinais da aposentadoria próxima, e compreender com uma ternura forte, viva, que um tanto de sua vida e de suas formas de pensar já estão ali dentro, nos encaixes da embreagem, na afinação do motor que respira e solta gases como seu sacerdote e seu senhor.

Monteiro é vinte anos mais velho que Kauane, tem três filhos e dois casamentos, e Kauane tem duas meninas e é mãe solo. Sem esforço, faz com que o motorista a admire, por ser naturalmente atraente, mas também porque compartilham de certa serenidade sem esforço. Tem a beleza calmante e natural das rosas e dos doces de confeitaria. Equilibra-se nas curvas (no retrovisor interno as lentes dos óculos escuros de Monteiro tornam-se oniscientes), saltita nas lombadas como sobre pequenas ondas do mar, enquanto os outros vão e vêm feito dominós flácidos. O sorriso que dirige aos conhecidos diz a Monteiro que a felicidade é algo simples, fácil, que em sua companhia o futuro será bom.

Kauane é manicure e sua conversa é anestésica. Arranca cutículas enquanto as clientes se abrem; quando vão longe demais em algum caminho que julga equívoco, quando tomam uma atitude autoprotetiva ao falarem mal de alguém que lhe é caro, Kauane arranca no alicate uma pequena lasca de pele e carne; feito uma terapeuta lacaniana, traz sua paciente de volta à dor central, à dúvida, ao cerne de si mesma. Prossegue, contudo. Vai desbastando as desconfianças na lixa, conversa sem olhar os olhos, apenas as unhas; segura a mão mole como quem se prepara para oferecer um anel de noivado, ou com a severa inconsciência de quem segura uma coisa; "hum-rum", assente, na mão um longo palito cirúrgico; lança ao ar o embriagante incenso da acetona e penetra nas reentrâncias da consciência apenas no nível da superficialidade: Kauane sabe, como Hegel ou um alquimista, em cujas prateleiras há todas as cores por ora inventadas, que pela saturação da aparência há um acesso ao mais íntimo. Na escolha dessas mesmas cores, decide o humor de suas pacientes e, portanto, também parte de seu destino. Passa cremes hidratantes, pinta com milimétrica precisão, molha e seca, assopra um ventinho balsâmico e mentolado de chicletes, faz movimentos suaves e subitamente brutos, desconcerta e produz, ao final, essas unhas que são convergências de força, fragilidade e consciência. Garras quebradiças, e portanto mais poderosas.

Os corpos terminando nas extremidades em pura cor, pura luz, feito raios.

Ela atrai Monteiro pela beleza, e também pela força de quem manipula espíritos.

Monteiro a atrai, com seus óculos escuros e seu sorriso também perene. Na verdade, todos são atraídos por Monteiro — menos por sua alegria, educação — que aliás têm sua parte — que pelo fato de que "corre": faz seus horários muito mais rápido que os colegas de profissão, e o número inacreditável de mulheres que vai de ônibus para o serviço no bairro do Velório Novo raciocina: "vou daqui a pouco; se eu sair antes, pego o Marco; se pego o próximo, vou com o Monteiro — chega na mesma hora". Seu profissionalismo tranquilo e inexorável é célebre no bairro. Houve um tempo, aliás, em que fora chamado de "Monteiro Fittipaldi". Ao contrário dos não-iniciados, dos motoristas chinfrins do dia a dia, Monteiro dirige com fúria, veloz, impolido, abusando de seu animal paquidérmico e entrando em todas as nesgas de espaço, desafiando a lógica, fazendo curvas impossíveis sobre calçadas enquanto o poste vai se tornando maior até que suma feito um fantasma que surge num passeio no parque de diversões, feito montanhas-russas, e tudo faz com serenidade, sorrindo, com a naturalidade que sua longa iniciação no rito urbano lhe conferiu — enquanto os motoristas não profissionais xingam (ou mesmo os profissionais de grau inferior na hierarquia do tráfego), se irritam, espumam e sentem a pressão sanguínea subir — e então, com um gesto de sublime mofa, Monteiro corta a faixa à frente de um taxista possesso, e solta toda a pressão sanguínea que congestiona como soda o sangue do oponente em um só flato de diesel, um despressurizar galhofeiro, que Monteiro toca como quer, com os tubos imensos de sua máquina que é ao mesmo tempo Búfalo e órgão, máquina que leva os indivíduos ao sacrifício diário e besta de música imensa, feia, expressão última da cidade, sob a regência de um sereno e fanático *Kapellmeister*.

E, no ônibus, agora, há um número razoável de gente que, em sua maioria, vai ao shopping. Tem-se a paz móvel de sempre, que oscila da alegria barulhenta e comercial de um mercado ao tédio público: pessoas cansadas sendo exibidas pela cidade como que por uma vitrine, mostrando a todos suas expressões, o *outdoor* verdadeiro do mundo — o cansaço — sua solidão pungente, olhando a paisagem urbana com a languidez dos modelos de grife e dos animais presos, ou apenas dormindo, cabeceando, balançando, os brincos fazendo música miúda, os olhos brancos de estátua.

Ao se olhar mais de perto, porém, há — como aliás em todos os lugares, mesmo nas assadas bordas de um vulcão — vida.

Há duas senhoras da Assembleia de Deus nos fundos. Participaram há pouco de um almoço beneficente, como voluntárias, e uma delas ainda traz os cabelos presos no coque que fez para cozinhar com higiene. Estão ambas de saia, sentadas muito eretas, e quando conversam aproximam as cabeças como em um prelúdio de beijo e falam baixo. Portam-se como se fossem recém-convidadas a serem hóspedes na casa do Senhor, como se estivessem em uma breve e formal visita ao mundo que não lhes pertence.

À frente delas, no meio do ônibus e sentadas um assento depois da mãe, duas crianças, ou pré-adolescentes, irmãos com toda certeza. Uma delas agarra o próprio pulso e o aperta em uma tenaz. Brinca e mostra ao irmão o que lhe ocorre: a mão cujo pulso é espremido começa a se fechar em uma garra de pássaro, e ele se assombra e deixa de rir no instante em que se percebe dentro de uma curta porém assustadora metamorfose, uma licantropia nervosa, os dedos torcidos de gavião mostrando a si que não é uno, indivisível: pela força de sua vontade, ao apertar-se os nervos, produz em si movimentos involuntários, porém previsíveis — sente-se não só pássaro, mas um pássaro-boneco, cujas cordas são até mesmo visíveis sob a pele.

Sente-se um pouco máquina. O que também pode ser dito de Monteiro, trocando marchas agora, olhando o espelho esquerdo; porém em um estágio muito mais avançado, muito além desse momento de perplexidade por que passam os meninos. Pois, se por algum acaso a máquina do ônibus não o obedecer, ele estranhará, e só então estará perplexo. Em algum lugar obscuro do mundo real, em um pátio de manobras subterrâneo e sem luz,

Monteiro e a Máquina estão apertando os punhos um do outro simultaneamente, e é esse carinho brutal que os une. É ali, na escuridão, que homem e máquina penhoram o livre-arbítrio, desafiam-se, e emergem para o dia solar com um orgulho novo, folheado a escuridão — o Ônibus para sempre desalinhado, Monteiro mancando pelo nervo danificado em sua coxa.

Mas é essa calma de Monteiro que impressiona Kauane. Percebe desde já que com ele será diferente: observa sua calma, sua segurança mesmo quando atribulado, inconcebivelmente tranquilo, chicoteando essas toneladas de ferro com o pé no estribo, com esporas e chicotes de cabo-de-aço. Não é indiferença o que lhe transparece o motorista, mas uma capacidade inaudita de adaptar-se a todos os diferentes momentos do mundo exterior, uma diferenciação constante, suave, perceptível, porém, sem solavancos, como uma boa troca de câmbio.

Há mais crianças no ônibus. Com as mães, com os amigos. Kauane as observa enquanto aguarda o troco. Monteiro lhe diz que terá que esperar — não tem troco. "Fique aqui perto", prossegue, porém não precisaria fazê-lo: ela já se acomoda na saliência plástica ao lado das marchas e rapidamente ambos conversam amenidades.

O corpo todo de Kauane vibra. Está sentada e sorri a cada gracinha do amigo. O local onde reclina-se é, além de proibido, quente; suas têmporas orvalham de suor e os cabelos das frontes recém-molhadas se eriçam e logo se acalmam, colados à pele, em arabescos encaracolados. Eles conversam, riem — há quem os olhe com reprovação, admiração, inveja — falam cada vez mais alto, sob a divisa soberba do adesivo "Não fale com o motorista". "E essa câmera", indaga Kauane, de boca aberta, apontando a câmera com uma coroa de leds; "Não funciona", pisca-lhe Monteiro, levantando os óculos, e ambos riem novamente. A cidade vai correndo do lado de fora. Atencioso, Monteiro não se esquece de parar fora do ponto para Dona Neila, que lhe agradece em uma curta troca de bênçãos pelo retrovisor interno. O celular de Kauane vibra no bolso de trás do jeans, onde está visível e retangular no centro arredondado de uma das nádegas, como em um problema geométrico. Ela o ignora e, com uma unha comprida e curva, em que há pequenas borboletas, frescas e porceladas, cutuca um pôster da secretaria da saúde em que um ampliadíssimo pernilongo suga de uma pele rósea, quadriculada de rugas, cujos pelos também têm algo de monstruoso.

Kauane evidentemente se interessa. Pode-se chamar de o início de uma paixão, porém muito diferente das que tivera.

Dessas paixões, sobraram-lhe experiência e duas filhas, abandonadas pelos pais, cuja falta de amor é entendida por Kauane como a única coisa verdadeiramente obscena da existência. As meninas, nascidas de momentos utópicos, esperançosos, em que o êxtase se mostrava possível, carregam consigo o verniz daqueles instantes de verdade, são seres sagrados, filhas da felicidade prometida por Deus, que percorre o sangue, o espírito, os pelos, as amígdalas, e fecha as pálpebras com um sopro. E assim nasceram, com essa capa, perfeitas, inscientes, imunes a si mesmas, mas não à falta de amor dos homens e da história — em sua casa, em um canto empoeirado debaixo do guarda-roupas, uma chupeta cujo plástico tem marcas de pré-molar é, de algum modo, seu estranho e apócrifo símbolo. E, para expressar ou fixar a importância das meninas em sua vida, Kauane tatuou seus nomes nos pulsos, no lugar onde os suicidas se cortam. A mais velha, Raíssa, está aprendendo a escrever e tenta imitar a caligrafia que está inscrita no corpo de sua mãe.

Para Kauane, Monteiro não só não representa perigo para si e para as suas meninas, mas parece ser ele próprio imune a perigos. Tantos anos de trabalho e nenhum acidente conhecido é sinal de que é de certa maneira favorecido pelos deuses.

O fato é que o relacionamento começado na tarde de domingo permanece, e são eles quem chegam ao rancho, e sua presença traz aos outros a pacificação, uma alegria doce e incontornável.

QUIROGA

Há algo mais profundo que a dor

Dona Ana recebe o casal, Kauane e Monteiro, com sua típica e ríspida afetuosidade. Grita com ambos e os humilha em público, em sua frenética demonstração de carinho. "Mocinha", diz, "vem aqui ajudar; não pensa que vai ficar na folga, não."

Ela se recusa a chamar Kauane pelo nome. Com uma determinação que beira o desvario, que tem algo de quase ético, de um obtuso princípio moral, nunca a chama de outra coisa que não "Mocinha"; qualquer deslize, em que se visse chamando-a pelo nome, a faria sentir-se menos íntegra, como se um princípio houvesse se rompido e um juramento, quebrado. "Mocinha, pega o descascador e limpa essas cenouras."

As cenouras estão ali, sobre a bancada de azulejo branco, que é a continuação do forno à lenha. Essas raízes alaranjadas, repletas de ranhuras como as rugosas articulações de um dedo, estão ainda sujas de terra e de algum mistério subterrâneo. Estão ainda vivas, como peixes recém pescados, sobre a tábua e ao lado de uma faca de açougueiro com cabo branco, mordido por cachorro, e o descascador de madeira. Kauane arranca fitas da casca e tenta fazê-las o mais longas possíveis, enquanto vai surgindo da tortuosa cenoura um nítido punhal. Dona Ana troca a estação de rádio e aumenta o volume. Critica o desperdício da Mocinha, grita com Carlinhos porque a enerva que esteja parado. A rádio agora toca canções gospel, e as cebolas cortadas operam como coroinhas, lançando no ar o incenso pestilento de seus turíbulos, e Dona Ana, que não está emocionada mas que sente o orgulho vaidoso, quase pueril (como quando crianças conseguem cantar o refrão de uma música em público), de acompanhar a canção, finge confundir as lágrimas e produz em si mesma um sentimento estranho: uma emoção não de todo sincera, nem de todo falsa; um enlevo — "Senhor! Pode contar comi-gô!" — cujas asas são atrofiadas, são asas de pombo de rua, feitas de vaidade e cebola, asas terrestres demais, ao mesmo tempo impotentes e inconscientes de sua impotência, querubins alérgicos a pelos humanos e com asas de galinha.

Com um orgulho quase obsceno, Dona Ana tira os óculos e limpa os olhos com o pano de prato. "Faz isso direito, menina", diz a Kauane — não porque esteja vendo algo errado, mas porque lhe parece correto ofender levemente, de modo gratuito, fingindo que está fingindo, como demonstração de uma dor que ela pretensamente estaria querendo esconder, mas que exibe com tal gesto de ocultação. Como se dissesse: "Não olhe pra mim, estou sofrendo", quando a outra, na verdade, não a olha, e aliás jamais julgaria que Dona Ana estivesse sofrendo, já que não a julga capaz de sentir dor.

"Morte e choro, nunca mais! Tristeza e dor, nunca mais!"

As cenouras descascadas estão em uma bacia metálica, que Kauane leva à pia. Estão ali, e sua extensão não é uma extensão qualquer; não são apenas longas ou curtas, pois que suas formas dizem a todo momento Profundidade. Quanto maior uma cenoura, mais profunda sua obstinação; doida por minérios como os homens, quanto mais minérios toma, mais quer e mais cresce; e do fundo da terra, essa broca, com uma quase ridícula circunspecção protestante, feito um anabatista no carnaval, demonstra sua alegria de verrumar o subterrâneo por meio de um punhado de salsas verdes. E agora — laranjas ainda, mas com o perfeito círculo verde interior, como um fenol — boiam, afundam, giram em seus próprios troncos dentro da bacia, com a alegria meio idiota de uma foca treinada — o ponto em que a extrema disciplina, ao obedecer aos influxos da água, se parece à liberdade.

> "Não, não haverá mais noite ali
> Não haverá nenhum clamor
> Verei os olhos de Jesus
> E tocarei seu corpo enfim"

Monteiro nos cumprimenta e passeia pelo rancho. Aos modos de um avaliador imobiliário, passa a mão sobre o tapete da mesa de sinuca, liga e desliga o interruptor da lâmpada, segura com as duas mãos o encosto de uma cadeira. Balançando-a para a frente e para trás, diz:

"Ô, Ana, hoje tem churrasco?"

"Eu não falei que ia ser galo? O galo do Uander", diz dona Ana, gesticulando com a faca.

"Cadê ele?"

"Ele quem?"

"O seu filho."

"Ah. O Uander não atende. Mas logo tá aqui. Mocinha, traz a cenoura", e ergue a cabeça, funga e limpa o nariz, ainda com a faca na mão.

O barulho explosivo de um motor de fusca vem acompanhado de uma ou outra detonação no platinado. Todos sabem que é Agenor, cuja relação com dona Ana é ambígua e intensa.

Ana, apesar de toda a dor de sua viuvez — da memória do marido, dono de ferro-velho, que foi inchando, inchando, tornando-se amarelo, lívido, bêbado, diabético, e que, dias antes de morrer, levantou-se da cama e quebrou o quarto todo em pouquíssimos segundos, obeso e amarelo como uma divindade, cheirando a ureia — apesar da dor, sente a pulsação acelerar à chegada de Agenor.

Agenor foi eletricista concursado a vida toda. Agora, aposentado, não consegue parar e faz pequenos serviços elétricos para "madames" — como ele mesmo se refere às senhoras que disputam seu trabalho diligente a tapas.

Mas deixemos Agenor um pouco de lado. Cumprimentamo-nos, mas quem chega com ele em seu fusca "baja" — um fusca cortado e mexido, cujo motor escapa avantajado da braguilha do capô, cheio de ferragens como os carros de corrida, como se esse seu aspecto de gaiola fosse um índice irônico de liberdade — quem chega com ele é um casal: a sobrinha Gabriela e sua namorada, uma prima distante, Veridiana. São evidentemente namoradas, embora ninguém aqui queira admitir esse fato óbvio, e as duas apenas demonstrem afeto quando todos os outros ou estão bêbados ou desatentos, ali na horta, atrás do barracão; mas a demonstração de afeto a que se empenham em público é, de certo modo, negativa: normalmente é Veridiana quem ensaia os gestos, as falas, quem gosta do papel que consiste em negar — três, quatro, cinco vezes — seu amor, ao debochar de Gabriela "na frente dos outros" com comentários suavemente derrisórios, que querem mostrar — e o fazem, ao modo tríptico da negação de Pedro — a graciosa animosidade de um amor, de um casal normal. Por essas negações rituais, Veridiana está deixando evidente a todos uma ligação inequívoca, e que a maioria ali (os chamados "conservadores") creem ser naturalmente equívoca. "Feijão? Essa daí não come feijão — é uma frescura que só ela", diz Veridiana para uma Gabriela calada, quase espantada; e, se já tomou uma cerveja, se está flutuando em um agressivo bom-humor, acrescenta: "E eu dou graças a Deus que ela não gosta de feijão", e as pessoas estouram em risos, de alegria e de constrangimento. "Escrota", replica Gabriela, também rindo, e se retira, a intimidade que ela gostaria de ocultar ressonando nos quatro cantos da chácara. Veridiana ri, seus olhos desaparecem, e surge ao olhar de todos a marca, o slogan visual, sua identidade perante todos os outros: o sorriso de dentes bonitos em um rosto gorducho, e um dos incisivos quebrado, galhardamente diagonal.

QUIROGA

O messianismo é o futuro reconhecendo que deve algo ao passado

Antes que chegue o Taxista, o famigerado Taxista, esse fantasma, é preciso descrever tia Marluce, cuja chegada será um antídoto e um complemento ao advento desse trágico personagem.

Estamos eu, o Magnata Luisinho e Carlinhos fumando em frente ao lago artificial. Encontramos certa paz e fazemos comentários ordinários sobre os peixes: "Esse é bitelo"; "Você não viu, ali — olha! — a tilápa?"; "Aqui não tem tilápa"; "Aqui só tem tilápa"; "Antes de morrer, o pai do Uander pôs um tambaqui"; "Ali, ó, parecendo uma pedra". O celular do Magnata toca o início de "Sweet child o' mine", do Guns N' Roses. Ele olha, se confunde todo e diz, quase inaudível: "Depois eu ligo pra ela". Agenor já está trepado em uma escada no rancho, perto de dona Ana, empenhado em consertar um ventilador de teto. Kauane, exausta de ser chamada de Mocinha mas com relativa esportividade — ainda é cedo — desceu à beira do rio e está perguntando aos dois netos de dona Ana como estão indo na escola. Veridiana e Gabriela jogavam sinuca, até serem convocadas para acender o fogão a lenha.

Monteiro mexe no celular e Dona Ana conversa com Agenor coisas de que logo daremos conta.

E eis que dona Marluce chega de uber. "Vai com Deus, Roberto", ela diz ao motorista de aplicativo, até há pouco desconhecido, mas já totalmente fascinado, como se de uma hora para outra houvesse ganhado uma tia benevolente. O homem faz o retorno, entrando um pouco dentro do rancho, e sai acenando — o que deve ser visto como desmedida afeição, já que usualmente os motoristas que se veem obrigados aos 4 quilômetros de estrada de chão, aos buracos, ao pó que avacalha o carro recém-lavado, não costumam sair dali felizes. Mas dona Marluce tem poderes fantásticos. Dona Marluce é portadora de tão imensa bondade que alguns de seus detratores a chamam de "idiota" — sem saber que os chamados "idiotas" já foram vistos como seres divinos, como vagos emanuéis de templos ou de subúrbios. Se dona Marluce é idiota, então é uma idiota fabulosa, maravilhosa.

Mas tal menção a seus detratores é precipitada. Traz consigo uma sombra, quando a chegada de dona Marluce trouxe, em realidade, um ligeiro abrir do céu. Após acenar tchau, ela desce o caminho de terra e cascalho com os pés virados para dentro, algo desconfortáveis neste mundo, a sacola pesada de quitutes marcando seu pulso, o sorriso brilhando com um batom vermelho possante. Como poderia ser diferente? Dona Marluce é gorda — perfeitamente gorda, de uma gordura exata, precisa, sua barriga fazendo uma circunferência que levaria o pintor Rafael à pasma e definitiva loucura, uma gordura firme, sem espaço para dúvidas. Seus braços são curtos, anelados como os dos anjos, suas unhas pintadas com o vermelho ferrari dos morangos, suas pernas idealmente roliças saindo de um vestido floral. "Eu trago comigo", ela diz, "a alegria das cartilhas; tenho, pendurados nos meus seios finos e grandes, uma vara de anjos de todas as cores; trago comigo a felicidade dos papéis celofane, a algazarra dos confetes, a tesoura, o papel e a cola que espantam os monstros que vivem dentro das crianças; se aproximem, não tenham medo, a felicidade é espantosa, absurda e também natural; sou feita de carretéis, de palitos, de botões, e com eles dou forma à esperança para que, pesada, não possa voar; não se esqueça que em mim há a intemperança das cartolinas, sua mania rebelde de pergaminho, de querer enrolar-se em si mesma, e se está em mim, então cabe a mim espalhá-la com minhas mãos e abrir o branco mapa-múndi do futuro; a cartolina, esse carrossel sempre em protótipo, está aqui: vocês ouvem, agora que a tesoura a corta de fora a fora, que delicioso, que duro ruído, a tesoura no fim cortando sozinha o vazio — a cartolina sempre rirá por último; venha, não tenha medo, que não há pontas ou gumes neste universo, na utopia dos meus olhos sempre molhados, na ausência das minhas sobrancelhas; abro esse pote de glitter: que saiam esses diabinhos, ectoparasitas deslumbrantes, que te tornam um pouquinho irreal, de repente, na rua, dias depois; venha, venha para perto, para bem perto, que eu sou o livro da Graça adaptado, a Gnose explicada para bebês, a maquete do Reino de Deus; letrinhas e aquarelas, o potinho de água que tomba com o pincel, Charles Chaplin, Mazzaropi, Cantinflas e Buster Keaton escrevendo com lápis de cor a liturgia de uma nova religião; bichinhos, pelúcias, dobraduras, o barroco sem a casmurrice de se ressentir de suas contradições, a maldade pequenininha das crianças; da árvore gótica, saí essa flor imprevisível de um conto de fada: tenho em mim o mesmo poder de transformação que fez do capuz de um druida a chapeuzinho vermelho; fantoches de cobra, monstrengos de narizes vermelhos, jararacas sanfonadas, vulcões de EVA, a reinvenção do espelho em um papel laminado e o rosto abalonado por uma colher: que sejam bem-vindas todas as deformações; como os padres celibatários, sou a mãe estéril, e trago comigo a boa-nova, o futuro, um perpétuo comunismo para principiantes, a cartolina da paz sendo mordida, no jardim das Hespérides mais lindas, mais gordas, pela tesoura do riso."

"Dona Marluce!", exclama Luisinho.

"Oooooooooiiiiii", responde a fada. Em todos os rostos, abrem-se sorrisos.

"Lá vem a doida", diz dona Ana a Agenor, que, do alto da escada e olhando para baixo, ri de covardia, mas quase como se a reprovasse:

"Ai, Ana!"

"Vem falar oi pra tia Marluce", diz Kauane aos dois meninos, que são primos, e de quem em breve falaremos. Os três sobem e costeiam o lago artificial. Os meninos grudam cada um em uma das pernas da tia Marluce, que os recebe com dois obesos bombons trufados.

Outra que não Marluce afastaria as crianças com seu amor melado, hipersaturado; crianças, ao modo de adultos, querem amar quem não os ama, e essa obtusa lei acaba por servir à comunicação do amor, ao seu não isolamento entre pares perfeitos — de certo modo, à sua ressonância, como um de seus aspectos sonoros e ondulatórios. Mas Marluce faz ela mesma os bombons. Na cozinha de sua casa, cujas paredes sofrem de uma apoplexia de *patchwork* — miniprateleiras coloridas, EVAs recortados, uma fruteira louca com a incontrolável criatividade dos esquizoides, galinhas-d'angola como enfeites por todos os lados, piando pintadas, aventais de bolinha e potes extraordinários — dona Marluce cozinha o chocolate. Faz tudo do modo mais difícil — ao modo como grandes máquinas fazem operações pesadas quando nutridas com óleo e engraxadas — não por fetiche, de modo nenhum por esnobismo (embora tenha secreta ou não tão secreta piedade por quem não faz as coisas a seu modo), mas com o intuito de alongar os procedimentos para que em algum ponto nessa sua larga extensão possa entrar com mais facilidade a mágica, o toque de permitida insanidade, permutas entre o real e o imaginário. É por essa razão que dona Marluce rala um tijolo de chocolate na panela ao invés de optar por sua versão já em pó ou fracionada — aliás, sem a mesma qualidade, ela diria. É nessa hora que lhe vem a ideia, talvez absurda, talvez inconsequente, de lançar ao chocolate um rosquear de pimenta-do-reino; de uma outra vez, é a pimenta branca, deliciada com o ato de produzir uma contradição que só ela seria capaz de perceber — "não é pimenta preta, é branca!", diz-se em silêncio, cuja malícia só seu sorriso anuncia, e quando não houvera tempo para a cristalização pública da tese — a pimenta-do-reino — para que já surgisse sua antítese. Dona Marluce recria sem saber toda a história da arte do século XX.

Exagera em experimentalismos que ficarão para sempre alheios à população em geral, avança com vaidade para além de todas as fronteiras da representação, produz bolinhos amorfos e incompreendidos, julga haver revolucionado a confeitaria ao deixar impresso no escaldante bolinho-de-chuva a marca de sua digital, faz séries estranhas de doces que se complementam, termina em concretismos arrogantes, desformando em uma bandeja uma incomível interrogação de caramelo, e então retorna ao arroz-com-feijão, calejada de experiência, e distribui na escola onde trabalha uma *tupperware* com a prosa de brigadeiros sem detalhes.

Mas a essa altura, suas invenções já se tornaram minimalistas. Fez descobertas de que não abre mão. Seu café, por exemplo, vai além da medida perfeita — ali ela não poderia mais mexer, os comentários de seus mais sinceros críticos afirmavam. Foi então que, no desespero de não ter mais para onde correr, ou exatamente *onde* inventar, que inaugurou a ideia absurda de colocar na chaleira a água ainda gelada. Produziu assim a *demora*. Esteve contente, mas não satisfeita. Na próxima vez, tascou um fogo baixo. A demora era excruciante. Aí, então, houve a satisfação absoluta: havia tempo para que a água se habituasse à transformação, que ela própria compreendesse aquilo a que estava destinada — sem revolução, só reformismo. O tempo — este era o segredo. Alongando o tempo, alongam-se as possibilidades, o próprio espaço se transforma, e com ele a matéria. A inteligência sente-se desafiada; há espaço para experimentalismos, para *pensar*. Ela responderia aos elogios frequentes que a paciência é o segredo da culinária. Dizia, na verdade, que a paciência era apenas o meio visível onde lentamente se formam as bolhas da ideia, da experiência, com adejos para a convenção e o radicalismo.

E seus superbombons perfeitamente enformados eram símbolos de sua própria perfeita rotundidade. Dava às crianças, como uma velha sacerdotisa, a hóstia achocolatada de seu corpo. Ali estava, o doce: bem embrulhado em um vestido cujas duas pontas eram beliscadas em giros contrários, como se beliscaria uma criança arteira que só come doces, o vestido celofanado, brilhante, amarelo, ruidoso, um presente de pura energia e delícia, que se converteria em breve em um salto, em uma corrida, no tropeço de uma criança de olhos exageradamente abertos pela droga de tia Marluce; o ruído de se despir um bombom, precisa e exatamente contrário ao ruído de alguma coisa que se quebra, e então o chocolate lustroso, calvo, negro, redondo no topo e chato na base como um devorável nariz de palhaço, essa notícia brilhante que se dirige diretamente à língua; a mordida ao meio (dos menos afoitos), para surgir o núcleo terrestre, compacto, do chocolate branco com limão, ou o crocante caroço de um maracujá; e o resultado dessa operação, do rito que começara muito antes, na cozinha, e antes da cozinha na imaginação, no livro de receitas, em uma avó, em uma bisavó, e ainda mais distante, borbulhando em uma pedra o primeiro cozido do mundo, o resultado saído das mãos da doce sacerdotisa era tal que as crianças diziam, sem dizer: "Eu não acredito!" Sim, essa sua religião, essa sua terna bruxaria, produzia a antifé perfeita, a crença mais alta, que é a do milagre, do súbito e do inacreditável. Livres, as crianças recebiam um cafuné e saíam, sem nenhuma dependência em relação à sua religião, libertados pelo açúcar do dogma, agraciadas com sua hóstia, com seu milagre ritualizado, e após seu "não acredito" estavam livres para acreditarem em todas as coisas.

A verdade entrando em pânico

Os netos de dona Ana haviam chegado há pouco. Foram trazidos pela mãe de um deles, Valéria, que se responsabilizara pelo sobrinho, sendo que os primos — seu filho, Vitinho, de onze anos, e Lorenzo, de quatro — passaram a noite juntos, jogando no celular. Valéria senta-se à longa mesa do rancho, seu bebê de colo mamando no peito, e ela tomando café, fumando — mamando do cigarro de filtro amarelo, o mamilo de fogo do ar. Estava poupada do trabalho, ao que agradecia e aproveitava, conquanto ainda exalasse cansaço por todos os poros.

Os meninos não tinham planos de dados. Além do mais, Valéria não lhes emprestaria seu aparelho. Por isso, procuravam o que fazer à beira do rio ou do lago. A mãe de Vitinho comentava com Kauane que pegara Lorenzo, na noite anterior, dizendo ao primo que "morava no Rio de Janeiro, pertinho", disse ela, segurando o riso, "pertinho do Paraguai."

Valéria gostava de Kauane, já que ambas eram tratadas como noras por Dona Ana. Sentia, assim, uma cumplicidade na opressão. Mas de quem gostava mesmo era da Loira, que ainda não chegara, mas que não tardaria a fazê-lo. A Loira — cuja idade era próxima à de dona Ana, sessenta e poucos anos — chegava, trabalhava como um boi, sorrindo sempre, e arranjava tempo para contar histórias picantes e expor sua sensualidade com orgulho e desenfado. Valéria adorava o riso que essas histórias lhe propiciavam, o agradável escândalo que produziam.

"Mãe, posso pescar?", lhe pergunta Vitinho, cujos olhos estalados e cuja proposta de pescaria têm um quê de insanidade.

"Toma cuidado", diz-lhe Valéria, que lhe ensina, assim, que a autorização, que o "sim", tem sempre um "mas" que lhe faz sombra. "Toma cuidado e cuida do teu primo", arremata.

Vitinho vive com sua família em um dos guetos brasileiros, onde, ao modo dos judeus no *Reich*, são colocados e marcados os pobres, na maioria pretos como ele, e indesejados. E cujas incursões fora do gueto (permitidas para o trabalho, parcialmente justificáveis para a diversão, a que teriam de explicar nos postos de comando) são sombreadas pelo temor ou pela ousadia. Com onze anos, Vitinho já foi parado duas vezes pela polícia: uma jogando bola no campinho, outra andando de bicicleta no bairro vizinho ao gueto. Já vai entendendo, assim, que está inscrita em seu corpo a estrela de Davi.

Vitinho é impossivelmente curioso e impossivelmente elástico. Sempre que pode, enfia, como um personagem secundário de Rembrandt, a cabeça por trás de um adulto que age: se alguém lê, ele, que não entende bem as letras, surge como uma segunda cabeça do ombro do leitor, e olha o papel frágil da Bíblia, as colunas precisas e compactas dos versículos, a sensual transparência das folhas que mostra que por trás das palavras há palavras, que de algum modo é a busca pela verdade o que faz com que os adultos virem as páginas, aparentemente iguais; ouve o estalar, de seda seca, da folha ao ser virada. Apreende a indecisão de quem passa uma página e então retorna à página anterior, e à frente, em uma escolástica dança de salão. Na ponta dos pés, observa o dedo que desce e sobe entre os versículos e, encontrando um ponto de apoio, desliza da esquerda para a direita, a unha brilhante de esmalte base em sincronia com a inteligência, talvez com a fé. As páginas muito finas têm a fragilidade de asas de inseto, e seu ruído infinitesimal de fratura espanta o menino — como quem se assusta com a fragilidade na moleira de um bebê, e depois ainda mais com sua fortitude.

Ouve o resmungo do pastor, que vai engolindo as sílabas e as devolvendo inarticuladas e em ritmo musical, mais agudo nas palavras-chave. É como se cantasse uma canção baixinha e veloz, uma canção de ninar para camundongos. E então o dedo estaca, sai do papel e ergue-se em uma antena, apontando para Deus: "E Saul naquele dia o tomou, e não permitiu que voltasse a casa de seu pai", diz o pastor, entoando ao modo neopentecostal o verso em três tônicas, duro como um triângulo. Assistindo a essa amostra grátis de possessão, Vitinho, cujo desvio de septo produz roncos, respira e o pastor o afasta como a um mosquito — "ah, moleque". É o pastor Ronivaldo (a quem, logo no nascimento, quiseram chamar de Roni, ao que foram proibidos pela mãe — "é Ronivaldo o nome dele" — protegendo-o inflexível e afetuosa do afeto alheio e lhe outorgando dignidade) quem acaba de chegar.

Porém, não é apenas atrás do ombro desprevenido do pastor que Vitinho aparece. Carlinhos — o favorito de Vitinho, aquele cujas seriedade e indiferença aquecem sua imaginação, e que também tem uma força descomunal, apesar da barriga e por causa dela, o que o torna a seus olhos um herói mítico, apenas comparável aos jovens do seu bairro que empinam motos, que têm boas roupas e que trazem consigo o ouro, algo aparentemente restrito, reservado ao lado de lá do gueto, onde Midas escarra mansões — Carlinhos enrola um cigarro e então surge a sinuosa cabeça de Vitinho, escorrendo de admiração, assistindo ao gesto de habilidade que sempre, aos olhos atentos, é um gesto de fantasia.

Carlinhos pega o papel, enrola-o e deita tabaco na vala ao meio, com um truque de dedos vai adaptando o fumo à forma cilíndrica — que logo desafará, indo à desforra no céu. Vitinho está ali, despercebido, a segunda cabeça diagonal de Carlinhos. O canudo feito, o papel precisa ser lambido — um gesto prático, mas que não deixa de lembrar essa ligação ancestral entre a saliva e o papel, como quem lê e passa as páginas, a ligação entre a língua e a Língua. Mas é só quando vai lamber o papel, quando de sua clavícula se descola a cabeça curiosa de Vitinho, que Carlinhos percebe que era acompanhado — dito de outro modo, notar e perder a cabeça são uma e mesma coisa. "Ah, moleque", e espanta-o como a um mosquito.

E ele voa, correndo e pulando com a elasticidade caótica de uma borboleta.

Aliás, o apelido de Vitinho é Mosquito-porva. Por ser rápido, leve e onipresente, os homens — que via de regra são os responsáveis pelos apelidos, pelos nomes ilegais, nas tribos brasileiras — o chamam com o nome do mosquito que anuvia os animais, as frutas, e que não podem ser enxotados porque são ao mesmo tempo um e muitos. Mas Vitinho é enxotado, sim, e corre na direção do lago artificial, a seu lado correndo e caindo e correndo de novo o sempre atônito Lorenzo.

Para pescar, Vitinho fará uso — sem necessidade — de sua elasticidade proverbial. Parcialmente sem necessidade: por haver deixado a última vara de pesca emprestada largada no mato, e o cachorro tê-la comido pela metade, foi-lhe interdito o acesso às tralhas dos mais velhos. Tampouco as pessoas estão para pesca, de modo que pudesse fazê-lo supervisionado. Terá que improvisar, sendo que eu, ao menos, lhe dei acesso à caixa com linha, anzol e chumbada. Porém, ao invés de pegar do chão um galho qualquer, uma vassoura, ou imprudentemente segurar a linha de nylon na mão, ele resolve trepar em uma árvore. Escolherá — e é uma ação nobre, de certa maneira, a de optar por uma vara viva — aquele galho novo ou atrofiado que cresce na mangueira.

Vitinho é magro. Seu corpo é todo duro, ósseo e muscular. Sua barriga é uma página de um livro de anatomia: os seis gomos visíveis, já assimétricos, o umbigo redondo e estufado, o lugar de onde há não muito tempo teve sua verdadeira, sua primeira boca (quando existia dentro de sua mãe, crescendo devagar como uma tese). Com essa força insuspeita das crianças magras, sobe a árvore em um salto, para sua primeira bifurcação (se aproveita dessa dúvida da árvore como um predador, como uma onça se aproveita da dúvida de uma capivara), e ali, a língua entre os dentes, para fora da boca, faz escolhas, decide o melhor dos caminhos com sua fácil inteligência. O outro,

Lorenzo, fica para trás, os olhos se enchendo de lágrimas, a inveja fazendo-o sonhar e chorar. Está de cabeça para cima, até que perde o equilíbrio e se vê obrigado a dar dois passos pra frente, dois pra trás, e encarando a proeza que já lhe faz odiar o tempo, querer atravessá-lo pela vontade, chegar aos onze anos pela força de um desejo. "Se você não parar de chorar", diz-lhe Vitinho, tendo que parar a meio caminho, preocupado com a atenção que os adultos possam acabar por lhe dar, "vai ficar sem sua vara". E conclui, acentuando a individualidade, que nas brincadeiras em grupo é uma forma imperdoável de ofensa: "Vou pegar só pra mim".

Isso não impede que Lorenzo sonhe com o dia em que as árvores estarão sob seus pés. O dia em que sua agilidade será finalmente igual a sua intrepidez. Comovido, segurando o choro, que escapa como um soluço contido ou como um isquêmico buço de ranho, clama em silêncio seu "hosana nas alturas". O dia em que for um menino, não essa massa de costas moles, e em que terá o abdômen sêxtuplo, rígido, vida protegendo vida, e não sua barriguinha solta, fofa, exposta debaixo da visível miniatura de suas costelas, nesse dia ele conhecerá a Ascensão. Agora, só o que quer é subir, subir, subir, como seu primo-messias, sentar-se como ele ao lado direito das frutas, e não receber, como recebe agora, uma manga jogada displicentemente do céu. Lorenzo quer como Vitinho conhecer o lugar onde são inventadas as flores. Quer cheirar a árvore por dentro e subir, como quando pede colo, para chegar mais perto do seio, das glândulas de Deus; ele já sabe que subir é uma pequena teodiceia, a mesma, em proporções distintas, que gera sorrisos barbados e congelados no colo do monte Everest, por homens corajosos e sem mães. E coragem ele tem. Por isso, sem nem mesmo se dar conta, ergue seus punhos para a árvore, para o céu, e abre e fecha as mãozinhas, abre e fecha, e então não pode mais conter as lágrimas e explode — danem-se as varas desse mundo, danem-se as pescarias, as tilápias sagradas de São Pedro, dane-se o amanhã, ele quer o céu azul, a árvore verde, a Força dissociada para sempre da surra.

O choro, mesmo vindo à distância, penetra os ouvidos da tia, cuja criança de colo — a pequena Sophia — torna, de fora para dentro, seus sentidos mais aguçados, mais aflitos. Numa carreira, segue o choro com a precisão de uma máquina, mas os solavancos de sua corrida chacoalham a alma do bebê, preso ao braço, e que em um instante também está chorando. Quando se aproxima do lago, da mangueira, e vê Lorenzo só debaixo da árvore e entre folhas secas, pensa no pior: uma cobra. "Que foi, que foi, que foi" e se aproxima e se abaixa. Vitinho, no meio das folhas e dos galhos, se esconde, como a serpente no jardim do Éden. De lá, contudo, explica: "Ele quer subir, eu não deixei." O susto logo se desfaz, dando lugar ao alívio, cuja presença nunca é, imanentemente, duradoura. E, costeada por dois choros, um feminino (do bebê) e um masculino, vê crescer em si uma fúria trágica, a típica impaciência das mães, que quase sempre sozinhas nessa tarefa conhecem o pior e sempre o esperam, vivendo em um mundo grego e trágico, mundo este que separam do mundo real pela cerca demarcatória da fúria, do grito, com o qual seccionam vigorosamente do dia a dia o horror da desmesura.

"Ah, seu desgraçado. Desce daí! O que foi que você foi fazer aí?" A explicação torna a enfurecê-la: os homens, desde que são vitelos, buscando varas, cajados, cetros e que tais, pisando a cabeça das árvores, arriscando a própria espinha, para sair de lá com algo que humilhe seu priminho? Tenha santa paciência. Incapaz, contudo, de subir a árvore como a criança, ordena que desça. Ele, é claro, desobedece. Ficam assim em luta, cada qual calculando suas chances — insisto, e corro o risco de perder minha autoridade caso ele não descer? fico aqui, e desafio a autoridade, que a cada ordem faz crescer em mim uma vontade maluca de obedecer, ou espero, correndo o risco de uma surra maior, mais tarde? De surra a surra, ele opta por aquela que está mais afastada no futuro. E a mãe, com uma calma fingida, se apaziguando como quem guarda energia para um evento importante: "Uma hora você vai descer. Ou vai morar aí? Uma hora você vai descer. Eu vou estar te esperando."

Vendo que dona Marluce está próxima, roga-lhe que fale com seu filho, que lhe ponha juízo na cabeça, ao que dona Marluce responde "Sim, filha", e seu toque no ombro da mãe tem certo poder calmante, dissuasório, cada um dos dedos feito um talo de camomila; espera que Valéria se vá e, olhando a copa da árvore, ignora a incumbência e se retira. Valéria segue de volta à mesa, bufando de raiva e tendo que se explicar para a sogra imprestável, na ausência de seu marido imprestável, que sequer ali estava.

QUIROGA

Quando é preciso ensinar a morte aos fantasmas

Por falar no marido de Valéria, Uander, que não tarda a chegar e que falará alto como um palestrante, há uma história que ele mesmo gosta de contar, a qual, por um ângulo, o explica. Pois as pessoas são como as frutas, e de um lado amadurecem mais e primeiro que por outros. E a história de um destes lados é a seguinte:

Vitinho havia acabado de nascer. Valéria cuidava do menino, tendo tirado licença do trabalho de doméstica no centro da cidade. Era final de semana e, apesar de seus rogos, na sexta-feira Uander, que tinha conta no bar, lhe dissera... ou melhor, dissera ao telefone, para um de seus amigos: "Você sabe", gritava, gesticulando com o dedo em riste como se acareasse o micro-ondas, "que eu morei em Cascavel. Não, isso você vai deixar comigo. Eu vou fazer o costelão pra nós... Não precisa. Eu faço." Agora, fazia com a mão espalmada um gesto de "pare", como se a geladeira houvesse ameaçado discordar. "Ele não vai nem aparecer, quer apostar quanto? Eu faço", e seu dedo espeta o próprio peito. "Vou fazer de chão. Não esquenta, eu tô falando. Só vou te passar a lista. Fala pro Chicão que eu vou chegar cedo. Já? Daqui a pouco eu tô lá. Deixa as coisas da lista já com ele já. Deixa que eu abro, só fala pro Chicão". Aqui, apertou o botão de choque do fogão elétrico, que zuniu seu "tatatatatata" azul, e Valéria fez com a boca um esgar de nojo. "Nem a pau! Eu vou arrebentar você. Tá bom. Você vai ver, eu morei em Cascavel, e que é que ele sabe de churrasco? Sabe porra nenhuma. Deixa comigo", e, após desligar o celular, foi à despensa procurar sal grosso.

"O Wagner já tava querendo passar o churrasco pra mão do Luisinho."

"Que Wagner? Que churrasco?", pergunta Valéria, tentando antecipar o elenco de amigos e más influências que estariam presentes no tal costelão.

"O Wagner do Dito, ué. 'Que Wagner', essa é boa", diz, abrindo e fechando portas de armário, sem ousar encarar a esposa.

"Ô, Uander. Onde você pensa que você vai? Você não sabe que tem um filho pequeno, não?"

"Ah, para, não é nada demais. Vou lá, faço o costelão e trago carne pra nós", explica, com sua diplomacia canalha. "Na hora do almoço já tô em casa", arremata.

"É a puta que te pariu", explica Valéria.

Nos próximos minutos, o dedo de Valéria se alternou primeiro em direção a si, depois para a cabeça de Uander, em solavancos que acompanhavam as palavras, como tônicas. Uander tentou não encará-la, em vão: logo apontava a rua e depois o chão em que pisava, seguido de uma mão que fingia tirar suor da própria testa; e então apontava o coração, em algum ponto fisiológico e central, ao que era replicado por uma Valéria que gargalhava para o teto, para uma imprestável lâmpada queimada. Pois era a vez de Valéria indicar o próprio tronco, à altura do seio esquerdo, e seguir com o dedo em riste mirando o quarto onde o bebê dormia. Uander já andava de um lado a outro, erguendo a mão espalmada ao lado da cabeça, ao lado dos olhos, não sem o sinal de que quisesse apagar imagens que lhe surgiam. Valéria fixou-se nos dois joelhos, fez força nas coxas, e, com um gesto horizontal, de juiz que dá por encerrada uma luta, saiu pisando firme e se fechou no quarto. Uander, ao sair da cozinha, bateu a porta; vermelho, suando de equívoca indignação, pegou as chaves, a carteira e bateu também a porta da sala.

A mensagem que Valéria recebeu mais tarde tinha tons apologéticos. Prometeu que não faria mais isso, que seria a última vez, mas que havia dado sua palavra e que isso, para ele, era sagrado. Foi à farmácia, comprou fralda, trouxe chocolate, deixando tudo na cozinha e não ousando perturbar o silêncio da casa, um silêncio exaustivo e carregado de odores, de leite, de comida em panelas, de fraldas e de feijão cozido. Esgueirou-se, acreditando que Valéria não o via. Foi ao bar. Faria o famoso costelão de raiz obscuramente paranaense.

Não havia o que fazer. Passou o tempo, e Valéria cuidou da casa, do menino, esteve atarefada e por momentos se esqueceu do marido. "Costelão! Eu vou ensinar ele a fazer um costelão", resmungou ao se lembrar, em meio a sua matinê de cansaço. A noite, porém, foi chegando, e a raiva foi dando lugar à preocupação. Não ligaria, contudo. "Vou é me separar", falou a um Vitinho entorpecido de sono. Exausta, antes das nove dormiu, a televisão ligada, a luz acesa, o bebê no berço. Acordou para dar-lhe de mamar e acalmar-lhe o choro, e notando que Uander não estava, dormiu novamente.

Foi por volta das quatro, cinco da manhã que ouviu um barulho e acordou sobressaltada. Uander chegava. De quatro, derrubando a fruteira ao lado do rack, tentando apoiar-se no cobertor sobre o sofá caiu de boca no chão. Ria baixinho, rastejava, mas quando sentiu que acendiam a luz e que havia na sala uma vaga presença, poderosa e no entanto não muito real, tomou-se de uma seriedade inapelável. "Uander, posso saber onde você estava? E o que é que você está fazendo, agora?" Com as quatro patas no chão, erguendo a cabeça como um boi que muge: "Oi? Tá acordada?" Valéria tapou a própria boca. Só a destampou para sussurrar: "Acordada? Fica quieto, você vai acordar o menino!" Ele, sem rir, ajoelhando, dando-se ares sérios, que em nada combinavam com seus olhos revirados e seu cheiro químico de solvente, misturado ao azedo do vômito: "Vai dormir. Deixa que eu cuido do Vítor." Valéria travou os dentes, juntou os incisivos. "Por onde você andou? Fez a bosta do seu churrasco?". Uander, então, deu-lhe a resposta verdadeira, que, em seu juízo desconjuntado, lhe parecia capaz de demover a fúria da esposa: "Choveu. Não teve costelão."

Essa era a história que contava com orgulho. Valéria ainda ria a contragosto e apagava no ar o riso com um gesto. E era por contar histórias cínicas, que não causavam a esperada alegria e que, no entanto, não conseguia deixar de contar, que as pessoas aceitavam Uander com uma afetuosidade condescendente. Não se podia contar com ele. Aliás, era impulsivo e de pouca consideração, mas ainda assim gostava-se dele como de um bebê que esperneia. Havia prometido que faria o galo na panela de pressão, mas dona Ana, sua mãe, resolvera não o esperar. Tendo posto o galo no fogo, cozinhava também as batatas e os legumes da maionese. Conversava com Agenor, ainda no alto da escada.

E, antes que Uander chegue, é preciso dar conta do que se passa entre os dois viúvos. Os relacionamentos dos dois casais — Uander e Valéria, Agenor e Ana — eram de uma oposição fundamental. Convergiam na presença de uma tensão, que para um dos casais era também ligação, conexão, enquanto para o outro era aquilo que os mantinha apartados, conquanto próximos.

Dito de outro modo, Agenor e Ana se aproximavam um do outro, sem que se decidissem de fato a levarem o relacionamento adiante. Apenas "cozinhavam o galo", como se diz.

Agenor dos cabelos anelados, o pescoço vermelho, queimado de sol, os braços erguidos segurando o ventilador de teto como quem segura uma taça de campeonato; conhecedor dos segredos da eletricidade, suando em bicas, os óculos de aros retangulares presos à nuca por uma corrente e escorregando pelo nariz; dona Ana, de mãos molhadas, braços fortes, o sorriso forçado de quem olha para cima, os olhos castanhos — em um dos quais surge o fosco soro de uma catarata, o sol da íris se pondo em leite — tomados pela beatitude do amor e da reserva. Conversam sobre os consertos necessários ao rancho e banalidades, até que, por fim, possam entrar mais fundo no que os atrai um ao outro, e também os repele.

É Agenor quem, por linhas tortas, começa. Imprevisível, inesperado, fora de contexto como um grito nas primeiras horas da manhã, estoura no céu um trovão, feito um tiro de espingarda. Não o acompanham outros, ou quaisquer sinais de chuva. Os dedos de Agenor tremem ao soltar a carcaça do ventilador; desce um lance da escada e uma gota de suor brota em sua testa como uma verruga instantânea e líquida. Olha acima de dona Ana, em direção ao horizonte, e diz, sonhador:

"Um dia fui à praia. Entrei no mar frio, sob sol quente. O vento batia em meu rosto e as ondas nas minhas pernas. Longe, rumava uma tempestade. Longe no céu, o espaço se tornava gráfico, selvagem e incoerente, ou com aquela estranha e firme coerência do que é brutal. De resto um azul sem manchas, mas ali havia fúria, mau-contato entre as espumas e as nuvens, excessos distantes que então entravam em disputa, raios e frações de chifres, o horizonte querendo rasgar o horizonte. E então veio a onda. Alta, azul: de um azul brilhante, carregado de energia. Pensei em correr, mas meus pés estavam atados como nos pesadelos. O azul de um aquário iluminado mergulhando em minha direção e então a pancada. Desmaiei. Por meses, meu coração bateu a quarenta pulsações por minuto. O raio entrou na água e lançou nela seu esperma elétrico. Na areia, me contaram, havia centenas de peixes cujos corações pararam em definitivo, arrancados desse mundo e jogados em um mundo primordial, atômico. Pairava a luz na face das águas, no espaço do céu — dentro da tempestade, corações de peixes eletrocutados, bolotas vermelhas ligadas em pânicos paralelos. Sal em eletrólise soprando o fogo da vida. Eu vi a onda em toda sua majestade, grande, quebrando, a onda nua e desencapada — a bobina em movimento no líquido aparelho do Leviatã. A onda que faz dançar os corpos enrijecidos, como em um ritual em redor de fogueira azul, como em um imaterial pelotão de fuzilamento. Sobrevivi. Mordi a língua, travando a saída da alma. Naquele dia, o oceano teve sonhos epiléticos."

E dona Ana, tirando na ponta do dedo, como uma lágrima ambarizada, a geleia de uma remela — feito uma seiva de sonho:

"Cuidado. Os fios estão soltos de fora a fora na natureza. Cuidado com a natureza e suas taras elétricas."

"Eu sei, Ana. Nos finais de semana, ando na terra, descalço, e meus pés devolvem ao inanimado seus elétrons. Descarrego-me. Tenho muito cuidado. Não desafio os elétrons, não desafio a energia. Ontem mesmo, morreu seu Alcides. Havia no horizonte preto pequenas tempestades em seu coração. O coração de seu Alcides era uma taça de raios. Quando morreu, choveu de novo em seu peito a primeira chuva da Terra."

"Sou viúva. Todos os dias, o Deus da Morte molha os pés de nossa cruz de cobre. Passa pelas salas e pelos quartos e distribui choques, em armadilhas nas portas — das geladeiras, dos carros, nos registros, em tudo que se abre; mas meu marido é, hoje, só choque. Não sei o que faz o choque, mas sei que ao entrar ocupa o exato lugar da consciência. E ao entrar nos abre como uma flor de duzentos volts."

"Eu também sou viúvo. E também me lembro do seu marido. Me lembro de que bebia e contava suas glórias em números de caixas: duas caixas, três caixas, quatro caixas de cerveja, flutuando uma em cada um dos rios da escuridão. Ele era um marinheiro, sem sê-lo. Ria como um marinheiro. Seu olho brilhava, na noite, amarelo; ele não sabia — não era maldade, mas desconhecimento — ele não sabia das voltagens da terra; não sabia que em sua imensa massa percorria uma serpente elétrica, que soltava faíscas em seu pâncreas. Era do mar, de um mar ideal, e não da terra. Era caminhoneiro. Viveu imune às tempestades elétricas."

"Sim, meu marido. Seu caminhão cortava o nordeste da noite e sua antena apontava para um céu de explosões sem diesel, que ele jamais poderia compreender. Lembro-me de um de seus caminhões — branco, treze-treze, do ano da graça de 1985. Era um caminhão estúpido. Um caminhão mau, desaforado. Bonito, o caminhão, um caminhão cujos dentes eram podres e que não podia sorrir. Mau, por força. Digno. Duzentos e cinquenta sacos de cimento nas madeiras de suas costas de estivador. E a noite insana, doida mesmo, do Brasil: capim, o mato bravo, o mato que tem ódios nocivos de noite, o mato sem joias, com cabelos de fantasma, e que gira dentro do chão até morrer de fogo, o mato-igreja, à noite, sob a luz do farol e bombardeado de chuva, o mato feito com a porcelana verde dos santos, que devora os casamentos, que viola a boca da lua, e que aparece nos sonhos com suas antigas formas de homem; e a onça preta que tem mil olhos na polpa do céu, cada canino um raio, chovendo um continente de trovões; e a cabine do caminhão, Erasmo Carlos, a eletricidade controlada nos para-brisas que zurram feito mulas, nas luzes do painel: a luz da bateria, vermelha, acesa à revelia, e meu marido a ignorando, porque acreditava ter controle sobre os restos da energia. E a antena apontando o céu, os relâmpagos, a fúria, cavalos e usinas celestes. O chão brasileiro é tão forte e malignamente fértil que por pura concentração empurra aos céus as folhas, as faz girar no ar sem vento. Meu marido não tinha medo. Meu marido bebia quatro caixas, sobre os quatro rios da morte. Meu marido bebia para morrer, e no dia seguinte, se esquecia — e ressuscitava com desastrosa inocência."

"Eu não bebo, mas também tenho medo da morte. Sou abstêmio por pavor e teimosia. Tenho medo de beber, porque então todos saberão que ainda sou criança. Eles sabem que sou horrorosamente eu quando choro."

"A eletricidade é seu brinquedo, Agenor. Você não pode mesmo beber. A eletricidade está dentro de você. Você é uma só e longa gravidez dos seus brinquedos."

"Sim. Carregar a energia que está nas costas da vida é uma responsabilidade. Daquelas que só uma criança pode ter. Quem brinca com a morte, como fazia seu marido, em toda sua santa dignidade, está segurando uma das mãos nos cabos neutros. Nos cabos neutros que percorrem de fio a fio a incompreensível estrutura da Bíblia, com seus quartinhos, porões, palácios e campanários, todos acesos na noite da pura violência. Qual a energia, na casa de barro de Ageu, o fez revirar e revirar sobre a palha, para, despertando, dizer a seus vizinhos, os olhos arregalados, eletrocutados pelo choque: 'Deus está convosco'? O punho muito bem apertado no neutro da Criação. A fase — a fase é o Deus, aquele que come a morte de dentro da morte."

"Meu marido não tinha dignidade. Conseguiu-a após a morte, como se por ela houvesse sido condecorado. Meu marido me espancava. Meu marido bebia, e então todo seu ódio e toda sua impotência explodiam: ele não era um homem da eletricidade, mas de energia suja, de explosão e diesel. Sua mão áspera tinha o toque abjeto e generoso do óleo. À noite, por volta das três da manhã, ele era incendiado por um fogo bíblico. E em seu supremo ódio, não havia nada que odiasse mais do que o amor. Em chamas, na vermelha embolia do fogo, ele quebrava a casa, desfazia os arranjos da noite, e ali, perto do rio, ele punha fogo um a um em todos os peixes. Do seu peito pelado nasciam pavios. Com a mão vermelha, laranja, ele se aproximava de mim; e crescia, subindo degraus de gasolina. Quando, um dia, lhe apontei seu próprio revólver, o fogo se apagou com a água do medo, e eu vi uma estranha ternura em seus olhos."

"São muitas as formas, Ana, com as quais somos recolhidos do jardim. Mas a única coisa que nos é interdita é sentir nojo dos mortos. Para não o justificar, esqueça-o. Coma seu corpo, durante o sono. E deixe que sua alma esteja presa no focinho dos quatis, e que subindo aos céus levem-na consigo, para a Floresta Fantasma. Eu, por mim, vi o abismo. Minha mulher morreu, e não quero falar sobre isso."

"Agenor, cuidado. Que os fios também são serpentes. Não ouça o que te dizem os fios. Foge dos fios, foge do jardim elétrico, foge do trifásico anjo de Deus."

"Nós não podemos mais ter filhos, Ana, e eu jamais os tive. Planto vasos de boldo, de alecrim, da salsa, extraio dos campos do Oeste mudas das bananas da lua, cujos cachos são baixos e os frutos são perfeitos. Tenho em minha casa cachorros, plantas, eletricidade e medo."

"Você é o anjo da vida, Agenor."

"Eu estou trespassado pelas flechas da energia."

"Tenho nas minhas coxas hematomas de diesel."

"Ana, nós não podemos mais ter filhos."

“Eu sei. O Deus da Morte levou em penhor o meu útero. Seu sêmen é fraco, já não sonha com um corpo vivo, com seus olhos verdes, diluiu na água a fórmula dos teus cabelos.”

“Quero só me deitar no jardim das oliveiras negativas.”

“Não, Agenor. Daremos juntos à luz um Deus. Juntos, faremos de duas mortes apenas uma. Um Deus de amor, cuja metade neutra é a morte. Teremos uma criança, assimétrica e perfeita. Nós somos o amor, Agenor. O curto-circuito que acenderá um relâmpago no coração da morte.”

“Não lutarei contra o Altíssimo. Outra paz nos espera, em um mundo amplo, elétrico, sem caminhões. A morte é o nada, e não pode ser reduzida.”

“Não desisto. Há um segredo em seu cansaço, que irei descobrir.”

“Comerei das folhas e do galo, e irei embora. Descansar no jardim das oliveiras negativas.”

“Entendo, conheço as suas mentiras: tenho-lhe amor. Lembre-se que foi hoje que meus seios começaram a crescer, e que você viu pelos no seu corpo. Eu serei eu, até que seja arrancada para fora da existência. Saberei te esperar, a você, que é menino.”

QUIROGA

Uma filadélfia de moscas

As penas do galo estão em uma gamela. Derramam-se sobre a pia. Entre as penas, o sangue, está a cabeça, sonolenta e misteriosa. Kauane joga o conteúdo da gamela no rio, e penas e cabeça flutuam. Os alevinos à margem mordiscam o que podem. O rio, pardo e negro com cores de galo, faz com que a cabeça agora se mexa, oscile, pelo empuxo de outra força vital, das águas de fora da casa da carne. As penas e a cabeça, cujos olhos são só pálpebras, e cuja metade submersa desaparece, ao encarar o abismo no limo e nas pedras, flutuam juntas, são carregadas no mesmo féretro. Lavadas, deixando de cheirar a sacrifício e já cheirando a rio queimam sob o sol; a mosca verde, sofrendo com a cólica das larvas, se alivia nessa pouca carne de suas ovas. Deixa na cabeça em forma de interrogação o que tem de mais precioso: vingará sua prole, o futuro, a próxima geração? O acaso, a dúvida e, portanto, a própria inteligência são deixados de lado pela massiva fertilidade da mosca, que logo voa às fezes do cachorro e pare uma nova geração; ao lixo, com restos de peixe; joga, enfim, em todas as mesas, e assim, como os homens, por uma absurda força quantitativa, dá cabo do acaso. E a cabeça do galo vaga, com larvas no lugar das velhas ideias, da velha rebeldia contra todos os seres e contra o sol, oscilando, dizendo um afásico sim com o bico aberto e a língua de fora.

No ar do rancho, exceto pela natural proximidade do rio, a umidade desapareceu. Não há mais sinal de chuvas, e é como se dois climas distintos brigassem, talvez como galos, por trás da realidade; e o que subitamente vencera agora era o calor, a atmosfera seca, amarela e calcária, e mesmo o sol tem a branca porosidade do giz. Os pescadores nas canoas abrem seus guarda-sóis, rompem o lacre de suas cervejas. A água prossegue movendo-se — com entrelaçamento quase fibroso — e a luz do sol seca bate na superfície, não vai mais longe, e se esfarela nas ondas. O rio está escuro e lento, como pasta de amendoim, grosso e nutritivo. Carrega galhadas vindas da chuva das cabeceiras. Imensas flautas, os bambus correm depressa na correnteza, e ocos afundam e sobem, com a louca mobilidade de afogados.

O calor começa a tornar-se insuportável. Os átomos se agitam cada vez mais e os corpos que os contêm vibram de lassidão, evitando moverem-se eles próprios. Cada indivíduo é uma galáxia de calor. Por todos os lados, essa sensação de ponto de ônibus, como se o 339 fosse passar até dentro do quarto. O aquecimento dos caminhões que não podem ser desligados, a conjunção de asfalto, escapamento e espera; a natureza, que é mimética, imitando as máquinas da Revolução Industrial, cuspindo vapor por seus tubos mal comprimidos, tornando-se visíveis sob o sol os parafusos soltos da Criação. O ingazeiro, há pouco verde e molhado, de cuja casca derramava-se uma profusão de serosidades, agora tem um quê maldoso de tear a vapor, e quando se move cabeceia feito um martelo em um poço de petróleo. O próprio ar é um Elias de fogo, clamando no trópico que em breve chegará o Deserto, um messias amarelo, o velho Deus-Sol, ou em seu lugar a eternamente desamarrada sandália de um Cristo puro, vulcânico, em chamas, cujas lágrimas serão de gás natural e cuja pomba se desfará na altura dos telhados, feito um meteoro de carne, quando a Esperança avançar sobre o último selo e finalmente entrar em combustão. Em algum lugar, nas costas da realidade, por trás do sol e do mundo visível, estão ligados os carburadores da extinção. No canavial, cansada de esperar a colheita, a palha da cana se autoimola e troca de natureza; e de pronto todas as canas em redor se convertem à sua luz, à sua quente religião. Jabutis fogem devagar, capivaras, bem-te-vis sobre os ninhos, jararacas perdendo as escamas, veados, lebres, árvores: os vulcões de Maipo e Rucapillán querem de volta a primazia sobre a Terra.

No rancho, lânguidos, todos nós olhamos a piscina desativada, seca, e paralisados sonhamos com hipóteses impossíveis.

Quando Uander chega, é recebido com euforia. Nos cumprimentamos, para só então perceber que Carlinhos não estava entre nós. Onde teria ido? A resposta é óbvia e no entanto ninguém a ousa formular. Seria traí-lo.

E ouço que dona Ana me chama. "Sim?", pedindo-me que entre na casa e busque no armário do quarto uma toalha de mesa — "a branca, com coração", mais precisamente.

Grato por desviar do calor e por poder ser útil, entro na casa.

O rancho — como é chamada a propriedade como um todo e, aqui, particularmente, a área externa coberta — é um telhado sem forro e de pé-direito muito alto — na cumeeira, chega facilmente a seis metros. Os ventiladores pendem das vigas, cuja madeira é escura de velhice, fortes como árvores. As telhas de movimento ondulado tornaram-se idosas também, e de seus quadris, unidos lado a lado, exala a autoridade das artroses, certa seriedade, aliada à obscuridade, e em sua sonolência repleta de pó, oxidada, vê-se a experiência de por tanto tempo haver cumprido sua dupla tarefa: de encarar os céus, sob lua ou sob abrasão, e de comunicar atenuada a força da natureza aos homens e às mulheres, com hálito morno falando-lhes sobre a espessa, rançosa banha do meio-dia. O fungo lhes cresceu e não seria notado senão pelas telhas trocadas, laranjas como feridas; dessas marcas, veios verdes, pó escuro, ferruginoso, pode-se ver um traço de tal dupla função, mediando a baixa política e a transcendência.

O telhado fica assim exposto a duplas intempéries. Formando duras placas, de cartilagens em barro cozido, encaram o céu e as pessoas. As telhas enfrentam a abóbada celeste, encaram o ar e lhe impõem limite — a unha azul do céu e a vírgula da falta de cálcio da lua. E chegam os ventos, a luz, as radiações de um qualquer sinistro no espaço, as chuvas, as praças pretas das constelações mostrando suas lâmpadas de milhões de anos, e contra eles ergue-se essa humilde falange, de barro, um anteparo ao curso da hídrica eternidade.

E, olhando para baixo, consolam as pessoas e as protegem. Mas como um duplo espião protegem também os céus de uma gangue de filósofos, das gentes que esquadriam o número de astros e divulgam suas histórias secretas, seus roubos, violações, suas orgias. As telhas não são nada, porém são também o que separa duas infinitudes. Conjurando o formato das pirâmides, mudam com essa separação os perfis dos deuses, as concepções que as pessoas têm de si mesmas. E, pelo mesmo motivo que nos protegem de Deus nos banheiros, nos dão descanso da pornográfica infinitude.

E se falo tanto sobre as telhas, é porque são, com efeito, magníficas. Seus moldes há muito se romperam, têm o aspecto dos objetos que se tornam históricos sem haverem sido anunciados, sem pompa ou celebração. Pesadas, grossas e repletas de sulcos que hoje seriam reputados desnecessários, imbuídas dessa criatividade ancestral que as pessoas sentem ao manipularem a argila, fazem ligeiras barrigas em cada uma das águas de um telhado selado; os caibros e ripas as seguram com sofreguidão, mas com dignidade — o pó girando na luz e caindo do alto, feito caspas. As vigas e as tesouras são absurdamente poderosas. E, realmente, as vigas se cruzam e as tesouras parecem subir como de uma coroa, para um terroso rei com seborreia. Aqueles de nós que entendem do assunto nos dizem: "não tem terremoto que derrube essa casa", ecoando um Titanic enxuto e paralítico. As madeiras-de-lei pesam centenas de quilos, e com seus braços que se formaram dos sucos do chão seguram no alto, como se flutuassem, as ósseas telhas contra o céu. São uma obra-prima. E como obras-primas demonstram a crença daqueles que a construíram: uma crença assustada nos poderes celestes, nas investidas da natureza, o contrário da húbris e da desmesura e que acabou por produzir desmesuradas proteções. O telhado alto e largo mostra que os construtores acreditavam — não, não apenas acreditavam, senão tinham no peito, engolido — o Deus dos Exércitos, e por isso construíam casas como construiriam templos: para que pudessem suportar o mau-humor de Deus e suas ocasionais apostas com o Diabo.

Algo que ocorreu, em algum momento durante a década de 1980, na enchente que carregou camas, sofás e geladeiras, e que deixou os pacus, dourados e pintados do lago artificial presos ao portão como cachorros. Mas o telhado permaneceu. Restaram apenas as cicatrizes do contato com todos os elementos.

Quando o nível do rio sobe em excesso, no período de chuvas de dezembro a março, dona Ana é capaz de ver nas marcas das paredes as fibroses deixadas por aqueles dias de violência.

Os ventiladores estão ali, girando a velocidades inconcebíveis, graças à troca de capacitores feita por Agenor: uma troca ilegal, absurda, no limite do possível. Ajudam a afastar os pernilongos, em consonância com a fumaça da madeira, mas impotentes para evitar de todo que as pessoas fiquem em um pé só, coçando as panturrilhas em um passo de *fondu* bailarino, ou abaixando-se ora ou outra para dar tapas nos calcanhares, sapateando suas perdas de sangue.

Passo por Uander, que ergue sua mãe no abraço como forma de cumprimento. As crianças já estão de volta, tendo recebido apenas uma advertência — a raiva havia passado e Valéria se resignara em contar ao pai, que nada fizera. O cheiro da comida já começa a tomar forma, a explicar-se com coerência; como uma criança, o cozido passou do balbucio à sintaxe. Entro na casa, contígua ao rancho — o rancho debaixo do telhado — e começo a procurar o cômodo.

Entrar na casa é de pronto sabê-la viva. Um grande bebê, de má índole, tendo sonhos em que há escassez de leite, projetando os lábios como um peixe enquanto o ar prova-se de um vazio fundamental. A casa é velha apenas para quem se fixa na falaz data de sua construção. As paredes estão no reboco ou em tijolos crus. Têm a umidade das crianças, molhadas por esse suor que cheira apenas e de modo puro a exaustão, e não a trabalho ou a vícios construídos no tempo; no máximo, o cheiro do leite um ou dois minutos antes de tornar-se azedo — o suave perfume da levedura.

E entrar pela porta de correr é já chegar no interior dessa criança no berço, ainda ligada por raízes ao útero do rio.

O chão de vermelhão tem algo de sanguíneo. Entra-se por uma sala em que se empilham cadeiras de pernas fendidas, sacos de ração rasgados, potes grandes cobertos por lonas, vassouras e rodos esgrimando parados. É o enxoval, objetos quebrados que se recusaram obstinadamente ao destino de ferramentas. São brinquedos: objetos que não têm medo da loucura. Caprichosos, aposentados por demência, nas mãos da casa cinza encontram sua razão de ser. Estranhamente, fazem sentido ali. O desentupidor sem sucção é uma chupeta usada pela casa até gastar e, enfim, imprestável, indigna de merecimento, tornar-se pronta para a conversão em um item de amor. E quantas vezes dona Ana não pensou em jogá-la fora? E quantas vezes ergueu-se no escuro a mão fria da casa, cujo berro inaudível a fez voltar e jogá-lo a um canto, quase com raiva, como se obedecesse, a contragosto, a um capricho? E os panos — encardidos, maculados como fraldas, babados de barro — por que ainda estão ali, senão por uma afeição inexplicável, que aos desavisados parece avareza, mas que é uma exigência da casa que, sem eles, não pode dormir? Os móbiles das chaves extras, dos molhos de chave há muito sem fechadura, como as chaves de plástico oco nas mãos das crianças, sem portas, obtusas nesse sentido, mas que muito mais tarde, de tanto as havermos levado à boca, na idade adulta abrirão as portas, em nós, pelo fecho da memória, da casa da infância. Não importa quão impecáveis, corretos e brilhantes tenham sido os objetos quando surgiram; quando alguém passa o rodo, fazendo cócegas no ladrilho, e a cabeça de sua haste se solta do prego mal colocado, é a casa mordendo seu boneco de plástico e, após olhá-lo novamente, se perguntando: você é ainda um brinquedo? E depois, no baú de sua esquizofrênica ternura, misturá-lo a figuras decapitadas, a bonecas que perderam os braços, as bocas abertas em um espanto prematuro, o rosto até os olhos riscados a caneta, suportando com fleuma os ataques de um deus pré-verbal, ou carros sem rodas, ou rodas sem carros, a obsessão dos adultos criadores de brinquedos com os números pares e a resistência das crianças com os mágicos números ímpares, com uma tendência selvagem aos números primos; e acessórios — um chapéu, uma bolsa, um sapato de salto — com laivos de protagonismo. E todos esses resultados da feroz luta das crianças contra o método, esse seu escárnio pela reificação que beira a crueldade, e que produz a identidade na dilaceração das coisas — o que faz a casa senão esse livre ofício, essa maldade experimental, das crianças que são próximas demais da natureza para aceitarem essas ferramentas de sujeição do caos, que inibem a mesma natureza? Como precoces reformadores religiosos, tomam as imagens e as levam à boca, e imprimem no boneco-réplica de um adulto armado a nervosa imprensa de um dente-de-leite, assim faz a casa, tomando esses baldes, vassouras, latões que quiseram domá-la ao farisaísmo e as quebra contra as paredes, morde, descasca e desparafusa, até que descansem pacificadas no caos.

Desviando das quinquilharias (no rosto o ar de reprovação dos adultos) entramos no corredor. E se ao entrar vimos os grandes brinquedos quebrados, explica-se então nosso cuidado, a quase reverência com que pisamos nas pontas dos pés sem motivo aparente: somos tomados pela mesma paixão de Cachinhos Dourados, penetrando na casa dos ursos e vendo sobre a mesa, na sala, os índices de uma ausência maravilhosa. E o corredor não é menos espantoso. Tem-se aqui a estranha certeza de que a casa respira. Por todos os lados esse medo de acordar dragão que os adultos sentem perto de crianças dormindo. O corredor respira, se amplia e se contrai, mas muito lentamente, no ritmo de seu sono úmido, fluvial. Quem passa não pode evitar apoiar-se em uma das paredes, tomando fôlego em consequência da vertigem. Há portas dos dois lados, e embora as possamos — é evidente — contar, de algum modo temos a consciência de que essa conta não faz sentido, que o número 5 é falso e que ali já estamos em um reino alheio à aritmética. Pois, a depender do instante, o corredor se alonga — e então as portas se multiplicam e se ramificam, e o banheiro desaparece — ou se estreita, e os três quartos tornam-se um quarto, e o mistério finge querer se dissipar — porém é apenas um de seus múltiplos efeitos, como um carrinho de tração que ao ir para trás, mente, transformando a subtração em maliciosa e secreta adição. Aqui, nos sentimos estrangeiros, quase pecaminosos, como quem pega uma criança alheia no colo, e mesmo sabendo que estamos sozinhos sabemos também que em nós convergem todos os olhares. Damos um passo dentro do primeiro quarto.

A escuridão parcial dos quartos de bebê. Um ventilador, feito um pesado e centrífugo girassol, procura alguém, da direita à esquerda e de volta. Tem modos raivosos, de inspetor, procurando motivos para a bronca que lhe sobe do peito feito um catarro. E, de fato, suas imprecações de vento erguem o lençol como nos gritos dos desenhos animados. O lençol se ergue, flamula e descansa; se ergue, flamula e descansa; se ergue, flamula e então ouvimos um riso, um riso agudo, vindo de algum lugar do fundo do corredor. Com algum temor, abrimos o armário. Não é aqui. Há apenas roupas, vestidos de mulher que dançam magros de ar em seus cabides.

Saímos pelo corredor e entramos no quarto seguinte. Aqui há colchões sobre colchões, finos como EVA, e nenhum armário. Voltando ao corredor, temos a certeza de que o tempo é curto; dona Ana deve estar esperando, achando a demora estranha, e depois talvez reclame do sumiço de algum objeto de valor. Mas tal temor é somente uma desculpa. Pisamos no quarto, cujo chão é mole, pegajoso, e cuja parede inclina-se e se apruma lentamente. Há um guarda-roupa que, ao abrir, ri aquele mesmo riso agudo; "achou!", ouvimos uma voz tenebrosa dizer, e enfiando a mãos nos panos moles, cheirando à vitalidade dos fungos, passando pela moleira das cobertas de lã, encontramos enfim o que viéramos buscar, e nos retiramos dali apressados. Em nossa mão está a toalha com coração. E ao passar pelo banheiro e sentir seu odor de ralo, ouvimos o arroto da válvula hidra, e chegamos a dona Ana com a mágica toalha de mesa, que como uma princesa de história infantil tão caprichosamente nos pedira, no nosso rosto a lactose do espanto.

Na máquina do tempo, com o tédio de um elevador

"Vitim!". É o pastor quem chama. "Senhor?", responde, arrastando o corpo, as mãos para trás e a cabeça à frente. "Quanto é três vezes sete?"

Vitinho olha como que através do pastor Ronivaldo. Um sorriso desabrocha. Vitinho dança com as mãos dadas às costas, ondulando.

"Ah, quê isso, tio", diz, rindo, esperando alguma pilhéria ou pegadinha, uma piada do tipo: "Você gosta de laranja? Então vou te dar um saco pra você chupar".

"Vitim, fio, quanto é treis vezes sete?"

Vitinho se limita a rir e ciscar com um pé em parábola à frente do corpo.

"Treisveissete?", insiste Ronivaldo.

Nada.

"Treisveissete vintioito", o pastor mesmo responde, e Vitinho ri francamente:

"Ah, tio, cê é louco", e corre em direção ao lago artificial.

O pastor Ronivaldo ainda tem tempo de gritar:

"Tem que aprender a tabuada, moleque", e dona Ana faz o menino parar, e ralha: "Tem que ter respeito com os mais velhos, Vitor".

"Ah, mas que foi que eu fiz?"

"Vai, vaza", ela diz e vira-se, liberando-o do elástico da autoridade. Finalmente, Vitinho chega ao lago, onde faz seu utensílio de pesca, mais uma vez acompanhado do indefectível Lorenzo.

Uander traz cerveja para todos nós. Luisinho Magnata e Monteiro motorista aceitam.

A conversa vai do futebol à política em giros doidos. Começa sem muito ânimo, mas algum fio desencapado acirra os ânimos. A cerveja ajuda: sua euforia faz efeito, mais como promessa que como embriaguez. O Magnata estica o peito, estufa a barriga, que despenca sobre as calças. Estamos todos dispostos a contar mentiras — e, aliás, por que não estaríamos? A verdade é valiosa demais para ser dita, mas com a mentira não é preciso, portanto, ser econômico. Quem começa é Agenor. Faz uso do proverbial, nada inventivo, pontapé inicial: "Vocês ficaram sabendo...", e sua falta de inventividade é bem recebida, já que não se pode começar com toda pompa, na firula. Foi uma boa botinada, em suma. "Ah, vá vá", corta Uander, e sua voz é vinte decibéis mais alta que a de todos os outros, voa sobre as cabeças, chacoalha os ossos, é uma sonoridade engordurada de hormônios masculinos, grassa, untuosa, de alta e grave margarina. Luisinho lhe faz coro. "Eu no lugar dele não deixava um de pé". Agenor cutuca Monteiro, os dois riem: "Eles não sabem o que era a fila do Inamps", e pelos giros de bumba-meu-boi da conversa a frase acaba por fazer sentido.

Eu conto uma mentira qualquer. Percebo que estamos tímidos ainda, girando devagar, mas prontos para uma maluquice maior, basta que alguém tenha a coragem de quebrar um pouco, só um pouco, o limite que colocamos ali para ser trespassado. Então Monteiro, de quem menos se espera um arroubo, começa:

"Não, não pode matar mesmo. E por falar em abelha, sabe, Agenor, que eu trabalhei na fazenda Olhos d'água? Um dia a gente estava lá, pronto pra começar a cortar a cana."

"Ou, ou, fica quieto. O Monteiro tá falando", Uander diz a Luisinho, que se cala e engole o riso.

"Nessa época, já não podia fazer fogo, já estava proibido. Mas daí eu vi uma caixa de marimbondo do lado da cana. Peguei um pedaço de pau e um pano na ponta, botei gasolina, fiz fogo e fui mexer com os marimbondos, pra tirar eles dali — como é que a gente ia trabalhar?"

"Ih, mexeu com marimbondo...", falou Uander, com uma aprovação ingênua, interessada, inocente.

"Com marimbondo? Vai vendo. Estava tudo seco. Não chovia fazia uns quatro meses, a folha da cana quebrava sozinha. A terra estava que era só pó. Só sei que o fogo pegou na cana, cresceu, e dali espalhou. Rapaz! Pensa num fogo! Só sei que a cana queimou e era uma labareda só e que não parava. Foi queimando, queimando, chegou em Barrinha, em Jardinópolis, não teve uma cidade da região que não pegou fogo; pegou fogo num caminhão pipa da fazenda, matou tudo quanto é bicho, e eu só vendo. Saiu no jornal. No outro dia veio o encarregado. 'Olha, só quero saber só quem foi. Quem foi que botou fogo nisso tudo aqui?' Eu não me fiz de rogado: 'Olha, fui eu. Mas eu não fui pôr fogo não. Eu fui é matar aquela caixa de marimbondo.' 'Que caixa de marimbondo, ô Monteiro? Que caixa de marimbondo é essa?' Aí eu tive que falar pra ele: 'Não tem mais caixa de marimbondo. Queimou.' Ele me mandou embora na hora."

"Ainda bem que não te fez pagar a conta", atalhou Luisinho, em cuja cabeça as mil formigas da próxima mentira trabalhavam, ao ponto de permitir-lhe tal comentário insensato.

"E eu ia pagar como? Botei fogo mesmo, mas não foi porque eu quis." "E quanto que ia custar uma cidade, fio?"

Em redor de Monteiro, surge uma estriada aura laranja.

E logo se estava falando novamente de futebol (demoramo-nos em uma discussão sobre o clássico de logo mais, à tarde), de um conhecido, de um crime visto na TV, como interlúdios, de uma rusga na rua, em um sarau de notícias falsas e de pura empolgação. Uander era menos criativo, talvez não houvesse compreendido a necessidade de mentir e, com sua voz possante, erguia a cabeça em direção ao rancho:

"Mãe, não é verdade aquele dia?"

"Que dia, rapaz?"

"Da moto do Célio. A vermelha."

"É verdade", e então voltávamos a nos interromper, a disputar espaço na discussão. Batíamo-nos uns contra os outros, em uma dança verbal repleta de penachos, de cocares, de enfeites exagerados. Por momentos, alcançávamos a pura exuberância. E logo chega Carlinhos, iluminado como um lampião.

Entrando de pronto na roda, não o deixam falar. Ele ri, satisfeito, e olha o céu. Do lado das mulheres, a animação não é menor.

Voltamos a falar do clássico: Palmeiras e Corinthians jogam às quatro da tarde, e muitos dos que estão aqui não vieram para outra coisa.

"Vocês podem até tá melhor no campeonato", explica Monteiro ao Magnata, "mas clássico é clássico, e você sabe que pra vocês a gente não perde."

"Ah, tá bom! Não perde onde? Se quiser, aposto cincão — agora."

Carlinhos se aproxima. Monteiro se esquiva:

"Não vou apostar nada, larga de ser besta. Mas, que cêis vão perder, ah, vão."

"Então aposta, ué", e a barriga do Magnata implode um arroto mudo, que lhe mareja os olhos naturalmente vermelhos.

Carlinhos toma a palavra. Num sorriso, explica:

"Não vou apostar, que não tenho nada. Mas vai ser dois a um Timão."

Ouvindo essa profecia covarde, excessivamente razoável, o Magnata emenda:

"Vinte. Aposta vinte, daí, cê perdendo, cê lava minha moto."

Monteiro interrompe, por piedade de Carlinhos:

"Que mané moto. Quatro a zero Timão, sem valer dinheiro. Vai?"

"Um a zero pro Verde pra mim já tá bom", e acrescenta: "Só quero ver, com esse timeco que vocês têm."

Luisinho e Monteiro se dão as mãos, cada qual inventando na hora sua certeza.

Agora, desinteressado pelo assunto esportivo, algo divertido com nossa pequena comunidade, consulto meu aparelho celular. Saio do riso e entro em hipnose.

Percebo que todos aqui temos fotos na internet: felizes, cômicas, sensuais, o que mais se queira. E, ao menos agora, as fotografias condizem com o que estão lá para representar. A imagem de Agenor rindo e abraçando um cavalo, de Valéria de perfil, um pé levantado, rindo para a câmera, a felicidade à mesa em uma santa ceia solitária, ou o Magnata orgulhoso, abraçado às filhas; Kauane no Cristo Redentor, Monteiro segurando um peixe azul, na cauda um ocelo de pavão, Uander ao lado de um carro tido por relíquia automotiva, estacionado no restaurante rodoviário; o arco-íris atrás de Dona Ana, o passeio no parque aquático com Uander e Valéria, os dois pares de pés de Veridiana e Gabriela sobre a grama verde. A alegria — e se é verdade que a vida surgiu por acaso, por um golpe de sorte, então também será verdade que a alegria surgiu no universo sem querer, quase imprópria, como um erro de percurso, e fez do fundo do abismo o eixo que resplandece; pois é simples, tanto quanto absurdo: a alegria *existe*; a alegria existe, e talvez exista apenas aqui, o que é mais espantoso do que apenas haver vida; que outras alegrias existam além da fronteira do céu, essa mera ideia é uma outra felicidade. De todo modo, no meio do percurso de bilhões de erros, frutificou uma das formas do êxtase, aqui, para nós e para os animais, fazendo de todos os esgotos e infernos um possível jardim; porque, se há alegria, há a possibilidade de que surja nos lugares mais impróprios, como quando surgiu do mar — e era o motivo pelo qual o monstro anfíbio sofreu, usando as moles nadadeiras como patas, porque buscava a bem-aventurança — ou quando, na savana, ouviu-se o primeiro riso de toda a história universal — e que ecoa até hoje, um mísero riso em um arranha-céu de radiações e abismos, cercado de escuridão e fogo, e de almas informes vagando na face das águas. E dos lugares impróprios como a Terra, fértil de pestes, há sempre a possibilidade de uma repentina conversão, um arrependimento dentro da própria realidade, que faça com que, por exemplo, uma prisão grite, pelo riso dos presos: perdoa-me, Senhor!, e então se torne um jardim, o banho de sol que se camufla de efêmera libertação. E o casebre, e as dolorosas migrações, as ruas, estão sempre sujeitas ao riso, e esse fator de instabilidade inscrito na matéria, esse perfeito desequilíbrio, fomos nós, os animais, quem criamos. No centro do horror, subitamente alguém faz bem a alguém. E o matadouro explode com um rictus de flor, e o absurdo, sem mais, rima com a salvação — chifres e ossos fazem música, tornam-se copos e dá-se a mística alegria. Mesmo na terrível fuga do deserto, por parte dos judeus, ou na infernal fuga dos guaranis pelas quedas d'água, ou da dor dos cativos no Valongo, surgiu a alegria — que não justificava a violência, mas dava-lhe o toque de esperança sem a qual essa mesma violência há muito já teria destruído o mundo. E após a tribulação, ou dentro dela, no momento de se deitar no deserto e deixar vir o sono, alguém — santificado seja seu espírito, e seu glorioso anonimato — soltou gases que fizeram rir os parentes e vizinhos. E por todo lado dorme a morte sonos intranquilos, porque estamos aqui, vivos e dentados, e nossa alegria é a forma de seu pesadelo. Deformamos a morte com uma piada. E a vida está sempre prestes a sair da água, a fugir dos coturnos de um relâmpago, a dotar um aminoácido de pulsão; e um jardim está sempre prestes a parar os experimentos geométricos, de vazio sobre vazio, que é a obsessão desse universo psicótico; entre todos os tempos, esmagados de infinitude, e entre todos os espaços também opressivos de eco e escuros, entre todo o impensável e o inominável, entre todas as galáxias, é em nossa boca que descansa o milagre. E assim estamos, todos nós, felizes — por um instante que seja. As propagandas de nossos perfis virtuais, sorridentes, gostosamente pecaminosas, por fim mostram seu lado de fina, quase oculta, verdade: a utopia existe. Mentimos, sim, porém nunca deixamos de sonhar com a autêntica apoteose.

Há alegria entre nós. Há, portanto, coragem — não há dúvida, o que chamamos de alegria é somente coragem, dessa vez liberta da maldição de ser egoísta, espalhando-se feito fogo na cana. E é um passo para que essa alegria e essa coragem se acanalhem e se dissolvam em um licor, em uma cortisona maligna. Basta a visão da seca bandeira do Brasil exposta no rancho, uma bandeira de plástico pequena, descolorida de sol, que alguém enfiou na calha há algum tempo e lá ficou. Nosso riso estraga na boca e torna-se riso de soldado. Alguém fala de um ladrão que, ao roubar fios de cobre no poste, caiu e morreu. E nosso riso se torna histórico.

Na prisão, alguém levantará a cabeça degolada de seu irmão e mostrará, rindo, sua Medusa para os helicópteros.

A cabeça do galo desce o rio, fazendo, em um só giro, três silêncios.

23-03-2023

Lua, noite, cavalos e areia

Esse mau entusiasmo não dura. Surge do fundo da terra vermelha, na escuridão amena onde Saturno preso se dedica a comer minhocas, brota no solo do rancho com a força de uma eructação subterrânea — e desaparece. Não há dúvidas de que a história é indigesta. A bananeira mexe seus inúmeros braços de shiva verde, sem que haja vento; a mangueira balança seus galhos, omnicrucificada; Saturno erode o solo por sua fome de pequenos vermes.

Porém — se o ânimo violento fora apenas um excesso passageiro, já que além dos ambientes virtuais e da cumplicidade de dois ou três comparsas essa mesma violência esmorecia — no fundo do intelecto de dona Ana acende-se uma luz; em suas galáxias neuronais percorre uma série de relâmpagos, repetidos, tomando sempre o mesmo caminho, com a dor de uma fratura mal calcificada; nesse subterrâneo de terra cinza, ao mesmo tempo escuro e iluminado feito uma cidade vista do avião, repetem-se os raios, a dor, a explosão de irrequietos transformadores; e surge a imagem de seu marido sentado ali onde agora está Valéria, seu marido, grande, e que se engrandeceu ainda mais após a morte por um processo ao mesmo tempo semelhante e oposto ao inchaço fisiológico, mas que toma da morte esse aspecto terrível, o marido gigantesco esparramado em uma cadeira gigantesca, amarelo, possante, infeliz; uma figura romana, um cônsul arrancado das areias da África ocidental e sentado subitamente ali, na cadeira de canudos; bêbado da cerveja egípcia, tomado por enxaqueca cujo único bálsamo atenuante é o sadismo; seus testículos caídos debaixo de uma barriga formidável, sua mão amarela segurando o copo de alumínio, frio, com a propaganda de uma tapeçaria: a cerveja, como que prestando reverência, chamava-o de César, bajuladora de província; gaseificada, amarga como as coisas que roçam o venenoso, espumando: "me dá mais uma loira", ordena à Ana de cabelos pretos.

A noite suavemente fria. Ana com uma mantinha em volta dos ombros, abraçando-se, indo e vindo do fogão, e o marido sem camisa, de shorts sem cuecas, esparramado, suando sua negação da realidade, já parcialmente no fogo do inferno. Com a mão áspera, dos que sofrem de gota, limpa o suor da cara, fecha sua boca com o gesto de quem afana o próprio sorriso. E então — dona Ana a caminho com a cerveja estupidamente, estupidamente gelada — arrota: um arroto poderoso, insincero, cínico, transcendental; um arroto de quem tem o salvo-conduto para barbarizar a boa-fé de uma comunidade, que vem tanto do diafragma quanto de certo diafragma social, que lhe permite obscenidades aos modos de uma unção; é o leão de gás do deserto interior, enfiado em um palácio-curral, urrando hoje os gases que amanhã o implodirão; trovão que sai de sua boca e soa como uma ordem inarticulada, inexata e, ao mesmo tempo, inequívoca: eeeeeeuuuuuuuuuu, e dona Ana, que vai encher sua taça, diz, menos contrariada que incrédula: "Que Deus tenha piedade do seu corpo".

O pão da noite ligeiramente frio e de preto sovado, grãos salados de estrelas. O universo fermentado expandindo-se, o fofo pão ainda não maduro, o pão sem caroço, a noite no rancho e apenas o casal — quando quase ninguém morava ali, no meio do mato, com medo das onças, da longa cauda do espírito de Deus, dos espectros bióticos, das assombrações animais. Dona Ana e o Marido, a luz elétrica recém-instalada após uma de suas brigas monumentais no balcão da companhia de luz, que fez tremer os funcionários públicos; o rancho coberto, a casa em construção, o alagado onde hoje há a lagoa artificial, o único vizinho nas redondezas — que recebe o Marido com uma fileira de mulheres, sutiãs pretos, cabelos embaraçados e copos de cerveja de bordas beijadas — mulheres cujos filhos esperam seu dinheiro, em Goiás, no Paraná, no interior, no Mato Grosso, em Rondônia, suas bocas abertas no ninho ao lado de uma avó cega; e o vizinho, o Matias do reciclável, o copo de conhaque na mão com uma alegria de Antigo Testamento, celebrando a eterna terça-feira gorda de um eterno dilúvio universal, abraça o Marido e os dois, por uns curtos três segundos, dançam frente a frente, os braços levantados, subindo e baixando os joelhos, reis momos no coração das trevas: e dançam ainda mais, vistos de dentro do rio pelo monstruoso pintado de 100 quilos cujas barbas datam de outras eras, de quando eram inventados os olhos e eram infinitas as possibilidades sensoriais. No toca-discos, Milionário e José Rico, soando na noite, lamentando um mundo que sumiu como um fantasma.

Quais desejos levaram dona Ana e o Marido até o rancho, para que um deles viesse a morrer ali, à beira da água? Que pulsão caprichosa ou ancestral, qual idealismo os levou a um alagado de cobras e de capivaras? O fato é que há sereias por todos os lados, e para o Marido, ao menos nos momentos em que visitava o Matias do reciclável, era a natureza em blocos brutos: metade peixe de couro, metade prostituição. E a suave palavra "aposentadoria", pronunciada pela primeira vez por Adão e Eva às portas do paraíso, evocando o retorno à natureza com inocência romântica. Todas as sereias estão mortas na casa de máquinas do mundo.

E no longo neurônio da espinha, o Mensageiro da memória toca as costelas de dona Ana, faísca a seda que recobre seu estômago, volta ao cérebro, deita em seu colo e retira por último o rabo de seu arrepio. O Marido não é mais. Está sendo bebido pela cachaça das trevas, deixada para trás sua imensa fantasia. "Eu e minha véia", é o que falava; "eu e minha véia vamos pro rancho"; "eu e minha véia" tem para dona Ana o poder das sínteses, das fórmulas mágicas: é o Destino, com suas mãos pesadas e seus pés macios. E então ela desperta. Limpa os shorts, que não estão sujos, e o tempo se recompõe.

REGRAS PARA DESCREVER UM CRISTAL

Os astros também estão tentando façanhas e fracassando

Quem também limpa a saia, arruma os cabelos, é tia Marluce. Acalma-os com as duas mãos, em suaves tapas. E vendo tia Marluce, e tendo em mente o dito que "de perto, todo mundo é doido", fica evidente que nos arrumamos não para ficarmos bonitos, mas para não parecermos loucos — para que os outros não vejam a singela verdade: não há um de nós que não seja um lunático, e que não tema parecê-lo — já que o pequeno passo que nos separa da loucura irremediável é o ser notado; até lá, podemos escapar, contando com o egoísmo e a vaidade de cada um e a miopia que os impede de nos enxergar, e nós a eles. O que nos salva da loucura é a amorosa distração de nossos companheiros, sua desatenta e egoísta complacência — como quando olhamos fotografias de grupos em que estamos presentes.

E então, para coroar nossa insanidade coletiva, chega a Loira. Traz um balde amarelo, cheio de produtos de limpeza e panos; na outra mão, o cetro duplo de uma vassoura e um rodo, como a provar por esse brasão de cabos cruzados que é rainha ao mesmo tempo da terra e da água. Tia Marluce caminha pela senda de barro e cascalho, enfiada entre as mangueiras, colhendo acerolas, como se estivesse em um bosque, beirando o pomar que leva ao portão, quando a avista.

"Maaaarluuuuce!", exclama a Loira com a voz cinzenta dos fumantes de longa data, asfáltica, orvalhada com as pequenas pedrinhas do pigarro. "Já chegou?", prossegue, e, então, eis que ocorreu:

Sem explicação, sem ensaio, sem razão aparente, talvez sequer sem justificativa; o céu se abriu, e houve um tal entusiasmo em suas feições — primeiro na de Marluce, depois na da Loira, um pouco mais cansada por haver trazido o balde — que aquilo que se seguiu acabou por se tornar necessário, natural, parte incontornável do destino: tia Marluce, grande e redonda, balançou os quadris em uma dança do ventre espontânea; estavam frente a frente, e Marluce levantou os punhos, em cujo braço se levantou o chocalho mole de uma sacola de acerolas, musicalmente vermelhas, e rebolou; sim, Marluce dançou, e não demorou um milissegundo para que a Loira girasse, girasse como em um terreiro de candomblé, e com um biquinho nos lábios olhasse os próprios seios, estufasse o peito, e os chacoalhasse com a certeza quase científica de que aquele era o movimento exato que o instante demandava; e as duas não dançaram por mais que cinco, dez segundos, porém todo o céu parou, uma nuvem se arrebentou no azul contra o nada e se desfez em fiapos, a brisa entre as árvores soprou anasalada como um riso, e o vento súbito fez as árvores irem para cima e para trás, cabeceando feito cavalos, fazendo com suas folhas o sinal de libras para aplausos; Marluce parada, os pés pequeniníssimos, hábeis em um equilíbrio impossível, a bunda indo de um lado a outro como uma colher de pau em um tacho cujo cozido é espesso, como o ruivo cerol das goiabas, lenta e certeira, excêntrica e em direção à perfeita homogeneidade, punhos para cima e no entanto retraídos como uma fada pugilista, boca aberta com certa sensualidade — sensualidade sem tormento, repousada por haver desistido de seu objeto, voltando-se em direção a si mesma com um rococó anguloso, como o de um clipe de papel

— e os olhos se fechando em pura delícia; e a Loira terminando o giro e erguendo o busto, e então levantando o duplo cetro, o braço indo e voltando, como alguém que na dialética do zelo e do exibicionismo mostra e esconde ao público a taça que acabou de ganhar, o braço fechado, esticado, fechado, esticado, gesto típico das danças da vitória, dos torcedores nos estádios às festas das tribos isoladas; e, ainda sem combinar — e quem poderia fazê-lo? quem poderia combinar o mais absurdo entre os gestos de amor? — pararam frente a frente e muito perto e alternaram o chacoalhar dos ombros, as cabeças quase se beijando e retrocedendo, em um mambo arrancado da cartola oca da imaginação, até que, por fim, acabou, com o estouro de um riso duplo, e um abraço que no entanto não largou sacolas, rodos ou balde e que se fez em um último giro, um suspiro de giro abraçado, em pulinhos. "Ah, Marluce, só você!" E a outra "Já tava indo te buscar, mulher". E desceram, debaixo das copas das mangueiras e dos intrincados e delgados galhos das aceroleiras, que se abaixavam, encarando o chão, os rins doídos de alegria.

E, por falar ainda em alegria, os homens que há pouco se divertiam com suas arquiteturas de mentiras não eram capazes, contudo, de semear a alegria muito longe. Suas vozes eram possantes demais, ou fracas como metais finos; sua alegria não era poderosa o bastante para lançar longe a semente de seu riso, e os risos, portanto, não frutificavam; ficavam ali, vibrando somente em redor, sem capacidade de ressonância; e não se espalhavam, porque na verdade suas graças sempre tinham um quê de tensão, da fascinação do elástico que se estica mas que de antemão se antecipa que irá voltar contra os nossos dedos. A diversão naquela roda de homens era forte, porém estéril. Ouvindo seus risos, se poderia temer rir junto, por parecer bobo, ou se recearia que o riso daquele homem era dele, apenas dele, sua propriedade, e que poderia se melindrar caso tentássemos roubá-lo. Todo riso vinha sublinhado sem querer de um "tá rindo do quê?" que o delimitava, que lhe enfiava mourões e estacas em redor e, por outro lado, fazia temer que se não ríssemos estaríamos renegando sua graça. Coagia, ao mesmo tempo, a rir e a não rir junto, e quem o fizesse melhor, por esse equilíbrio entre receios e entregas, conseguiria algo mais valioso que a felicidade: o respeito. Aquele que estimulasse o riso alheio e ao mesmo tempo o reprimisse, como quem dá e segura rédeas, construiria no ar essas linhas de nylon que produz nos bonecos o êxtase do equilíbrio — o trilho finíssimo ao ponto de talvez sugerir uma lâmina e que, mais do que levasse a algum lugar, verticalmente, fosse importante por aquilo que horizontalmente separasse: as próprias forças da natureza, dois grandes escuros fortes onde vez ou outra o ovo da luz se descongelava e gerava um lagartinho translúcido de enxofre, duas poderosas forças anímicas, dois lutadores eternamente se encarando e entre eles, antes do gongo inicial nunca dado — o universo é a dilação permanente, vital, que jamais perde sua força — estaria esse trilho fino, esse gume que era a um só tempo o Equilíbrio e a mão parada do Juiz, vestido de listras pretas e brancas, prisioneiro do próprio gesto.

Tal era o efeito que, por fim, esses risos não frutificavam; caíam sempre em pedras, sons surdos, sem sementes e fofos como bananas. E se a piada se estendesse, estendia-se então até logo ali, ao pé da mesa, e retrocedia — como o mar que se encrespa, faz enormes paredes semiflautadas, cria mezaninos de água e se denta todo no topo de branco, e da onda com essa cabeça estendida de naja se faça a arrebentação de si mesma, aliás contra todos os nossos cálculos — nós já corríamos — e, por fim, sequer nos chega aos pés. Mas, ali ao lado, era diferente.

Porém, a gente se pergunta, se o grupo das mulheres também ria, não era resultado de que o mesmo entusiasmo ressoava? Pois, não necessariamente. Envolvidos demais em nossos "eus", como os frutos que em sacrifício protegem suas sementes, passando em redor de nossos corações essas mantas com a frutose das nossas ideias, das nossas convicções, nos esquecemos de que — talvez, apenas talvez — a alegria pudesse por um instante estar brotando da terra; que fosse uma demanda da própria acidez momentânea do solo, da incidência da luz, dessa sua tendência instantânea ao vermelho e a passar-se uma súbita e fresca maquiagem azul, que fosse uma negociação em mercados que nossa consciência bebê sequer pode imaginar, quem dera então ver, ou entender. Pois, ali na mesa comprida do rancho, acontecia de Veridiana comer uvas, por exemplo; sim, naquele instante ela comia uvas sem semente, enquanto outros beliscavam amendoins, Valéria fumava, ria-se e a todo instante mudava-se o assunto. Mas — e aqui está o relevante — Veridiana mordeu a terceira, ou quarta uva, e então se lembrou — lembrou-se das uvas que seu pai comprava quando pequena. E a memória foi tão pungente, tão incomunicável — e essas coisas incomunicáveis demandam alguma forma de expressão, algum efeito na realidade, porque têm poder enorme de vibração e precisam vibrar fora, no mundo, coisas parecidas, como a corda em mi que sem querer faz vibrar outra corda em mi mais fina — que ela acabou por virar o boné de lado, para cobrir a orelha direita. Foi uma lembrança — quase aparentada ao susto — que a fez abrir os olhos, girar vinte graus o boné, colocar mais uma uva na boca para ter a certeza de que não se enganava, e ser então possuída pelo açúcar da memória, sem objeções. Porém — aqui está o finalmente relevante, uva atrás de uva — as uvas que seu pai comprava tinham, lembremos, sementes; sim, aquelas sementes geminadas, corações com cor de galho, aflitivas, assombradas de tanino. Eram, pois, diferentes dessas uvas de agora, de resto em tudo semelhantes. O que isso significa? Significava, ao menos para Veridiana, com surpresa e um giro mais do que apenas consciente do boné, que a doçura podia *permanecer* no tempo; como uma compota, uma geleia, o açúcar tinha poder de duração; o travo da semente estando ausente, no entanto havia ainda lembrança, provando assim que a memória não precisa se fundar na dor, no incômodo, e que atravessa a entropia do tempo com certa desfaçatez; que uma coisa pode rasgar o tempo sem precisar de contraste, ou seja, de asas conceituais batendo em sentido harmonicamente contraditório; o *doce* durava; a uva sem sementes, enfim, essa madeleine projetada como uma excrescência de uma das bochechas da terra, lia para ela em açúcar, para a cóclea de seus nervos atentos, de uma só vez os sete tomos do livro da memória, e seu boné girava, como que respondendo a um vento interior. Davam-se dentro dela discussões filosóficas nas formas da sacarose, e que eram capazes de falar tão bem, ou mesmo melhor, do que um orador qualificado. "Somente o que dói permanece", "quem bate esquece, quem apanha, nunca", e outras dessas frases pesadas quebravam seu também pesado carboidrato e se dissolviam em uma certeza lúcida, em uma brusca e, contudo, lisa energia, no gesto algo mascavo de girar o boné e levar uma próxima uva à boca, e quebrá-la — só de sacanagem — nos dentes incisivos, para só depois levá-la ao lagar dos molares e sorver seu vinho magnífico.

E como não supor, ao menos, que tais alegrias proviessem da terra? Do caminho semipavimentado por cascalhos onde Marluce encontrara a Loira, ou do lago artificial que transpirava ao rancho todo, em seu substrato, um suor musgoso de fundo de rio; como imaginar que o solo seria fértil apenas para os frutos, para as sementes? Não seria pensar assim nos provar — a nós mesmos — inférteis e, portanto, indignos desse mesmo solo? A generosidade líquida das bananeiras, que fazem os poços transbordar, que dá à água subterrânea a ideia crocante do potássio, que lhe dá esse travo mineral de fruta, das bananeiras que desdobram e esticam — camareiras de talo vinho — as mantas dos lençóis freáticos — essas coisas não existem? E mesmo os nossos fantasmas, essas criaturas de barrigas finalmente limpas, não se acomodam, não sugerem piadas em formas de nitrito nos ouvidos da terra? Não estará *sempre* acontecendo algo, para supormos que algo acontece desde o mundo para conosco, que como bananeiras lhe fazemos parte? Se do solo nascem as plantas que queremos e as indesejadas, e se se emburra em desertificações admiráveis, então significa que tudo o que está fora de nós está — e nós assim também, feito pequenas lascas de espelho — tendo ideias, e aquilo que aparece é não mais que aparição — escondido todo o drama que culmina nesses mesmos fantasmas. É improvável, sim, sabemos todos, e, portanto, verdadeiro. Nosso riso, ali na roda de homens, talvez — e apenas talvez — seja o instante final de uma reverberação que atravessa, feito matéria escura, as sementes de carbono em todas as coisas, fazendo música a esmo, hermética, tocando em seus dedos cascas de frutas e crânios, e o riso não seja senão a espuma de uma coisa incrível e bonita acabando.

E, desculpas pedidas, seguimos para onde a alegria tem outra substância, a roda de mulheres onde Veridiana come uvas. Nossa atenção se volta para lá porque de lá brotam risos diferentes, equinos, rítmicos, engasgados, esses sim capazes de reverberar de volta nas coisas, prosseguir trotando e mancando de volta para a terra — ao ponto de que alguns de nós realmente nos viramos, e Uander, como que chateado, se pergunta em voz alta "E do que é que elas riem tanto?"

"O que é tão engraçado?", eis a pergunta que brota no ar, naqueles de nós que querem fazer força nas barrigas para cessar no músculo a força da vibração. "O que é tão engraçado?", eis a pergunta que surge. E então a ala dos homens percebe que as mulheres estão chorando: sim, devem ter encontrado aquilo que buscávamos; estão chorando, algo está realmente acontecendo, algo esperado, por muito tempo esperado, a pródiga alegria que se perdera pelo mundo está agora dormindo leve na cama de suas bocas abertas; "o que é tão engraçado?", murmuramos, já sabendo a resposta. O que é "tão engraçado" é a essência, o primeiro objeto perdido que, ao ser perdido com a primeira queda do céu, nossa consciência recém ativada nos fez perceber — como que dando ao mundo até então quase perfeito essa vesícula de vazio que fez de uma falta a geração perpétua e abusiva, aquilo que hoje põe lado a lado nas cidades as titânicas espigas dos prédios. Como quem inveja a posse alheia de um tesouro, os homens sentem um pouco de dor, de admiração, mas também um pouco de tristeza por estarem se sentindo assim — feito uma consciência que não precisasse, como usual, se atrasar para existir, e fosse perfeitamente concomitante ao ato — e se dirigem em passos medidos e mesmo lentos na direção do rancho. Exército de gafanhotos que de longe cheiram a alegria e se hipnotizam por seus hormônios, exército enviado por Deus para fechar todas as portas, janelas e frestas que porventura tenham ficado abertas na casa da primeira nudez, chega à entrada onde a felicidade (para nós "estridente") se estabeleceu, e como quem chega a uma cidade para destruí-la, sente a presença de suas muralhas, estabelecidas ali como primeiro posto da dúvida. Pois entram no campo das mulheres e, ao dar o primeiro passo exatamente no cimentado do rancho, enfiam as mãos nos bolsos, fazem um gesto mais enfático de erguer uma mão no ar, sem razão aparente, e creem apenas que o que os fez se desconcertarem foi o pequeno degrau de alvenaria, que xingam e culpabilizam sem compreender — ou sem querer fazê-lo. Com seus cavalos de Troia, perguntam: "O que é tão engraçado?", e sorriem, fingindo que querem rir também. E o ardil funciona apenas parcialmente. Não nutrem fantasias quanto ao pretenso presente. Mas, que fazer, movidas pela sagrada hospitalidade, senão recebê-lo? Os risos fenecem em explicações, quase em justificativas. Alguém limpa as lágrimas em uma fralda, outra diz, "Senhor!", olhando o teto e ainda rindo. "E esse galo, sai ou não sai?", brota da boca de Luisinho, que fecha assim a sete chaves o cofre da alegria, preservado, jamais fechado para sempre.

QUIROGA

Maria-fedida sentindo o cheiro das árvores

A Loira é de uma energia pura e contida. Sua sexualidade é exuberante, tanto quanto sua capacidade para contar histórias picantes — e ambos os talentos frutos de sua inteligência ímpar. Quem mais se delicia com elas é Valéria, que apenas na presença da Loira desfaz seu olhar de girafa, de olhos semicerrados, e sai de sua zona de confortável exaustão para a de uma atenção sedenta, curiosa. Mas, se sua energia é pura, é também, repetimos, contida: a Loira é séria. Ri sempre, não é afetada, mas mantém a guarda de pé; ri, dança, conta piadas, causos sexuais, bebe muito vinho suave e, no entanto, preserva certa opacidade, um estado de concentração quase permanente.

Todos ali sabem que a Loira teve um caso de quase 25 anos com o Borba. Talvez os sofrimentos desse relacionamento a tenham predisposto à tensão, mas nada que não estivesse em sua massa, em seu tutano. O Borba é um homem que foi casado, divorciado, e que faz promessas com facilidade extraordinária — como se achasse as promessas em si agradáveis, sem relação com aquilo a que se referissem. É um homem alto, corpulento, voz de barítono, cabelos grisalhos, entre o gordo e o forte, e que lembra muito certo tipo de político-coronel do interior paulista. Tem caminhonetes grandes — duas — e está sempre metido em rolos jurídicos. Seu advogado é seu melhor amigo. É o que chamam de um homem proativo e, por ter um rancho ali nas proximidades, se julga uma espécie de prefeito, que faz, desfaz e manda fazer. Quando os ranchos começaram a alagar, foi ele quem ordenou que se espalhassem pedriscos por toda a estrada, e quando foi arrecadar dinheiro com os moradores, saiu cuspindo no chão: "Se ninguém quer, então eu mesmo faço". E fez. E os resultados vieram, embora o que tenha ajudado a fazer crescer sua reputação não tenha sido a eficácia de sua decisão, mas o jeito bruto, que infundia medo. Aliás, o medo que o Borba causava vinha tanto de sua agressividade quanto das palavras complexas que aprendera há muitos anos, na escola particular, e de seu trato como empresário no ramo das correias de caminhão, com uma longa lista orgulhosa de infrações trabalhistas. Na verdade, quem o conhecesse como a Loira saberia que o Borba não era senão um menino mimado: sessenta anos, playboy tardio, ainda dependente da mãe, colecionador de bicicletas *speed* e *mountain bikes*, seus perfis na internet transbordando de adolescência temporã. Há fotografias em que aparece com roupas de elastano coloridas e capacete no alto de uma montanha, segurando a câmera e o guidão, os óculos escuros espelhados com as cores do arco-íris. Alguns dizem que sua juventude é apenas um dos lados de sua maldade, e que não foram duas ou três vezes em que teria agredido a Loira, sua companheira por tantos anos.

A Loira terminou de vez com o Borba. Cansou-se de limpar seu rancho, de ser usada cada vez menos como amante e mais como empregada doméstica. A gota d'água foi uma suspeita, não confirmada, de que teria recebido por duas noites uma garota menor de idade. Confirmada ou não, a suspeita gerou na Loira os pesadelos da imaginação, cenas em vigília que tiveram o peso dos tabus, dos incestos, das violências homicidas; mesmo com certa idade, sem dúvida madura, sua cabeça teve ondas de pânico, e seu corpo, febres milenares — não foi a figura de Borba quem perdeu em força em sua imaginação, pelo contrário, antes se tornou mais onipotente, feito um Deus pagão, um demiurgo cujo efeito final foi fazer definhar — não a si mesmo — mas ao mundo, desfolhando as árvores, tornando salobras as águas, levantando da terra um pó sem sentido; nesses dias, o mundo todo desfaleceu, minguou, a realidade emagreceu, macilenta; a rede articulada da realidade, com seus ombros, cotovelos, tornozelos, coluna, pescoço, foi se desfazendo, o corpo do mundo não conseguia mover-se senão com dores paralisantes, e em cada uma dessas articulações foi se enfiando a cunha do tabu cujo resultado foi tamanha septicemia que a Loira andava sobre o corpo inerte do mundo como um inseto, pisando em seus braços, em seu peito, um percevejo verde perdido em uma UTI. O crime, a irresponsabilidade do Borba — a quem não foi dado conhecer as responsabilidades do amor, nem mesmo em sua lexotânica forma de "Pequeno Príncipe" — devastou o mundo, esvaziando o sinus de seu sentido. Ele — para divertir-se — havia castrado a terra, deixado a própria natureza impotente; todo o universo e toda a Criação de Deus, por muitos dias, apareceram como farsas, desfigurados, ilegítimos; em suma, toda a realidade palpitava a seguinte palavra: "mentira!" Se aquilo realmente havia acontecido, se era a verdade, então a força da mentira saiu dali e foi obrigada a se espalhar e em sua nuvem de gafanhoto comeu tudo o que existia, com essa fome perplexa dos gafanhotos ou dos bodes: não houve um sofá, uma parede amistosa e consagrada pelos deuses do lar, um copo ou uma panela favorita que resistissem e não fossem devorados por essa fome devastadora. Não é exagero dizer que um mal bíblico assolou a terra por aqueles dias, e que o sol por mais de uma semana recusou-se a nascer. Talvez, como no caso dos profetas, somente a Loira fosse a verdadeira testemunha dessa tragédia, que, contudo, ocorreu. Ela sabe, nós sabemos: aqueles foram dias em que a Mentira venceu o mundo.

O terceiro dia viria, não sem cicatrizes. Por quanto tempo as testemunhas da Transfiguração não prosseguiram olhando o céu, esperando certas mágicas evaporações? A Loira ganhou, ao menos recentemente, essa ânsia pelo milagre; sua personalidade se acentuou com uma escansão mais lenta, mais longa, mais paciente, e seu ocasional olhar dirigido ao céu — não sem certa desconfiança — traz agora consigo ainda um lastro de que as coisas por aqui não estão dizendo de todo a verdade. O milagre não se foi de todo; tornou-se, apenas, mais espaçado e, por que não, mais estruturado. E Borba desapareceu de sua vida.

Apesar de serem seus cetros e escudo, sua vassoura, rodo e balde são também sinais de sua humildade, são sandálias bíblicas, a lembrar que os cetros vieram dos cajados. É com a humildade de saber que, não ela, mas o mundo fora derrotado por inteiro, que traz seus apetrechos e quer fazer-se útil, sempre prestativa a emendar essa tendência entrópica da realidade com sua lúcida limpeza. Oferece seus serviços, pedindo licença sempre para participar do culto constante que é a comunidade.

E o Borba não entra jamais no rancho de dona Ana. Quem está ali, portanto, é a Loira, já entre suas amigas e sendo coagida a deixar o balde e a limpeza de lado. Dona Ana, feliz como com nenhuma outra presença, abre a geladeira, que tilinta suas garrafas ao modo das pulseiras da Sulamita. Desarrolha o vinho suave que gelava à sua espera. Elas brindam em copos americanos, facetados como rubis. O toque dos vidros e a perturbação no corpo desses vinhos gelados são ecos de outros brindes, de desertos, de tendas, de cânticos, de reinados noturnos cuja única luz é o fogo. Brindam as duas mulheres que a seu modo conhecem o sofrimento.

A Loira, vinda do norte, pequena e magra. O rio à noite não poderia ser esquecido, nem mesmo na morte: as águas, seus grossos cabelos pretos penteados em simetria, no centro o escalpo esbranquiçado iluminado pela lua. As árvores da várzea retorcidas, na boca das folhas o gosto da treva verdadeira, o céu limpo e preto, que há pouco retirara para dormir um a um e aos pares os brincos de seus pássaros, guardando-os em estojos de copas. O açude, as casas de barro na cidade pequena, a praça vazia e, dentro da igreja, Santo Antônio de mãos ao céu provando de eterno desgosto. Dali em diante, as noites, por melhores e auspiciosas que fossem, não deixavam de guardar um tom falsificado, de réplica. Era essa noite, de lua-esqueleto, seca e sem auréola, quem vivia em sua imaginação e devorava os nomes de volta à escuridão. A noite que provava que o mundo, ali, era apenas uma lua, arenosa, calcinada, olhando seu reflexo no alto, no rio preto e infinito. E mesmo as árvores o reconheciam, e não crescendo em excesso, esculpiam pequenos Cristos barrocos cujo verdor era viço e morbidez. Desde pequena, e sem esquecer-se jamais, a Loira sabia que sua terra era a terra dos moabitas, arrasada pelos assírios, apocrifamente romana, a injusta e sempre fiel terra dos livros: narrativas fantásticas contadas nas crateras da lua, sob o signo do sol em cujo disco dançava uma infestação de vermes, com cajus inflamados e ceias de puro açúcar. Pernambuco com febre, vivo, delirante, se lembrando de quando fora Cafarnaum.

Entre as idas e vindas da conversa, da comida que ia ficando pronta e da bebida, Kauane resolve descansar as pernas em uma poltrona, que fica não muito distante da mesa, que é o centro de gravidade dessa reunião das mulheres. O que ela não sabe, contudo, é que essa poltrona, como um mágico vigarista, com um terceiro olho colado a fita-crepe e pretensamente oriental, faz com que as pessoas durmam. E, com efeito, a poltrona asperge nas narinas de Kauane o pó dos sonhos, e sua cabeça pende, vai pendendo, até voltar num abrupto tranco, se endireitar, os olhos se entreabrirem e todos esses gestos se repetirem — uma engrenagem manca porém certeira desse macio e truculento relógio. A poltrona, que hipnotiza, também devora aparelhos celulares: seu acolchoado afunda e os bolsos se esvaziam em um deslize, indo se perder entre o estofamento e o braço. Desse modo, a poltrona seduz Kauane, a enfeitiça e, punguista e cartomante, rouba seu aparelho celular.

Dona Ana não o nota. Bebe seu vinho, lava louça e as mulheres papeiam. Valéria volta a entrecerrar os olhos de girafa, acende o cigarro e solta a fumaça com preguiça. Está alérgica, como sempre, e embora participe da conversa entra em longos períodos de silêncio, nos quais se pode ouvir apenas a globular deglutição de um catarro. Veridiana e Gabriela param de jogar sinuca. Chegam ao grupo e Veridiana, sob protestos apenas gestuais, tenta pegar a mão de Gabriela sob a toalha de mesa. Marluce, que espalhou potes ao alcance de todas, os enche alternadamente de frutas recém-colhidas e amendoins.

O estilete cego da interrupção

A Loira sentiu o vinho, bebendo-o de estômago vazio: o líquido gelado escorrendo pelas entranhas, laringe e esôfago, que se enrugam como um caracol tocado, batendo no fundo de uma poça de ácidos. O resultado dessa experiência química é um toque, um sublinhado, de ortogônica euforia nos lábios e nas têmporas da Loira. É um *poder*, pequeno o suficiente para ser prazeroso e não lhe fazer mal.

"Ana", ela diz, "lembrei de você. Sábado? Foi sábado. Sábado estava uma noite bonita, eu abri um vinho, pensei em te ligar."

"Ai, devia ter ligado" e, sem que se saiba como, os sentidos de Marluce, Veridiana, Gabriela, Valéria se acendem. Algo impreciso se inicia. O papo da Loira, assim despretensioso, é o apito para o início do jogo. Dona Ana, astuta, dá o segundo toque na bola:

"Agora, noite *bonita*, sábado? Estava era um frio!"

"Ah, mas estava bonita. Do apartamento, pelo menos, estava bonito", a Loira toca para trás, conservadora. "Era 9 e 15 e acendeu aquela luz, sabe, a luz do mirante? Fazia tempo que eu não via ela acender."

O efeito é bem-sucedido. Dona Ana se contém:

"Ai, é verdade. O quê que aconteceu, hein?"

Valéria, nora de Ana, o indefectível cigarro queimando no cinzeiro em frente e formando um manacá de fumaças no tronco de cinza perfeita, o incenso de sua presença:

"Sábado estava bonito era o Mateus & Alexandre. Eu e o Dê" — assim ela chamava Uander, para desespero de sua sogra, a quem nunca ocorrera tal apelido infame e sabe-se lá por quê algo obsceno para dar a seu filho. "Eu e o Dê fomos ao Frango do Lino. Eles estavam lá, cantando. Pensa em dois homem bonito!"

Havia sido falta? Não necessariamente. Apenas um lance mais truculento, para dar o tom de clássico à partida. Dona Ana rilha os dentes e persegue a adversária:

"Alexandre, bonito? Só faltava essa!" E, com malícia de capitã de time, escolhe Veridiana para sua equipe: "Veridiana, você ouviu essa? O Alexandre, bonito!"

Veridiana, entendendo a deferência que lhe fora dirigida, de ser a primeira na escolha alternada dos times pelas capitãs, não se faz de rogada e responde:

"O Alexandre pra ser feio tem que fazer esforço", e sabendo-se esperta, elegante, livra-se da bola e adquire confiança, atestada pelo sorriso que tia Marluce — uma espécie de juíza, já que ninguém ousaria convocá-la à parcialidade — engole na palma da mão, chacoalhando os ombros: Valéria vê que o dano é grande, a juíza parece comprada. Veridiana vira o boné para trás, boleira experimentada que é.

"Loira, Loira", clama Valéria, despertando de sua eterna sonolência, provocada a agir, "Loira, e por acaso o Mateus e o Alexandre não são um pão?"

Valéria é ousada. Seu lance de escolha é em si tumultuoso: dona Ana havia escolhido Veridiana primeiro, acreditando que a adversária não teria a ousadia de chamar para seu lado sua melhor amiga — assim, dona Ana sairia à frente, escolhendo a ginga de Veridiana primeiro e tendo garantida a autoridade da Loira a seu lado, meio-campista experiente, protetora de sua amiga; dona Ana e Loira, com Veridiana solta pra correr e provocar, seria um time imbatível — talvez um pouco lento, a depender dos tons sexualizados que a conversa tomasse, mas mesmo assim a Loira, quando o jogo era quente, se tornava quente ela também, apesar de sua calma habitual — enfim, promessa de barbada. Valéria, pressentindo o perigo, aponta o dedo para a Loira e a escolhe.

Ela sabe que o primeiro gesto da jogadora vendida para o maior rival será um gesto de timidez, de vergonha, um gesto contido como a dizer "o que me impeliu foi a necessidade". Porém, se ela disser sim, mesmo em um gesto descompromissado, o contrato estará firmado e logo poderá contar com aquela que é a melhor jogadora dos últimos campeonatos — serena, quieta, quase desaparecida na maior parte da conversação, mas de repente precisa e incisiva, com um gol ou um passe atordoantes — principalmente quando bebia assim, ligeira, solta, uma camisa 10 embriagada e sem afobação.

O momento é, portanto, de tensão total: "O Mateus e o Alexandre não são um pão?", e a espera de decisivos segundos.

A Loira faz o que Valéria previra: olha dona Ana, erguendo o copo de vinho, como a dizer que não se esqueceu da hospitalidade e da amizade, mas que "negócios são negócios", e em um primeiro lance ao mesmo tempo descompromissado e desconcertante:

"Ah, Ana, você vai me desculpar" (como se a última pessoa a falar não fora Veridiana — é preciso despedir-se da capitã do time antes de migrar para outro CT), "aqueles dois, olha!" E então a Loira toma a atitude que Valéria esperava apenas para mais tarde: avança sobre a amiga e lhe lança na cara uma caneta desorientadora: "Vai me falar que você não comeu eles com os olhos, no *youtube*?"

Valéria está exultante, dá tapas e mais tapas na mesa; os amendoins pulam de suas arquibancadas, fazem ola, o cigarro rola pela toalha de mesa.

Veridiana leva a mão à própria boca, querendo rir de sua companheira — "a qualquer momento posso trocar de time", ou, se a julgarmos com mais condescendência, "tudo bem, estamos juntas; mas drible bonito assim — a gente tem que reconhecer — é uma questão de humor e de nobreza"; o ritmo do batuque na mesa faz Veridiana batucar também, porém na própria coxa; Gabriela, até então sem tomar partido, tensa por saber que logo seria sua vez de ser convocada, mesmo sendo ruim até para jogar no gol, sorri e com os pés inclina a cadeira para trás. No seu gesto ainda tímido, olha Marluce, cujos olhos brilhantes de endorfina dizem: "Segue, segue o jogo".

A Loira, no primeiro lance da partida, mostra uma ousadia que dona Ana, para perdoá-la, reputa ao vinho — que ela, que *ela* mesmo, dona Ana, oferecera! Era um drible legal? Sim, sem dúvida. A alegria de todos, até daquela maldita do mesmo time, o comprova. Mas era leal? Jamais. Uma caneta, quando ninguém espera? Quando o jogo, por assim dizer, sequer estava valendo? Pois todos sabem que os primeiros toques devem ser apenas protocolares. Por isso, por sabê-lo, dona Ana é capaz de recompor-se com alguma rapidez, gesto típico de jogadora eficiente, decisiva, de cabeça fria. Afinal, o drible aconteceu, porém não foi legítimo. Não era o momento. Portanto, não fora driblada com todas as armas empunhadas — as melhores ainda no coldre — sem saber, ou fingindo ignorar saber, que o drible era exatamente isso, o extemporâneo, o equívoco alçado à glória, a bem-aventurança do inoportuno — e o instante em que se converte em puro, límpido, sagrado oportunismo — o tráfico do ilegal para o coração da legalidade, o deboche carnavalesco de todas as regras — não por contrariá-las, mas por segui-las com obstinação até seus pontos-de-fuga. E, se dona Ana conseguiu convencer-se de que não fora derrotada verdadeiramente, então a partida não estava perdida — o jogo somente terminaria quando um lado convencesse o outro, o fizesse internalizar a derrota, baixar a cabeça, trotar esperando o apito final — ou, ainda, suprema humilhação! fazer com que o derrotado se exasperasse não mais contra o adversário, mas contra si mesmo, e, rilhando dentes, com fel escapando das axilas junto ao suor, murmurasse: "tomara que eles façam mais um! Sim, mais um! Pra gente aprender! Pois agora é isso, meu espírito bandeou de lado, embora minha carne ainda esteja presa a este lado do campo, e me doa muito esse ressentimento: sonho com ódio novo e extraordinário por uma goleada! Arrebentem os nossos flancos e humilhem as nossas fortificações. Como todos os ressentidos, eu só acredito agora na pedagogia violenta, na didática embrutecida: nos chicoteiem com mais um gol pra que a gente possa... *aprender*. Que o aprendizado seja a dor de toda a minha vida sendo distribuída aos meus companheiros. Safados!".

Mas dona Ana estava longe desse ponto de não retorno. Ergue a cabeça e, para voltar a si mesma, para recompor seu time, chamar Veridiana de volta e selecionar a próxima jogadora, lança ao ar uma estratégia que lhe é comum, e que corresponde a pegar a bola dentro do gol como Didi e serenamente dirigir-se ao centro do campo — sim, foi caneta e gol. Agora é questão de orgulho, de cicatrizá-lo porque ferido, de colocar a bola no chão. Mas, para isso, sua estratégia: levantar a voz o mais alto possível, torná-la sirene, recompor as peças do jogo, lembrar a todos com esse gesto de que jogamos em casa, e que a obrigação do adversário, mesmo com seu gol recente, é reconhecer a casa alheia e aquietar sua soberba; com o tom crescente, que se inicia em lá telefônico, como boa capitã aponta pra uma aqui, outra lá, refaz sua defesa destroçada, devolve o autorrespeito, a feminilidade, a sororidade e põe os pingos nos is:

"Aaaaaaaaaaaaaaaaaaaaaaaaaaaaaaaaaaaaiiiiiiiiiiiiiiiiiii — mas só me faltava essa!", e os risos cessam, a tensão vai retornando ao campo — afinal, nada está decidido: 1 a 0 é jogo aberto. Dona Ana, a Marta desses campos dialógicos, embora tida por todos como hábil em recuperar-se, ainda dá sinais de atordoamento. A longa sirene não resolveu completamente, não desfez o estrago feito — agora, era esquecer e seguir adiante. Mas dona Ana, em um lance algo desajeitado após toda essa segurança autoimposta e, portanto, algo fingida, faz uma jogada — talvez não errada, mas no mínimo medíocre: nega. Sim, resolve por negar a fala de uma amiga, que esteve a seu lado, que viu junto a ela Mateus & Alexandre no *youtube*. Negar, sim, por que não? Menos por estratégia, e mais por não saber o que fazer — e que, como veremos, é uma forma às vezes muito eficiente de estratégia — diz o que ninguém ali espera. E, se os jogos são uma questão de leis, de suas supressões, validades, suspensões e reinvenções, e se seu propósito ao desafiar e acatar as leis é o da alegria, o é também no sentido de ser uma alegria do espírito: e o espírito se alegra no inesperado. Assim, mesmo a seguinte jogada medíocre teve seus efeitos subepifânicos:

"Eu? achar o Mateus e o Alexandre bonitos? Ai! Só me faltava essa", está, evidentemente, ganhando tempo, "agora, que o Mateus até pode passar, vá lá; mas o Alexandre, não, não dá, nunca!"

Negar, como se o gol não houvesse ocorrido. Inteligente, ou perspicaz — afinal, o jogo pode ser longo, algo que os relógios não dizem de todo. E a jogada medíocre, que em outros momentos poderia ser um claro sinal de derrotismo, aqui foi reviravolta: a Loira a havia ofendido — com cautela e majestade, mas a havia ofendido. Por regras tácitas e misteriosas, não poderia fazê-lo de novo — não imediatamente. Portanto, estava fora de campo por um instante, comemorando o gol, tentando não ser efusiva demais para não ofender sua até então recente torcida organizada. A Loira fora de jogo, o desmentido passaria impune. E o equilíbrio — magistral, conquanto medíocre — de possibilitar que o testemunho da Loira fosse tido por verdade, mas por verdade apenas parcial, desconhecedora do íntimo da amiga, ignorante de suas origens, e ao mesmo tempo uma mentira deslavada — "o Mateus, talvez, sim, seja bonito" — no fim das contas, apesar de toda a armação do jogo ter se iniciado ali, com os dois sendo tidos por um pão e depois renegados, a ênfase estava no Alexandre; e é ao Alexandre que, em um toque simples, de chapa, sutilmente habilidoso e retórico, a quem retorna, agora. "Hein? Hein? O que me dizem?" Dona Ana sabe que ali é invulnerável: basta bater o pé e ninguém jamais poderá dizer que ela, um dia, tenha achado Alexandre, da dupla Mateus & Alexandre, bonito. O gol é certo. Ele virá, sem a ousadia do último, sem sua estrambótica malícia, mas virá e é certo — e como? Por meio de um toque sem beleza, certeiro e seguro, construído, escandalosamente alemão. Veridiana entende que agora é sua vez, e com uma timidez viril, voltando o boné para a frente, sem encarar ninguém e olhando os amendoins no centro da mesa, ciente de que joga feio por necessidade:

"Mas é verdade. O Alexandre não dá. Pô, o Alexandre é muito feio."

Feia é a jogada, e Veridiana o sabe. Valéria replica, sem saber como foi posta naquela atitude defensiva:

"Ele tem um sorriso muito bonito".

O gol é certo, dona Ana pressente. A defesa está atordoada. A Loira sequer pede para entrar, como a esperar o gol para se aproximar da linha lateral: um inconfesso pedido de desculpas. Dona Ana lança mão novamente do mesmo recurso inescrupuloso, safado, nos limites do livro da lei:

"Aaaaaaaaaiiiiii", e então a remenda, imitando, em um gesto objetivo, porém feio e covarde: "*ele tem um sorriso muito bonito*", e chacoalha a cabeça, o corpo, terminando em um vergonhoso "bébébébébé" que, porém, alcança seu objetivo. Todos olham tia Marluce. Sim, valeu, e foi gol. Gol! De canela, nas costas do adversário que ainda comemorava o golaço, porém o placar registra: 1 a 1. O *fair play* passou longe. O jogo volta à tal "estaca zero": mas um time está entorpecido pela falta de escrúpulos dos donos da casa, pensando com seus botões: "mas, o jogo não foi criado para a alegria? Quando foi que se tornou um fim em si mesmo?" E sua superioridade moral não serve para nada — pelo contrário, apenas torna a derrota mais amarga, mais real, como se fora um ato do destino. Se elas ao menos não houvessem feito aquele gol com tanta rapidez, com tanto desenfado! Estão sendo vítimas de seu próprio sucesso, e de algum modo sentem o gol como punição — não como efeito adverso, da desatenção, por exemplo, mas como necessário — e nada pode ser mais perigoso. O outro time está seguro — seguro na consciência de sua própria perversidade. O elo fraco parece ser Veridiana, que está — tanto quanto o time que acabara de sofrer o revés — algo descontente, indecisa, não convertida para aquele jogo frio e pusilânime. Não fora para isso que a contrataram, seu boné virado para a frente o atesta. Não, não. Porque, quem estava sentada ao lado de Valéria, e sentia o fumo de seu cigarro e o calor de sua cumplicidade, era ela, Veridiana. "Pô, você sabe que foi sujo", lhe diz no ouvido o zagueiro, e ela, embora não queira transparecer, concede. A humilhação maldosa impingida por sua companheira de equipe recai sobre ela — é também sua responsabilidade. Até aceitaria um gol sem alegria — mas remendar a adversária para obtê-lo foi passar dos limites. Enfim, os times estão esfacelados. Apenas dona Ana se sente tranquila, embora o fogo do vinho lhe queime as bochechas, confundindo-se com um fogo de quase vergonha. E a Loira bebe, olhando em redor, esperando.

Tia Marluce intercede, colocando a bola de volta no centro do campo — Valéria não poderia fazê-lo, por quase não concordar com o gol, ao mesmo tempo em que sente que nada foi mais merecido. Cresce nela um pequeno ódio contra a sogra — afinal, trata-se de um clássico, e energias quase ancestrais podem ser reativadas, já que a fonte do jogo não é, como em um amistoso, *ad hoc*, em que as regras e leis tornam-se mais explícitas e protagonistas, mas sim de torneios mais antigos, de macerações velhas do amor próprio, de lembranças de vitórias memoráveis, impressas na história com o selo do destino, e de derrotas jamais superadas. Mas Tia Marluce, sabendo que o jogo pode descambar em pura agressão sem sentido, salvo se as regras forem postas de volta no palco campal, lembra a todos de que os times ainda não estão prontos — elas já começaram a atacar, a defender, a fazer gols e a testar os limites da autoridade e da legalidade, mas o básico ainda não foi feito — os times não estão formados. E ela diz, com sua fácil bonomia:

"Ninguém vai perguntar pra Gabriela o que ela acha?"

Valéria se recompõe. É um chamado à ação. O custo de jogar feio, da botinada de dona Ana é o de que não é mais sua vez de convocar, como seria praxe. Pois Valéria não perde tempo, mesmo sabendo que Gabriela é jogadora incompetente, porém leal. E sua lealdade, em um jogo sujo como este está se provando ser, será crucial ao impor limites às adversárias. Principalmente a Veridiana — assim crê Valéria que, batendo um cigarro novo sobre a cinza fossilizada do anterior, pergunta:

"É verdade — Gabi: Mateus *e* Alexandre — não são bonitos?"

Bola de volta no bolão central.

Gabriela, sempre desatenta, pode cometer a suprema gafe de não entender o funcionamento do jogo e fazer um gol contra.

Todos esperam. Sua incompetência para jogos de agressão e alegria feroz é conhecida. E, pelo modo como ergue a cabeça em um espanto pueril, virando-a de um lado a outro como a perguntar o que ninguém poderá responder — pois o jogo já está correndo — "o que eu tenho que fazer?", coloca a todas em suspenso. Não se trata apenas de fazer um gol contra, mas de pôr a perder o próprio jogo. Dona Ana quase sente o ímpeto de soprar a ela o que deve fazer: "Fala que é! Fala que os moços são bonitos!", mas se contém, assim como as outras, cuja respiração para por um instante. Há o risco real de que o lance seja tão inábil que desfaça os ânimos e encerre prematuro a partida. Gabriela, tomada pelo temor e por um senso de dever capaz de orientá-la para o lado certo do campo, está finalmente pronta para replicar. O silêncio é absoluto. Gabriela, menos por saber a qual time pertence e mais por achar que estão ali testando sua feminilidade, em um ambiente francamente reacionário, dá uma canelada que acerta o alvo e contenta gregas e troianas:

"Mateus e Alexandre? Mas quem é?"

A alegria volta ao campo, explode o riso, a própria torcida se contenta com esse lindo lance de grosseria, de ingenuidade, de volta à descoordenação da infância. Olham-se, a dizer: "Mas não é possível!", e dona Ana ri para a Loira, e Veridiana para Valéria, e Veridiana toca a mão da namorada, por achá-la de uma pureza inebriante. O zero-a-zero se restabelece de vez. Há novamente a alegria de começo de jogo, risos e boas expectativas, bexigas subindo aos céus com oscilação de lesmas, rojões, crianças assustadas e felizes, uniformes gigantescos para seus corpinhos, no centro do histórico coliseu. Os tambores rufam, bandeirões são agitados como os oitos deitados da infinitude, ambas as torcidas soltam fogos e fumaça. A conversa parece que vai a outro lado, por um momento, como se o jogo não estivesse acontecendo. Extingue-se a objetividade, ninguém parece mais estar ali para ganhar ou perder, outros assuntos parece que vão tomar o primeiro plano, mas dona Ana, com seu forte senso de esportividade, retruca, devolvendo ao estádio sua tensão característica:

"Mas essa eu não engulo: o Alexandre, bonito..."

E Valéria, pega na armadilha, se coloca com excessiva presteza de volta ao tema:

“Sabe quem achava o Alexandre bonito?”

“A mãe dele”, replica Veridiana.

Valéria foi apenas jogar tranquila, seguir o ritmo da tranquilidade recém-estabelecida. Mas Veridiana foi genial: executava um drible nobre, apesar e graças à estereotipia: um lençol. A risada coletiva impediu por um momento que Valéria prosseguisse. Mas o jogo voltava, expiado finalmente da agressiva imoralidade de dona Ana, e Valéria esperou que os ânimos se acalmassem. Com um sorriso que faz questão de não desfazer, prossegue:

“Até a Mari Inês me falou que ele é bonito. E olha que a Mari Inês não acha qualquer um bonito, não. Ela acha o Marcos Adônis feio, imagina isso!”

“O Marcos Adônis é feio mesmo, tem cara de cavalo”, diz uma Veridiana inspirada. Porém, sem querer voltar ao ambiente de aberta agressão de antes, concede, generosa com sua vitória parcial: “Mas é verdade que a Mari Inês é difícil. Se até ela falou…”

Dona Ana, sempre pronta, competitiva e desleal, ao ver que sua parceira descamba para um cavalheirismo servil e inconsequente, se lembra por um instante de que seu time não está completo. E repisa:

“Alexandre, bonito! Mocinha, Mocinha! Ouve isso” e, procurando-a, a vê dormindo na poltrona.

Gabriela é quem avisa:

“Kauane dormiu. Kauane dormiu, gente!”

Todos os olhos convergem em Kauane, o que a faz despertar. Os muitos pares de olhos abertos vencem os dois fechados, vencem seus sonhos, arrancam-nos de seus concentrados e egoístas REM. Kauane, ao invés de abri-los de uma vez, por algum motivo inescrutável, manteve-os fechados — em uma decisão de fração de segundo. Agora, metida em um sortilégio, não pode mais abri-los.

“Ihihihi. Acorda ela”, diz Veridiana.

“Ela está cansada, tadinha, deixa ela dormir”, diz Gabriela.

"Cansada, cansada. Ela está é de ressaca", conclui a Loira que, na tentativa de ser engraçada — pois a graça é a verdadeira finalidade do jogo que encenam — passa dos limites e apenas ofende. Veridiana acusa a falta, ao mesmo tempo se colocando ao lado de Gabriela:

"Que eu saiba a Kauane nem bebe".

"Queridas, Kauane nem bebe", reitera tia Marluce, acatando o pedido de falta de Veridiana.

Todas as vozes comentam, falam, julgam e Kauane as absorve. É o centro das atenções, mas sua consciência está invisível. É interessante ser o foco do grupo, tanto quanto ouvi-lo comentar sobre si. É como testemunhar o próprio velório. Mas então Kauane começa a sentir-se uma farsante. Será preciso acordar. Como? Se relaxar, estará tudo bem; basta permanecer parada — só isso. Mas, os outros já não começam a perceber? Alguém não disse: "Não é possível"? Outro: "Está dormindo nada"? Não compreende que sua situação, agora, é parte do jogo que jogam entre si — como se todas as jogadoras e árbitras se ocupassem com um quero-quero. Desconfiam, é isso o que ocorre de modo cada vez mais tenso na mente de Kauane. "Preciso acordar", pensa, "mas como acordar agora?" Talvez tenha passado do ponto — agora é obrigada a prosseguir na farsa. Não queria enganar ninguém, então, como fora se meter nisso? Está se sentindo suja, traindo a confiança de suas amigas. Será que está ao menos atuando de modo correto? É assim que se porta alguém que dorme em pleno dia — e mais, sendo observada? É então que toma uma atitude audaz: mexe um braço, depois troca a cabeça de lado. Deve ser assim que dormem os que dormem o sono verdadeiro. "Ela mexeu", alguém disse. É preciso acordar, mas como é o despertar de quem realmente dorme? Deve abrir os olhos de uma só vez? Ou aos poucos, fingindo não saber de nada? "Senhor, que vergonha!" Por que não a deixam em paz? Kauane diz a si mesma que deve ter fé, perseverar, só despertar quando não for mais o centro dos assuntos do grupo. Será preciso muita coragem, ou desfaçatez — mas é isso o que opta por fazer.

E, por fazê-lo, dá ao jogo um fim precoce.

Ratos perspectivos

Antes de chegar ao rancho, o Taxista havia nascido e vivido em uma cidade ao sul de Minas Gerais, onde serras e montanhas se acavalam, mãos nos ombros umas das outras e joelhos nas costas, para ver quem alcança primeiro os céus. São montanhas de um verde pálido, quase cinzentas — e, por pura teimosia, desobedecem às leis da perspectiva, pois, se aproximando, não se tornam mais verdes, senão ainda mais cinzentas, os arbustos jovens e já grisalhos, secos, quentes, que ao toque se desfazem em talcos doloridos, em ásperos rapés mistos de pó e de lâmina. A vegetação é atacada por espasmos de frio e de calor intensos. Das gramíneas às árvores, permanece silenciada e, portanto, onipresente, a palavra "fogo". E tais plantas, cuja dureza desobriga-as a dançar com o vento — que, aliás, é feroz — à primeira pronúncia da palavra proibida, na sintaxe vegetal que tem perdigotos rubros de faíscas, dançam com loucura a catira barulhenta do próprio extermínio. Com seu sapato duro, as chamas convertem os corpos dos animais em ídolos de pedra e os esmagam e esfarinham. E toda vida, dos grilos aos homens aos cachorros-do-mato, apupa, com dor não menos profunda que o ódio, a pirotecnia de um inverno que tem data marcada para ficar louco. As serras são verdes, cinzentas e muito bonitas, idilicamente inflamáveis.

O quebrado e o vivo ali não são diferentes. Mas nessas mesmas serras do Taxista há grotões, grutas, penhascos envaginados, faixas de natureza de pura umidade — mesmo no seco inverno.

O pó esbranquiçado dá lugar à terra, primeiro marrom-claro, depois de um escuro marrom cor de cachimbo, onde a vegetação é cerrada e as folhas gozam de uma morte encharcada. Fungos explodem em perpétuo ano-novo nos troncos finos, com suas tintas azuis, vermelhas, quase chinesas. São resultado das nascentes nos topos das montanhas, que vão se tornando córregos e, inevitavelmente, cachoeiras.

Um grande número dessas cachoeiras tem como divindades protetoras certas noivas, perdidas na noite entre os pastos. São esposas que perderam o entendimento por haverem sido companheiras de faunos, homens bêbados e cruelmente prolíficos. Entre elas está a famosa cachoeira da Juju, ninfa mineira, bonita e ensandecida. Guarda em um dos seios — o outro foi decepado pela água — os cordões de cobre que lhe dera o marido, cuja ponta do pingente era uma puma viva. Submerge seu segredo, sua dor — que é idêntica à sua juventude eterna — no preto de suas águas, no leito de suas rochas lavadas, para que o beije três vezes o bagre debaixo das costelas antes de perder a força e ser lançado cascata abaixo no abismo. E a água batida, revolta, dilacerada pelas pedras, cai em um véu violento, crítico e frio.

E a cachoeira rodopia de espuma e baba sua inocência, seu véu com vermes intangíveis; e a água rompe os pequenos ossos de suas gotas e voa, passeia, plana, cometas leves, filhos da fúria, cuja cauda é o espectro da cor. No meio do mato, as cicatrizes desses arco-íris, que mostram um pouco a carne curada de Deus, colorem os olhos do fauno, agachado por ali, cujo falo é um cacto, rosnando confuso uma ideia de pura sobrevivência.

Longe da Juju, vai se tornando mais compreensível a natureza das terras do Taxista. Que é, a seu modo, a de uma terra santa e bruta, conjunção muscular que excreta quartzos imensos, espalhados feito estrelas no solo arenoso; são pedras grandes, verrugosas, úmidas, violetas. Favos diagonais de açúcar que tornam aquele que os olha, por ao menos três segundos, um ser imbecilizado, sem inteligência, a boca entreaberta em um espanto mineral. E esmeraldas grandes como estrume de vaca (de verde lava), com um fulgor de galáxia, entre outros minérios que latejam apagados na cetácea escuridão no interior das montanhas. E as montanhas, vistas dos mirantes, são o mar, porém com outro calendário, oscilando e nadando como a superfície marítima, onde os segundos são eras geológicas. Mas é a cidade quem explica tal natureza de um modo, por assim dizer, mais didático, ainda que não menos espantoso.

A cidade é ela própria uma laje sobre as montanhas. Tem-se a impressão incontornável de que se está sobre uma plataforma, equilibrada nas costas de um tatu. Afora a vertigem — é possível ver nos olhos das pessoas, em seus hábitos de fervor religioso, que não escondem o fundo de superstição arqueológica, em seus costumes de cúria selvagem no mato, e pelo abstruso consumo de álcool "puro", destilado como as águas das minas e o ar rarefeito — é possível ver em seus olhos uma serena vertigem de cabras, uma indiferença amistosa que irrompe da flor do medo primordial. Afora a vertigem — ou melhor, apesar e por causa dela — a cidade ressuma a fé. Quando se chega pela BR esburacada e lenta pela presença de carretas elefantinas, subindo as montanhas com a sonolência de um rito tibetano, surgem as primeiras casas, as vendas de artesanato local, artefatos de pedra, queijos, cachaça e doces dionisíacos. As construções são antigas, não visitadas pelo demônio da especulação imobiliária. Janelões de madeira, portas grandes de duas folhas que fazem toda casa parecer um armazém de secos e molhados, e telhas que, de tanto suportar o peso do seu céu, romperam ou fizeram barrigas. Logo são avistados os templos evangélicos e os cartazes celebrando a beata local. No topo, distintos os chifres sagrados da igreja matriz, que absorvem as forças das serras e as devolvem em vida útil e destilada ao lado da praça, as pulsões dos relâmpagos e o frio do ermo se convertendo ali em uma sorveteria, "Gelato", e em jardins e bancos de pedra, onde as crianças conhecem pela primeira vez o choque nos cotovelos. Sobre um desses bancos não é incomum descansar um gavião, híbrido de músculos equinos e penas, grifo natural. Os cidadãos perambulam, pedalam suas bicicletas duras como moinhos, trabalham nas vendas e ocasionalmente tiram os bonés uns para os outros como antes se tirava o chapéu. Porém, este relato pode fazer com que o vilarejo pareça excessivamente pacato — o que não é verdade, ou o é apenas após uma série de camadas, em que estarão explícitas finalmente as diferenças entre uma pessoa pacata por convicção e outra, por exaustão. E toda essa diferença orbita em redor da beata.

Há uma imagem sua reproduzida por todos os lados e que tem um quê de daguerreótipo. Idosa, sem encarar a câmera que a fotografa em preto-e-branco, com a aparência de estar cega e com dores no ventre, encurvada, bondosamente carrancuda e esforçando um sorriso, um lenço na cabeça que lhe dá ares de mujique mineira, essa pequena mulher irradia uma potência que chega a ser constrangedora — talvez por isso se encolha, como se quisesse retornar à gema de seu ovo cinza e celestial. A igreja, as vendas fechadas e as poucas luzes amarelas acesas nos postes, sob escuridão estrelada, as ladeiras que desafiam as trações dos carros, tudo por ali *cheira* a uma fé específica. É um cheiro tenso de velório recente, porém não exatamente de flores, mas da limpeza triste das casas, do mundo cheirando um pouquinho mais inorgânico, não sendo contudo obstruído pelos odores das comidas típicas e dos ritos; o cheiro, em suma, do suor dopado do pesar. Há por todo lado essa tensão de milagre que ainda não ocorreu, e à medida que o sol vai murchando por trás das serras como um pão molhado, e o horizonte vai se desfazendo de verde pálido em azul, e o monte de São Tomás de Aquino começa sua leitura diária de nuvens enquanto escurece seu cenho com o negror da revelação repetida, é possível perceber que essa imensa variedade de vegetais, minérios e animais vai exibindo sem alarde sua solenidade de altar, com uma angústia séria, sem gritos, como certas sóbrias seitas judaicas que reprimem o misticismo para se chegar convenientemente digno ao mistério. Por trás de uma repressão magnífica, verde-erótica, há uma fé primitiva que corta todos os concílios papais com a facilidade do diamante. Os inúmeros santos — nas carteiras, dobrados em quatro partes e crucificados pelas ranhuras do papel, nos altares das igrejas com uma mão quebrada de louça, nas capelas, nas grutas, Nossas Senhoras molhadas como peças de mau funcionamento hidráulico, no alto das montanhas, nos oratórios, nas praças, nos azulejos, às entradas das casas em nichos onde ardem velas — estão assustados, fazendo força contra uma irresistível potência magnética, feitos de pedra e ainda parcialmente adeptos da pedra, embriagados pelo éter da dúvida, devotos de uma antiga doutrina tectônica; e a cidade vibra de temor e segue, mãos dadas com sua beata cega, encarando esse esplendoroso e temível céu azul — todos cientes de quão doloroso é viver a seu lado. A beata, onipresente em imagens e camisetas, é a concretização desse velório ainda fresco, face a face com poderes inescrutáveis (nos dias de romaria, é possível avistar uma onça parda no morro da Careta, como uma mensagem indecifrável de algum anjo carnívoro), e dá a essas montanhas e vales uma velhice palpável, uma velhice humana, tornando possível uma piada — ainda que sussurrada — para suavizar o luto opressivo: com autossacrifício, com sapiência, troca o medo da morte pela bonomia da idade avançada, pela doce e mofada segurança dos velhos convictos.

É, portanto, dessas terras que veio o Taxista, habituado desde pequeno à lida na roça, despertando às 3, 4 da manhã para tocar os quentes e asquerosamente erógenos úberes das vacas, tendo com treze anos calos de rocha na palma das mãos. Andando a cavalo desde sempre, de moto desde os catorze, bebendo cachaça na adolescência e judiando de sua mula, ouvindo sertanejo, cantando sob o céu estrelado "o amor é bruto", ouvindo causos e fazendo romarias — saiu de lá com a família, aos dezoito, rumo à cidade grande. Perdendo o esmalte da fé e restando apenas esse fundo rochoso e desvairadamente sacrificial, feio e chamado sempre pelos nomes mais humilhantes e sórdidos que seus companheiros pudessem encontrar, submetido ao trabalho duro equivalente ao da roça, perdeu também a vida — até se tornar o que é agora: um fantasma, o fantasma — o Taxista.

QUIROGA

Palavra da Salvação

Colhemos algumas mangas verdes, as levamos à mesa e as polvilhamos de sal.

"Eca, que nojo, tio", diz Vitinho, acompanhado de Lorenzo, que, por não ser ainda totalmente humano, tem no andar algo de pinguim. "Você vai comer isso?" E, em uma gostosa expressão de asco, vira sua carranca de lado e enuncia o inacreditável, o fantástico "Credo!" — o "Creio" latino com o sentido perfeito de "Não acredito", nesse curto gesto, nessa curta mesura de embaixador reconciliando os dois polos mais intensos e mais opostos de um mesmo pensamento religioso; ou seja, "Eu creio na cruz", "Cruz credo", diz Vitinho, dizendo com isso "E creio asquerosamente na manga verde, salada por esse sal abominável — mas, antes, para fazê-lo, deixe-me vestir essa máscara carnavalesca de nojo" e, num átimo, Vitinho transforma seu nariz em um focinho pregueado, elevando suas abas para torná-lo felino, evidenciando os dentes de roedor e projetando fora da boca a língua intumescida, arredondando-a como a dos ruminantes. "Manga verde — cê é louco".

Kauane e Marluce põem a mesa: garfo e faca ao lado dos pratos com rigor teórico, o copo posto oblíquo culminando em um vértice intelectualmente deslocado. A Loira, com o intuito de preservar a intimidade das mastigações, aumenta o volume da televisão, que toca agora uma playlist sertaneja. Dona Ana dá os últimos toques na panela, onde arde em calor um galo minuciosamente esquartejado; abre a tampa do arroz, com sua flor branca de vapor: um arroz de grãos gordos, excessivamente hidratados e quase translúcidos. Põe lado a lado as outras guarnições, a farofa temperada com miúdos, a maionese, os paetês de alface enrugado e os tomates cortados bem fino, babando os glóbulos amarelos de suas sementes. O feijão avermelhado borbulha na panela de pressão.

Todos se preparam para comer, sendo tacitamente conclamados pelo cheiro e pela azáfama em redor do fogo. Exceto Luisinho, o Magnata, a quem a comida é no momento um estorvo, uma interrupção a sua agradável experiência alcoólica — uma lata de cerveja após a outra, gelando a palma de sua mão direita — tomado por expectativa, pela ideia vaga, e, portanto, onipresente, de que algo extraordinário está prestes a ocorrer, o que torna todas as coisas também vagamente extraordinárias. Carlinhos, contudo, já abandonou a bebida por ora e saliva, seu estômago com borborigmos de encanamento.

"Onde está meu celular? Valéria, você liga pra mim?", pede Kauane, olhando desacorçoada em redor.

E em trotes aproximam-se os cães.

O cão grande, baio, de cara preta (descendente de boxer) e que lembra um fila — em tamanho e peso, porém não em comportamento, já que não é sério, orgulhoso, e sim tem jeito de filhote, brincalhão, medroso e só ocasionalmente bravo — é o Floquinho. O outro, serelepe e veloz, rajado também como os cães fila o são, porém de pequeno porte, chama-se Atleta — afônico por uma cirurgia na laringe. Ambos chegam-se ao redor dos pés e roçam como gatos por carinho.

Floquinho sente nas narinas uma vasta rede de aromas: das carnes, do arroz, das batatas, tudo evola e se exibe. Ele se senta, o rabo mexendo-se inconsciente. A boca aberta, língua de fora e ofegante, se fecha para uma lambida no vazio, tocando as narinas. Renova o olfato para essa experiência de estímulos excessivos. O Atleta, menos passivo, já anda debaixo da mesa procurando restos, que ainda não existem; se engana com um gesto e corre, para logo perceber seu equívoco. Pula em redor de tia Marluce, em cujas mãos almofadadas por panos de prato está a panela com o galo. Tia Marluce se desequilibra, rebola e se recupera, colocando a panela sobre um losango de madeira, enquanto dona Ana chuta e xinga o cachorro.

Floquinho: ouve as conversas e o tilintar de talheres como se estivesse embaixo d'água. Seu corpo, sua existência, pulsam de início em seu nariz. Mas, o que dizer da espera de um cão? A espera: todos os sonhos ali reunidos sobre a mesa na forma do alimento. Não se trata de crescer, de sobreviver, de ter posse voraz e efêmera, mas de comer. Pegar com a boca e mastigar com a boca, entregar-se à máquina da boca, aparelhada de molares e pré-molares em cordilheiras nas terras úmidas, negras e rosáceas das gengivas. Tornar-se boca, empunhar a alma toda na cara, e devorar até a beatitude. Em breve, alguém jogará um osso — e o osso desaparecerá da face da terra, em direção ao imaterial, à pura energia. Enquanto não ocorre, a espera é por esse osso — porque em seu paraíso paleolítico é um pátio de ossos a imagem da bem-aventurança. Um paraíso feito de ossos de galo tutanados, de cujos fins escorrem carnes esquecidas, fitas violetas de sangue, encabeçados por glóbulos de cartilagem — uma pequena árvore, corpo e cabeça de rei de xadrez. Recordando que em certas mitologias a Ressurreição era simbolizada por um osso pequeno e muito duro, a que se afixava uma nesga de carne, esperando a tarde suave após o Juízo para se reconstituir. A espera, gerando comportamentos: sentado, mudo, só olhos e sobrancelhas enquanto não pode ser só boca; seu corpo inteiro tomado por superstições — não mover a pata, e talvez receber; aproximar-se, e pôr tudo a perder; a felicidade e a tristeza de ter seus deuses tão ao alcance da boca, esses selvagens donos de estrelas. Superstições, esperança, temor, angústia: doméstico não porque recebe estímulos e recompensas, reforços, negações, mas porque todas essas coisas o seduzem pela superstição no caminho dos ritos; e, assim, parado, olhando, a boca aberta e vazando, saliva pingando, sua língua é sua reza. Comportar-se, em um behaviorismo apostólico, canino, celeste, esperar pelo dia da justiça e seus fenômenos carnosos, por ósseos apocalipses, e pela misericórdia destes que estão sentados em cadeiras plásticas que são os tronos do paraíso. Em uma réplica de suas religiões, em um ensaio risonho para o *Dies Irae*, o Dia da Fúria de Deus, os homens e mulheres julgam num relance o cão e lhe jogam o *resto*, o salvo-conduto para um paraíso de dois segundos; ou por misericórdia — "foi mal, tava com dó", desculpa-se Gabriela à dona da casa — convertê-lo quase que por distração em um eleito. "Espera, e se comporte", lhe dizem, como se fossem coisas distintas. Alguém lhe faz um carinho — que de início não percebe e, quando o nota, toma-o por um sinal — equivocado... Quais serão os gestos corretos? A alegria de balançar a cauda? Encostar-se na coxa, baixar a cabeça — como se nada mais quisesse neste mundo, neste abjeto mundo de carnes e ossos, e então lambuzar-se de uma colherada de arroz com hipócrita deselegância? Ignorar, ansiar, pedir, venerar? Qual dos verbos será ao gosto desses deuses que comem? Desses que, quando não esperam, de chinelo na mão fazem crescer cipós de veias em seus pescoços e tornam-se divindades da guerra; e então Floquinho se torna cético, parcialmente ateu — deitado, queixo nas patas paralelas como se abdicasse para sempre da Boca, seu olho contudo ainda encara a mesa, e um gesto ambíguo de Agenor faz mexer seu rabo, que delata sua fé, a fé esquecida de seus antepassados; estafado desses deuses excessivamente brincalhões, cujas bocas brilham com o óleo, unguento sacramental, e que derrubam migalhas — provando que o êxtase e a salvação podem vir do descuido, não da eleição — no reino de Preste João a Boca ri, ossos segurados nas duas extremidades como espigas de milho, e mesmo com ossos e carne à sua frente, a Boca é feliz — estafado, sentindo-se vítima destes cujos estômagos não são, feito os dele, como certos conjuntos matemáticos, vazios e infinitos, vira a cabeça de lado, finge dormir — e suspira. E neste suspiro há uma parcela — mínima, se esvaindo — de fé, ainda que de fé invertida, de que não olhando para ninguém e fechando as portas das intimidades enfim será amado, mesmo que por despeito, justamente por não querer mais. Mas ele quer, sua Boca conhece o êxtase, a Espera não existe para o comportamento, e quando ouve seu nome entre os inúmeros sons de bocas alheias e de línguas douradas de molho, ergue-se em um salto assustado e toda sua esperança se reconstrói a partir de uma só orelha, e mais rápida que o sangue e o nervo a esperança veloz está em todo seu corpo, ereto, pronto, com tanta, tanta fé, que, como Vitinho antes, seu rabo rígido diz: "Não acredito!", perfeito discípulo que crê mesmo vazio. E é engolir uma batata — uma maravilhosa, ainda que vagamente decepcionante, batata fria — e está de volta, de volta à roda da superstição, às torturas da Boca, aos modos da transcendência que fará desaparecer o desejo pelo Desejo. E se senta, se levanta, aproxima-se e se deita, suspira, ignora, e é mais uma vez a longa noite de sua fé alimentar, o triste vira-latas São João da Cruz. Em sua espera, não quer nada mais, nada menos que os ossos impróprios para os cães, o osso do galo que cantava à meia-noite, os ossos proibidos, subir ao altar onde se empilham essas relíquias. E espera, porque sabe que há bondade no mundo.

Porém virão os esperados dias do osso. Da relíquia e da flauta, do osso cinza, do osso enérgico, a fina pinça nas tíbias que compõem a asa, o voo devorado. A flauta que se toca ao contrário, porque é a medula — a prolífica invenção do cérebro, o livro dos livros — quem canta; a medula, a seiva da percepção, querendo se espalhar e contatar o mundo — esse Além, de estímulos alienígenas — e então esticando-se cerosa, principalmente no pescoço articulado do galo, em uma borracha inteligente, cantora percepção elástica. O galo é menos inteligente que seu osso, e seu osso é somente a casca hiper-rígida de seu cérebro. E o galo não é senão a valise onde Deus encerra e protege os seus mais mínimos ciclones, essas sementes com patas, árvores animais, de ponta-cabeça: era inevitável que, um dia, alguns feijões subaquáticos tivessem uma florada de colossos — eles inteiros uma só aflição de dente quebrado — e que esses colossos se ramificassem em ossos, duros, para a macia mobilidade. E os ossos, cerebrais, azulados pela energia, por toda a Terra subissem nos morros e nas copas das árvores, nos cumes das geleiras, nas doces bordas dos vulcões, e gritassem por todos os lados a glória do osso, a honra do osso molhado de músculo — e o vento nas penas quitinosas, abrindo sulcos e esfriando a experiência, o olho aberto, olhando o horizonte, o delicado prepúcio das pálpebras sobre simétricos olhos, laranjas e sobrenaturais — osso, osso, osso! Osso perfeito, um ligado ao outro em uma gramática assombrosa, preposicionada por anfiartroses, patelas que com o tempo eram ordinariamente e dolorosamente limadas até o desaparecimento. Osso, tradutor de mistérios, no corpo do galo que encara as invenções miraculosas do princípio do mundo, quando Deus tinha dúvidas quanto à aurora, e em fúria extinguia um terço de todas as suas lojas cerebrais; e que se lembra, e grita hoje transido pelo terror sagrado, marcado eternamente por aquela época, em que todas as sarças estavam possuídas, em que anjos pereciam no mar, e seu sangue pintava de preto a boca das baleias; o galo osteocolorido, tomado pelo pavor do conhecimento, olha o sol em seu monograma, beluga e lâmpada, e grita, a plenos pulmões: osso! Osso, osso, ossoooo, até que seu grito falhe e se esfiape na rota ancestralidade de um canto. Osso-testemunha, e o galo manca, a asa torta, o osso íntimo quebrado, distanciando-se para morrer entre pedras, respirando rápido — o vento bate e desarranja suas penas, ele abre o bico e não há som. Os olhos ainda entregam suas colheitas de elo em elo e de medula em medula, para os sacerdotes azuis, a colheita do óleo mais puro. Pedras, cinza, céu escuro, e um sol roxo, pássaro invertebrado. E então restam apenas ossos, secos e mortos os ramos da árvore da inteligência — morto o galo, e sua semente azul busca novas núpcias com a luz — a mão elétrica tirou um a um seus duzentos dedos e deixou no chão essa pobre luva, essa luva aterrorizada, confeccionada pelo mestre-luveiro de um Deus sem mãos (em algum lugar um filhote de pássaro, com ossos novos, abre a boca e recebe um verme; em outro lugar, ao mesmo tempo, alguém, de ossos tristes, abre a boca e consagra o osso oco, metálico, de um revólver — e as árvores seguem crescendo, cósmicas, no abismo). Chegará o dia do osso, desde os caules das pernas, dos alfinetes das clavículas, da cara árdua, endurecida, à basílica do crânio, às costelas, ao púbis que é uma borboleta pesada, dos cotovelos e calcanhares graníticos à vértebra, o rio originário, no vale entre as costas. Chegará o dia do osso — o dia levíssimo do osso.

A sempre atrasada eternidade

Para espantar as moscas, convoca-se o ventilador. Onde colocá-lo? Porque os ventiladores são sua especialidade, ou talvez por gentileza, Agenor apossa-se do problema. Há, com efeito, uma mistura de gentileza e de ciúmes. Apaixonado desde criança, não pelo personagem, mas pelo apelido de professor Pardal, Agenor entendeu muito precocemente que sua tarefa na Terra era a de ser responsável pela Invenção. Tal reino, especialmente minucioso e feérico, seria seu. Domaria arruelas, motores, instalações, desmontagens, e todas as articulações do ferro seriam suas conhecidas; se tornaria um radical anatomista de autômatos, mais complexos que os humanos porque de uma variedade muito mais vasta, indo de autoramas a carros, de relógios despertadores a bombas hidráulicas, a caixas de força, transformadores e os sistemas basculantes de caminhões, como se um médico fosse capaz de dissecar e compreender, e depois remontar, tanto um urso quanto uma libélula, soprando neles sua inteligência, fazendo-os vomitar fumaça e enfim voltarem a dormir e a voar.

Foi muito cedo quando recebeu o chamado. E, na verdade, sua vocação concretizou-se por um triz. Pois foi dotado por Deus de duas lindas anomalias: era quase que estupidamente curioso, e também canhoto. Como se percebesse nessas peculiaridades os indícios de bruxaria, de uma misteriosa devoção herética, sua mãe lhe batia, de leve, na mão esquerda, na mão canhota, na mão diabólica. Porém, talvez tenha sido este "defeito" particular o que tenha redimido o primeiro, de sua ensandecida curiosidade. Porque a mãe, sentindo-se compelida à misericórdia — ou à mesma noção de justiça que faz com que juízes, tendo errado para um dos times, se esforcem com o intuito de errar para o outro, dosando injustiças com equidade — não teve coragem de fazer parar aquela obsessão estranha — de que, mais tarde, veria os frutos, pois o menino consertaria todas as irregularidades eletrônicas da casa. Quem sofreu, portanto, foi a mão esquerda, mártir sacrificado, por assim dizer, ao desenvolvimento de sua inventividade. Forçado ao uso da mão direita, criou o estranho tique de escrever — somente quando o fazia com a destra — com a língua na lateral da boca, sendo mastigada a cada palavra, e remastigada, pelos molares, algo de que até hoje não se livrou e que o envergonha em público. Não teve a sorte, como outros de nós, de ter na mão inábil uma relíquia da infância; não é capaz, como nós, de retroceder dez, vinte, cinquenta anos no tempo, somente pelo gesto de tentar escrever com a mão recessiva. Talvez por isso tenha preservado sua infância de modo ainda mais integral, e com seus cabelos vastos, encaracolados, mantém essa figura de *enfant terrible* dos objetos mecânicos, de pequeno príncipe do reino da amperagem.

Foi por um triz. Cedeu a mão esquerda, preservou a criatividade amalucada que se reputa aos canhotos, na figura daquele que, nos dizeres de sua mãe, "fuça em tudo". Ao contrário das outras crianças, não tinha medo — esse medo quase sagrado de se romper lacres, ignorando os severos avisos de "Não abra este aparelho — risco de choque elétrico", sob signos de relâmpagos, estranhos, autoritários, como que vindos de um Zeus enzinabrado, perdido entre as árvores da Zona Franca de Manaus. E abria de tudo. Pôde, aliás, tornar-se doce, guardando toda sua perversidade para os objetos, que abria com a língua entre dentes. Porém os reconstruía — nem sempre com sucesso — e refazia o caminho percorrido por sua secreta perversidade, desfazendo-a, e sentindo a culminância de ser feliz apenas quando tudo estivesse em ordem. Domou seu sadismo técnico apenas em parte — e não abria mais apenas aquilo que estivesse quebrado, ou em mau-funcionamento; reservava-se o direito, cada vez mais lícito, autoridade emanada de sua eficiência, de operar aparelhos em ótimo estado — como um médico que curasse um paciente e, por amor à Ciência e à Arte, sedasse e levasse o cunhado do paciente à mesa de cirurgia, para observar suas diferenças interiores. E era punido, por vezes, mas nada o faria regredir — já havia cedido a mão, não haveria muito mais que lhe pudessem fazer. E, sem pai, observado pela mãe que não compreendia de onde poderia ter vindo aquele estranho dom — pois com o tempo, e pela força da irreversibilidade de sua mania, havia adquirido uma promoção, uma patente, de mero anômalo, aprendiz de bruxo, a prodígio, criança dotada de um autismo que o graduava para os postos sacerdotais em um congresso de maquinaria — foi se desenvolvendo, se tornando conhecedor, *expert* de coisas inalcançáveis para seus companheiros, para os meros mortais, senhor de hermetismos, maçom de uma maçonaria eletrônica e solitária, anos luz além desses desviantes apócrifos que se chamavam "manuais". E um dia, correndo para o quintal onde havia o tanque e uma explosiva multidão de samambaias, e uma gaiola com um canário arrotando quiabo, gritou, efusivo: "Mãe, mãe — arrumei a televisão!" E houve sete dias de festa na casa de Agenor, e por todos os lugares da cidade — como se fosse comunicado pela aldeia no deserto um novo milagre, um predestinado (seu filho!) capaz de curar os mais leprosos dos televisores de tubo — passou a anunciar a boa-nova, parando suas amigas nos caminhos da feira, com seus carrinhos afofados por sacolas coloridas, pensando enquanto falava que seu filho poderia consertar também aquele carrinho, fazê-lo deixar de manquitolar, e toda a vizinhança se espantou ante o absurdo milagre de se fazer — sendo criança, ensinando sábios no tabernáculo — complexas e cegas televisões voltarem a ver. Nos próximos dias, e nos próximos anos, e assim por toda sua vida, foram-se achegando um a um os doentes: um rádio-relógio possuído por uma única frequência AM; uma senhora, trazendo desconsolada, se desculpando seguidas vezes para o santo fedelho, o micro-system de seu filho, que sem música ela temia ver perder-se de vez no mundo das drogas; um liquidificador que rugia, gritava como um endemoniado, mas cuja lâmina não girava; um tostador de pães que sofrera um derrame, funcional apenas do lado direito, levado por uma senhora descrente, cujo sorriso zombeteiro atiçou nele também zombaria, ao que, presunçoso, respondeu: "esse é fácil", levando da mãe um piparote na cabeça. Enfim, a fila para os milagres foi crescendo, e a orgulhosa varoa dessa nova religião colhia moedas em um grande jarro atacadista de palmitos.

O menino se desenvolveu. Estudou. E apenas desviou-se, com nova convicção, para objetos mecânicos e automóveis, encanamentos e mesmo a ousada — porque biológica — nova obsessão por podas e plantações de pomar, porque, um dia, sofrera o golpe implacável do computador. Sentiu-se, pela primeira vez, menos milagroso que a máquina. Debochou, como se fosse modismo, estupidez passageira ou, não sendo passageira, que ao final não merecesse a atenção cuidadosa, carinhosa, amorosa mesmo (os tempos do sadismo haviam ficado para trás) dos objetos verdadeiramente eletrônicos, sem pretensões de sobre-humanidade; os objetos não-nietzscheanos, severos, patriarcais, ou infantis, meninos e meninas com carenagem de plástico, resistores como formigas cerâmicas, coloridos e significativos como cocares indígenas, dos filhos da segunda revolução industrial. Percebeu-se um profeta analógico em um mundo digital — ressentia-se de que os resistores-formiga fossem suplantados em beleza e importância por transístores aracnídeos, individualistas. Ali, face a face com os computadores, compreendeu-se não mais um milagroso homem da utopia, do futuro, da técnica, mas um reacionário, um "deixado para trás", um profeta de uma religião em processo de franca descrença entre os povos. Nesse momento, teve Agenor — já adulto, quase em vias de se aposentar — um novo surto infantil, nova revelação, vinda dos sofrimentos que sua zombaria não conseguia intimamente amainar. E saiu de uma depressão, devidamente diagnosticada com direito a afastamento, com a fúria inventiva dos sete anos, e em pouco tempo era capaz de construir uma casa, do alicerce ao *fiat lux*, de desfazer um fusca e torná-lo um *baja*, uma gaiola mexida e furiosa, senhor das terras e das nuvens de pó, e quebrar paredes, e plantar, em sua mais suprema ousadia, árvores frutíferas inimagináveis, como que sonhadas por Colombo, das eras fantásticas do descobrimento, quando tudo era possível e vagamente santo e vagamente monstruoso, e conseguiu mudas e sementes para formar no quintal de casa um pomar aberrante, com bananas cujos pés não tinham mais que um metro, mas cujos frutos eram ridiculamente grandes e doces, e que ele chamava — talvez apenas ele — de banana azul, embora fosse amarela como as nanicas; e morgotes de quatro gomos, jambolões ornamentais, boldos que cresciam com sonhos esquisitos de jequitibá, gordos nas barrigas e imensamente grandes para a espécie; e criou amor pelo exótico, como se esfregasse na cara dos computadores, dessa técnica burra que perderia a humanidade para sempre, o vigor do absurdo, do frutífero, do doce, para humilhar com a loucura cotidiana de Deus as pretensões, a húbris dessa terceira revolução industrial, maligna, suicida.

Portanto, quem pegaria o ventilador? Quem o colocaria sobre uma banqueta, esticando o fio da extensão ao ponto de torná-lo quase musical? Quem colocaria o ícone, o santo ventilador dos brasileiros, para girar e afastar as moscas? Quem o faria ir contra o sentido natural, com um rangido torcendo seu pescoço numa cirurgia espiritual (via-se na boca de Agenor a língua entre os molares), para educar o santo que se opunha ao sol, o cabeçudo ventilador branco, de pás azuis, Éolo senhor dos ventos leves, que ele, Agenor, havia aberto e reaberto, e cujas entranhas conhecia de cor? Quem, senão Agenor? E, teria coragem, qualquer um de nós, de impedi-lo, de troçar de seu zelo, de seu ciúme, de sua justa posição de comandante de máquinas — já que o sacerdócio havia lhe escapado pelas mãos, não deveria tornar-se, de algum modo, militar? Não sabíamos nós o que este homem havia sofrido? Não conhecíamos sua dolorosa ambidestria? Não podíamos vê-lo, ali, como sua mãe o vira, pequeno, cabelos revoltos, as pernas abertas e a imensa caranguejeira de um timer de xadrez eviscerada entre os dedos? Pois todos nós relaxávamos; e podíamos nos ocupar de outras coisas, porque Agenor, naquele momento, cuidava, com alguma ira e alguma serenidade, das pragas das moscas e do calor com seu cajado giratório.

E então tocou o celular de Kauane e dona Ana gritou: "Ah, é a poltrona! Sempre ela!" E logo estavam quase todos sentados para comer, aguardando a oração do Pastor Everaldo.

Ditirambos, vistos por um único olho

Todos sentados, aguardando para ouvir a Voz. A Loira emudece a televisão. O pastor fecha os olhos — menos, em um primeiro momento, para encontrar Deus que para buscar em seu interior a Voz, a persona das religiões africanas capaz de comunicar-se com Ele.

"Senhor! Aqui está posto o alimento. O alimento. O alimento, Senhor, existe. Como é doloroso, Senhor, que exista; como é terrível, Senhor, que exista o alimento. Obedecemos, com fome, ao teu mandamento. Cruel é o mandamento de existir. Deliciosamente cruel, Senhor, é o mandamento. Está aqui à frente a prova bárbara de nossa mortalidade. A prova suculenta do fim da existência. E salivam nossas bocas com ácido perfeito. Deus — ó Deus, formador de obesas estrelas, do finíssimo totem do mercúrio, Deus das tendas centrípetas, das mil moreias, das galáxias, Deus devorador de relógios, devorador de reses de treva, Senhor da Terra azul, Senhor de íris triangulares, de oftálmicas constelações, ó meu pastor, pastor do que foi explodido, artífice, ceramista de radiações, ó Senhor de planetas decapitados, de cujas mãos escorre a gordura do tempo, alma única de mundos, braço, cabeça e urro, Senhor dos risos machucados, de um genocídio de bocas, cujo coração tem a forma do segredo, que polvilha segredos idênticos na última pele das trevas, agricultor de mundos para quem preparamos armadilhas de pássaro nos altares, que pinta códigos e embeleza o invisível, semeador, em cujas palmas dormem as sementes negativas, quando cada uma de suas cores é um espectro, e não está na realidade, Senhor, dono dos espaços, o próprio espaço, ó, Senhor, meu pai, padre da casa do medo — pedimos ao Senhor, meu pai, o arroz, o feijão, e que se compadeça da nossa humildade, de nosso jeito de bicho. Dá-nos a pasta nutritiva do nosso pecado, e perdoe nossa mastigação. Dá-nos uma palma dos feijões que estão perdidos em um recanto dessa tua pulsante esfera, nessa clínica de fibras, dá-nos o feijão cuja língua foi arrancada para que não gritasse o teu nome, o minúsculo, o tigrado feijão, porque por tempo demais temos encarado a nossa própria morte. Sugados para o teu seio sempre venenoso, queremos vagar fantasmagóricos nesta exceção, que é a vida — porque te amamos muito, e o que amamos muito jamais desejamos. Queremos vida, Pai, ao ponto de enlouquecermos pela eternidade. Ó, Senhor, porque houve um dia, quando nossos cabelos eram bonitos como cervos, quando nossos peitos eram ariscos, lebres em tremor, houve um tempo em que nos sentávamos à beira da pedra; e com rigor, com respeito, lançávamos um pensamento de boca em boca; e o pensamento que saía de um lábio deitava-se na próxima língua, onde morava, por um instante, como uma cárie, e expelido pulava na próxima boca; e o pensamento, melado de saliva como um recém-nascido, ligado pelo umbigo à palavra, que o ligava ao Senhor, nos preenchia a côncava maxila, e nossa felicidade era igual ao nosso terror. E houve o dia, Senhor, em que arrancamos o pensamento de nossas bocas e o deitamos em urna argilosa; e o fechamos ali, barro contra barro, marsúpio, caixão, e, esperando o grito, ouvimos que o pensamento tornava-se mais denso, porém tranquilo; tornava-se imperioso, porém sem alarde; e o pensamento, que se julgava imortal, alimentando-se de nossa boca nutriz, na clara de nossas palavras, enfim, dentro da urna, compreendeu que morria; foi com essa ciência, com essa consciência, que o pensamento encontrou a *duração*, almejou a eternidade, e, ainda no dia de hoje, poderá ser tocado com vida; está aqui, Senhor, o pensamento que concebe a própria morte; está aqui, Senhor das frustrações, aquele — filho nosso e filho teu — que chamamos de Paradoxo; pois contigo procriamos no abismo; e o pensamento que tem em si sua própria degeneração encontrou abrigo nas foices da eternidade, cálido Paradoxo; e nós, Senhor, que ora temos fome, por concebermos a morte, conquistamos a urna da eternidade; dá-nos, ó Pai, os feijões da nossa fome; entrega à nossa saliva o lindíssimo alimento; dá-nos consciência do nosso ácido, sabedoria à nossa boca de barro, à urna de nossa língua; Senhor, ó Pai, meu único Deus, dá-nos a nossa morte, até a hora da nossa morte — Amém."

"Guardai-nos do mal", emenda.

"Amém", respondem os comensais, com essa palavra que é toda uma linguagem, e se põem a comer.

Sentar na mesa

Então passam-se os pratos, os potes de pimenta, as travessas, as garrafas; ouve-se o ganido de Floquinho, debaixo da mesa. A Loira volta a aumentar o volume da televisão, e as pessoas, rindo, vão enchendo os seus pratos.

"Vocês não vão pescar hoje?"

"Ah, Ana", responde Agenor, "eu nem trouxe as tralha".

"Ô Ana! Vai passar o jogo?", pergunta Monteiro, cujo excesso de vivacidade é sinal, para quem o conhece, de que em breve será nocauteado pelo prato imenso que fez.

"Aaaaiiiiii", exclama num agudo alongado que lhe sai dos lábios azuis, úmidos de fome, "mas que mané jogo?"

Quem esclarece é Veridiana, inexplicavelmente com a boca cheia de arroz, enquanto os outros ainda se servem: "Palmeiras e Corinthians, Ana. Às quatro."

"Aí tem todos os canal. Vai passar, sim. Mas vocês não vão participar do culto?"

O pastor Ronivaldo cobra um a um com os olhos. O Magnata arrota e amassa a lata no calcanhar, com uma sanfonada fratura metálica; arrasta a cadeira devagar, senta-se e explica:

"O culto a gente faz depois, né, Roni?"

Ronivaldo especula:

"A gente tava pensando em começar o culto às quatro..."

Ronivaldo se arrepende de haver ajeitado a manga da camisa, em cuja empunhadura acabou por deixar impressa uma digital de pimenta.

"Às quatro é o jogo. Vai fazer concorrência por quê? Faz às seis", interpela Monteiro, cuja vivacidade diminui a cada garfada imensa.

O Magnata emenda:

"Ninguém tem bosta nenhuma pra fazer, Roni. É domingo."

O pastor Ronivaldo espeta o garfo num pedaço do galo. Sua camisa vai se empapando pelo calor, à altura do esterno, formando um sagrado coração de suor. Encara o prato, estica uma mão como a interromper dona Ana, que está em silêncio:

"Não, Ana, deixa; deixa, Ana, vai fazer o quê?", mostrando-se ao mesmo tempo ofendido e misericordioso.

"Jogo ruim", resmunga Veridiana, e Uander fala alto, com seu jeito de grito:

"Ô, mãe! É clássico, mãe. A gente vê o jogo, descansa do almoço, e faz o culto. Vai fazer culto de barriga cheia?"

"Ai, ué — e quê que tem?", pergunta Ana.

Em um último desafio, o Magnata arrota à mesa (Gabriela chama-o de porco) e se dirige novamente ao pastor. No "morde e assopra", propõe:

"Roni, você assiste o jogo com nós."

"Não gosto de jogo", diz um Ronivaldo emburrado, enfiando um pedaço do galo na boca e assumindo a derrota.

O assunto muda de rumo.

Carlinhos mantivera-se surdo à discussão. Em seus olhos, contudo, refulge um lampejo azul, que logo se desfaz. Ele não se envergonha mais; serve-se do arroz e do feijão com a colher firme: como se tivesse na empunhadura uma miniatura de pá; logo seus lábios estão iluminados de óleo, grãos de arroz enfeitam o redor de sua boca; e devora. O modo brutal com que segura a colher, e mesmo a colher — e não o garfo — estão a dizer: "Minha mão foi violada pelo iletramento; foi raptada pela História". E Carlinhos obedece à fúria da mão e sente o raiar de um orgulho, negativo, assustado — desesperadamente viril.

E Dona Ana brinca com Agenor, que tem enjoos de criança para comer. "Agenor não come cebola!", ela anuncia a todos com perversidade. E Valéria já deu adeus a toda sua paciência, irritada com Lorenzo, que vira a cabeça enjeitando a comida, recusando-se — pequenino Giordano Bruno — a abjurar de sua fé em si mesmo, que o alimento vem macular. E a todas as brincadeiras Carlinhos tem os ouvidos tampados pela fúria, pela vergonha, pelo orgulho, pela fome, por um denso e inexplicável sentimento de humilhação.

"Mas eu amo esse homem", exclama Kauane em um arroubo teatral, por haver recebido mais um pedaço de frango da farofa, vindo desta vez do prato de Monteiro: "Toma, a moela — eu sei que você gosta". E, num arrebatamento inverossímil, Kauane se soergue, pega a cabeça de Monteiro com as duas mãos — seus olhos se esbugalham de surpresa — e lhe tasca um beijo — menos para ser sentido que para ser visto e aplaudido. E quase todos riem, e a Loira dá uma palma apenas, joga a cabeça para trás, ri e finge limpar uma lágrima. Monteiro sente nos lábios a picância de um buço recém-aparado a navalha. "Ela se encaixa perfeitamente em mim/ nosso quebra-cabeça teve fim", toca na televisão um videoclipe epilético.

E Valéria insiste com Lorenzo, ignorando com raiva que, a seu lado, Vitinho come apenas carne, próxima a um montículo falso, tópico, de arroz, colocado ali ao modo de armadilha, para distrair as atenções.

Lorenzo não cede. Seu "não quero" balbuciado parece a Valéria a negação da comida em si, um protesto idealista, um microateísmo dirigido contra a sacralidade do alimento. Percebe, contudo, o olhar da sogra, de esguelha; sabe que está sendo julgada a todo e cada instante; refreia-se, e contém até mesmo a aparência de sua raiva — que, por essa contenção, vai se tornando ódio. Por trás dos óculos de dona Ana estão dois olhos com catarata, azulados pelo cansaço, úmidos e vagamente salomônicos. Então, como último recurso, Valéria coloca a colher no prato com cuidado e dá um tapa de costas de mão no ombro — resvalando pelo pescoço — de Uander: "Vê se faz alguma coisa. Seu filho não quer comer". Uander, que mesmo sem nunca haver gostado da combinação, bebe cerveja em copo de vidro (necessariamente de vidro), intercalada com garfadas generosas de arroz com molho, sem feijão, e de boca cheia, a musgosa pasta achocolatando seus dentes, diz: "Deixa o moleque, carai, ele não quer comer". Valéria então solta o menino no chão e ouve, para seu supremo ódio: "Vem, vem com a vovó".

Luisinho finalmente se rende à comida. Uander o provoca em uma disputa por pimenta. "Uma só? Mas você é frouxo", e coloca na beira petalada do prato cinco dessas larvas rubras, larvas de fogo, ovas de salamandras. Há muito tempo, Uander aprendera com o pai o segredo de comer as pimentas inteiras — tornavam-se mais leves do que quando picadas. E, acreditando nessa tese absurda, tornou-se um faquir de pimentas, capaz de fazer andar sua língua em brasas sem o menor indício de sofrimento. Luisinho Magnata, cujo prato era o maior de todos, o monte Morat de uma mesa com os mais diversos relevos e a mais intrigante geografia, recusou com o dedo imenso, gordo, fazendo um metronômico não: "Você é besta? Aí não tem sabor nenhum". O pastor, por sua vez, incitado a entrar no círculo masculino de fogo, recusa, deixando subentendidas suas hemorroidas — ao que todos acatam, como que pela menção peremptória de um tabu.

Veridiana, sim, entra na disputa e fica cabeça a cabeça com Uander. Há pouco, tirou seu boné para sentar-se à mesa, em respeito ao momento. Gabriela, fingindo casualidade, não sentou a seu lado, mas pareada com tia Marluce, com quem conversa e troca amenidades, formando uma espécie de microclima, de ambiente à parte do ambiente geral, onde um contentamento mais suave, de opiniões mais em surdina, formam uma cápsula de certo recato. Mas tia Marluce, de súbito, imprevisível, arranca sua cabeça dessa bolha e comenta "Ih! Não é verdade! Eu cuido do almoxarifado, não da vida dos outros", respondendo a um comentário misógino de Luisinho, sobre as mulheres da rua onde Marluce mora. Gabriela sente-se abalada por saber que, enquanto conversavam, ao menos uma das orelhas de tia Marluce perscrutava assuntos absolutamente alheios. "Ela não conversava comigo; ela finge", diz de si para si, ferida em seu idealismo.

E os pratos vão se esvaziando, se enchendo novamente, e as moscas enfrentam as correntezas do vento desenhando círculos no ar. Dona Ana toma uma picada de pernilongo no tornozelo, cuja pele vai se irritando, inflamando, projetando um tectônico relevo cujo cume é um brinco de sangue. Pois há, como nos textos brâmanes ou na teologia cristã medieval, diversas camadas de realidade, aqui alimentares: debaixo da mesa, no Hades onde habitam os dois cães, há o solo onde neva comida e a penumbra em que mosquitos voejam pesados, relaxando nas dobras de trás dos joelhos e nas tâmaras dos tornozelos, esses oásis de hemoparaíso; a mesa, terrestre, fértil, em que comem os homens e as mulheres; sobre a mesa, em que se dá uma guerra de trinta anos entre manadas de moscas, com luxúrias e gulodices, obscenos acasalamentos nas finas bordas de copos, briga, banquetes e partos; e dentro de cada um desses homens e mulheres, uma realidade toda especial, com galáxias de bactérias, com suores refrescantes.

QUIROGA
SENTAR NA MESA

São excessivos

Mas, voltemos ao lampejo azul na íris de Carlinhos. Um pequeno e fosfórico parasita da memória, navegando na água de seus olhos, em seu mulato cristalino. Quero contar, não como foi, mas como o próprio Carlinhos me contou, com suas imprecisões, talvez com seus falseamentos. É seu direito. O sacrifício sempre a seu modo garante direitos.

A mão.

A mão — o bode expiatório. A responsável. Como foi que sua mão aprendeu a tornar-se o signo, metonímia viva, o corpo do corpo? É preciso acompanhar o fosfórico verme em sua ciliada correnteza, rumo às velhas, inesquecíveis, tempestades de relâmpago.

Pois foi assim que Carlinhos me contou sua passagem pelo cativeiro. Talvez tenham sido seus nervos os responsáveis por essa tempestade, e, se assim o for, então há muito houve uma tempestade; e essa tempestade, no interior de um exotérico Maranhão, caiu do céu e o céu era escalpo, crânio e sangue, e os relâmpagos descolavam-se da carne, lentamente, das nuvens douradas, iluminadas, do alto lamaçal das têmporas, violetas, celestes, das frontes.

Carlinhos era mestre-de-obras. Tinha uma inteligência facilmente reconhecível, tão intensa quanto aflitiva. Havia nessa sapiência algo de fratura exposta, de onerosa visibilidade. Seus nervos repuxam os traços do rosto e, de repente, percebe-se um esgar de máscara em sua face esquerda, como que pinçada por um tormento mumificado, abstrato e carnívoro, galvanizante.

Sua lógica não é menos espantosa. Liga fenômenos díspares, por meio de palavras mal utilizadas ou erradas, e os associa com sutileza ímpar; ao descer suas abstrações, assim montadas com peças quebradas, porém perfeitas em sua mecânica, ao nível real, digamos, prático, é com também assombrosa suavidade que seus pensamentos se ligam às coisas como se lhe fossem tampas. Ouve-se o clique da ideia — pode ser o caso de um conselho, ou de um plano para aprumar um muro — e logo se vê a face em um átimo repuxada: é a resina final, e pensamento e mundo estão reconciliados. De algum estranho modo, Carlinhos possui acesso privilegiado ao Éden, conhece a porta de serviço que leva à árvore do conhecimento. Não tem completo o ensino primário.

Seu pai, que o espancava com assiduidade, ao ponto de fazê-lo pensar que a surra era um dado quase religioso da vida, com regularidades de calendário e quermesse, também fora pedreiro e se recusara a lhe ensinar os segredos que fizeram dele um trabalhador requisitado nas redondezas. Além da severidade, era capaz de tecer contas estratégicas, de planificar suas concepções ou as ideias alheias com perfeição. Quando Carlinhos me contou o modo como aprendera de seu pai o que ele, por si mesmo, não quisera lhe ensinar, havia em sua narrativa o protagonismo de um *papel*. Neste papel, as garatujas do pai. Era um papel amarelado, de caça ao tesouro; um papel absoluto, imenso, como uma pirâmide egípcia; um papel em que o lápis desenhara os números e as figuras geométricas, e figuras e números eram cabalísticos, dotados do mistério do Senhor; era somente através do papel que o sol chegaria à Terra, um tom menor na escala de seu brilho, a ferrugem e os fungos ancestrais, sagrados, visíveis como estrelas invertidas à contraluz: trotes de cavalos mortos eram ouvidos quando se amassava o papel na mão. E o papel ficou fixado à parede da obra por semanas, e seu pai foi embora, deixando-o com a responsabilidade de decifrá-lo. As marcas de cinta, as cicatrizes pelo corpo da criança eram sua pedra de Rosetta.

Carlos, filho de Jeroboão. Esperava-se dele a chave, a interpretação definitiva, a continuidade do trabalho profético. E Carlinhos estudou — e o que seria estudar, em um caso como este? Olhar, olhar até que lhe ardesse a boca, passar os dedos pelo linho do papel imenso, sentir seu cheiro, aproximar-se mais; beijá-lo — e houve uma confusão, como um eclipse, de primeiro amor, dos primeiros êxtases, pois Carlinhos era quase moço — seduzi-lo, gaguejar frente ao papel, demonstrar toda sua pobre fragilidade de Moisés, sacrificar sua inocência ao ofertar palavras já desmembradas, silabizadas pelo cutelo da ansiedade, cortadas nas juntas; seria preciso estudar, olhar aqui, não se deixar desviar o olhar para ali, ver partes — quais são, em realidade, as partes? o que produz ou de quê consiste uma parte? — e, depois, o todo, ver como taumaturgicamente se transformam os objetos, como no mundo da abstração, onde o tempo se recolhe de outro modo e existe com mais indulgência, a lagarta vira borboleta e torna a virar lagarta, com meia asa deslumbrante, sendo possível ir à frente e voltar atrás com tal desenvoltura que o tempo parece ter algo de geográfico; e estudar, estudar, estudar, não sair do lugar, devotar uma atenção quase misteriosa ao papel, sabê-lo vocacionado, vindo do céu com uma fragrância de meteoro; e, então, virá-lo ao contrário, depois de ponta-cabeça, ousar alguma iconoclastia, sonhar em rasgá-lo. Estar entregue e, após uma série de sonhos, despertar astucioso, com uma parcela roubada da onisciência de Deus. "Já sei", disse Carlinhos pela primeira vez. E, então, Carlinhos pegou o fio de prumo, a desempenadeira, o esquadro, as colheres — a grande e a pequena — e os lançou no barro; e do barro surgiu a casa perfeita, a casa exata, com uma descaída agradável para a limpeza e uma inclinação certeira para a felicidade. Dali em diante, cumprido o rito de passagem, Carlinhos tornara-se ele próprio um cabalista, um profeta gráfico, tanto quanto um exímio executor. Agora, tão procurado como seu pai. Era, enfim, um precoce mestre-de-obras.

Como o destino é terrível, foi essa sua especialidade o que o levou ao Maranhão, à noite intracraniana e às tempestades. Haveria ainda provações, que de certo modo não poderiam ser superadas. Carlinhos hoje está em ruínas: prova de que o Destino não é tão bom pedreiro quanto ele.

E eis que chegamos à noite maranhense.

O céu escuro estala de relâmpagos. O céu alto refulge — pode-se dizer que sente prazer abominável, onde cada fulgor é um orgasmo que, contudo, não satisfaz.

Um carreteiro os havia deixado ali. Eram cinco. Cinco homens, jovens, que viajaram perfumados. Quando chegaram, porém, haviam retrocedido ao pó, sujos dos pés aos cabelos, às reentrâncias das camisetas polo. Cada qual com sua trouxa, desceram, ouviram as ordens, a promessa de pagamento, o inventário do que havia de alimento, roupas e material. Que descansassem, amanhã começariam cedo. Embora houvesse protesto, o contratante alegou urgência e disse que retornaria em breve. "Há comida. Façam o galpão. Façam o monstro. Deixem as árvores e o mato em horror. Haverá ao final a boa parte da carne do dinheiro, haverá sal, a gordura de sete mil cédulas. Ao final, seus dentes serão de ouro. Volto quando o monstro galpão estiver rugindo, despertando as baleias que dormem no cais de São Luís." E os cinco homens começaram de pronto a desconfiar uns dos outros.

Após o café de água suja, o terremoto celeste. A grande cabeça do céu tinha ideias demais, a mente ardente demais. Dentro do barraco exíguo, cujo teto era de zinco velho, e que trovejava ele próprio imitando Deus, viam as árvores tornarem-se cada vez mais escuras, mais densas que a noite, as copas sem mãos mordendo o cérebro da noite e arrancando em repuxo nacos de escuridão, para depois, amputadas, voltarem ao ataque. As cefaleicas nuvens brilham, imensas regiões da memória que contêm o sintagma de um aneurisma, luzes entupidas explodindo — e no barracão os lábios entortam-se, alguém se levanta e desiste, a mão molhada não consegue acender o cigarro, e por um instante ninguém é capaz de encontrar sobre a carnosa língua uma só palavra, roubadas todas pelas altas nuvens, obstruídas as veias de seus relâmpagos.

Uma parte do céu explode. O lábio de Carlinhos se repuxa, em um meio sorriso insano.

Assim como o rei Príamo disse em Troia, face à perspectiva de sua cidade ser devastada, que seus cães, antes obedientes em redor da mesa, ao fim do futuro saque devorariam seu corpo, seus membros, seus testículos, embriagados pela profusão de sangue, assim também a chuva, antes doméstica, motivo de reuniões entre os íntimos, de aproximação, de ressignificação da comunidade humana, agora se livra de seus arreios domésticos e parece feito os cães adicionar à ferocidade selvagem um represado sentimento de vingança. A chuva descontrolada, a psique do céu em atrito consigo mesma, entre dardos de água e voltaica alucinação, faz lembrar a cada uma das criaturas biológicas que seu criador pode a qualquer momento fazer verter o ensopado caldeirão no qual começou a vida; que em sua sopa de sonho e trauma é possível ver, no *flash* de um relâmpago, que a ideia da vida ainda pode ser revogada; e cachorros grandes, cachorros divinos de água fazem ninhadas nos lobos posteriores da noite, e estão prontos a atacar e rasgar os testículos do mundo; e cachorros-luz explodem atrás das árvores, latem trovões, e por onde passam permanece uma rota a ser sempre repetida, uma rota doméstica, para o encefálico horror; e desce mais um canino prismático do céu, porque não foi à toa que os cães guardaram protegido dos milênios o seu rosnado. E os cinco rapazes tremem de medo e abrem a garrafa redonda, marrom, algo medicinal, de Velho-barreiro. Que a sagrada cachaça seja a libação e nos afaste do demônio, satisfazendo-o.

Carlinhos passa a mão na barba recém-feita. Este gesto, como alguns outros adquiridos nos próximos nove meses, iriam se fixar por toda a vida, com uma argamassa de pânico e força. Diria aos outros que sempre fora assim, que gostava de dormir vestido, para não tirar o cinto e a faca embainhada. E também a bebida: servida dessa época, quando todas as noites, antes da chuva, os peões jogavam truco, entre momentos de alegria pura, camaradagem e tensão, em que a corda que os ligava parecia esticar-se tanto que já não havia mais trama, senão um único fio prestes a romper-se.

Todas as noites repetia-se o mimeógrafo de relâmpagos azuis e álcool, enquanto durante os dias repetia-se o trabalho exaustivo no galpão. Carlinhos era um prodígio, ainda que inexperiente, e a experiência foi -lhe ensinada por meio de chacotas, humor, violência e algum momento de franqueza, senão de ternura. Porém, esses meses que lhe ensinaram finalmente o ofício quase o executaram: ao final, não foi retirado do galpão porque o trabalho havia terminado — o trabalho é infinito — mas sim porque despencara do alto do telhado.

Até hoje não se lembra, como não nos lembramos do nosso nascimento. Foi tomado por uma completa amnésia, que durou dezoito dias; mas não há ano que se passe sem que celebre dois aniversários — este apenas de si para si, secretamente.

Quando caiu, viu o céu azul, latejando de dor, como se o sol fosse a cabeça esmigalhada de um fêmur. Sentiu pânico, depois um inconfessável prazer, e fechou os olhos. Lembra-se, ou inventou lembrar, que por sorte naquela noite o capataz aparecera; ao vê-lo, teria exclamado: "Não quebrou; se ele tivesse quebrado a bacia, não estava mexendo os braços!"

A amnésia durou dezoito dias, nos quais não sabia o próprio nome. De acordo com ele, o médico o tratou com muita diligência, até com afeição. Disse-lhe, entre outras coisas: "Você tem tanto azar que, se não tivesse sorte, estava fodido". Certamente percebeu, mesmo na amnésia, o brilho em seus olhos, como o quartzo de sua íris havia absorvido o poder das tempestades de relâmpago. É inegável que percebeu a inteligência assombrosa daquele jovem, pois teria lhe dito algo a respeito. Algo que Carlinhos conta, sempre ao início de uma bebedeira, ou como prefácio, mas jamais ao final ou em sua execução, propriamente dita. É assim que conta:

"Eu fui lateral. A lateral servia a minha humildade feroz, porquanto eu, como Hermes, corpo de menino e veloz como notícia ruim, possuía pés insólitos e a leveza das codornas, músculos nas coxas e joelhos feitos para a fuga; e poderia então exibir minha timidez — sim, exibir minha timidez, torná-la finalmente significativa, dar-lhe lugar no mundo — e não apenas temê-la, ocultá-la, escondendo essa vergonha congênita. Na lateral, minha vergonha encontrou seu lugar no mundo. Quieto, rápido, eficaz. E o protagonismo passava ao longe, e eu era livre. Quando minha timidez atacava, eu defendia como um touro. Com a bola nos pés, corria em fuga para a frente, e minha timidez se satisfazia. A ousadia era correr — correr e desaparecer.

"Eu seria profissional. E, então, eis que se estraçalha o meu fêmur, condenando-me em sua desintegração à timidez severa, que eu tentara enganar por todos os anos, desde que aprendi a palavra. Eu seria profissional, mas a queda faz meu fêmur procurar por outras formas. Então veio a revolta, que me visitou no hospital. A revolta.

"A revolta veio à noite, entre as jardinagens do ópio, que tirava violetas e amarantos latentes, que ainda existiam em mim — mas que se crescessem demais retirariam toda fertilidade dos meus olhos. E entre os momentos dessa científica jardinagem dos meus nervos e dos vasos do meu sangue, havia o retorno da noite, da consciência, da dor, do absoluto desconsolo. Eu olhava meus vizinhos de quarto, narcotizados, dementes, essas coisas só alma e sem corpo para defendê-las, olhava as janelas gradeadas, o linóleo do chão, a televisão quebrada — ah, eu olhava, pois não queria ver que ela estava ali, que chegara, que não iria embora sem levar do meu coração o resto que possuía de amor. Ah, era ela, ela que me prometia que eu poderia ser 'grande' — mas não sou grande, não quero sê-lo, e após a morte serei o lateral dos campos do Senhor.

"'Vingança', ela me dizia. 'Vinga teu fêmur, teu falo de osso. Vinga pela eternidade os dois segundos da tua queda. Vinga. Construa castelos ósseos e faça prisões grandes de salas pequenas, uma para cada fragmento do teu fêmur, e aplaca a tua fratura pelos próximos cem anos. Rende homenagens a tua perna esquerda, entrega-lhe gente, gente macia, entrega-lhe gente perfeita, gente feliz. Quebra sete ossos do teu capataz e joga o osso, quebrado e vivo, no matagal das aleluias, até que ele se ligue às moscas do mundo, até que sua figura se torne uma cabeça de fêmur, seu coração um milagre de larvas. Ossos quebrados: deixa ele dançar a verde dança, até que estejam pagas suas dívidas. E não para jamais, até teu fêmur ser restaurado. Vinga. Vinga, até encontrar a restauração.'

"Como poderia recusar, se ninguém — ao menos no estado em que me encontrava, meio aberto, ao contrário de mim mesmo

— se ninguém a não ser ela ali me amava? Mas, para me amar, ela exigia — como o fazem todos os amantes. Ela queria que eu mudasse, que me transformasse — e, no estado em que me encontrava, a transformação não seria sinônimo de cura? Meus amigos cadáveres, colegas de quarto irmanados na morte, gemiam, as bocas cheias de terra. 'Senão por você, por eles', dizia-me ela, tomada pela inteligência dos apaixonados. Da sua boca saía o som da primeira palavra que um dia quis dizer 'justiça'.

"E então eu recebia mais uma das sementes do ópio, e floresciam infâncias que nunca tive.

"Ao despertar, esgazeado, evitava olhar em redor; meus olhos se enchiam de lágrimas, o corpo de dor — ela estava lá, eu sabia. Então lhe disse: 'Farei tudo o que me pedir. Mas, agora, lamba as minhas feridas uma a uma — feito um cachorro, limpa de mim a minha morte.' E ela refez as minhas costelas, e por meio delas me abraçou por dentro.

"Porém, para minha glória ou danação, recebo lúcido uma visita. A revolta estava fadada a não ficar. Quem vem é o médico — e ele vem do mundo dos capatazes. Vem com um sorriso doce, o anverso da minha queda; pega-me o pulso, olha o prontuário, e dá-me um bom dia. Só então percebi que não vinha sozinho: trazia pelo punho ela, sim, minha timidez, que ele extraíra de minha coxa. 'Bom dia, doutor', eu lhe disse, e então, vendo a minha frágil timidez encarando o chão, percebo que sou e serei eternamente lateral.

"O médico em breve me traria presentes: uma dura radiografia, negra, em sua noite inscrita a lua do meu crânio.

"Falaria comigo. Se espantaria comigo. Veria minha inteligência: 'Você é engenheiro?' Não sou engenheiro, mas sou anterior a seus arcanos, a seu falso hermetismo. 'Sou o primeiro maçom', eu lhe responderia, de modo indireto. Ele me trazia doces, um chocolate alegre como ópio, um enrugado pastel de Belém. E remédios que ele traficava escondido das enfermeiras. Mas, de todos os presentes, eram minha timidez, pura, e suas conversas interessadas o que mais me trazia felicidade.

"Em um de nossos diálogos, recebi a 'palavra'. Com uma radiografia na mão, fez um eclipse na lâmpada do teto. 'Você vê, aqui? Sim, essa é sua cabeça. Sim, é esse o seu crânio. Percebe? Veja essa outra chapa: aqui está a cabeça de um homem comum. Percebe? Você não é um homem comum. Você é o lateral. Sua inteligência não é deste mundo. Sim, é isso', disse, e esperei com ansiedade sua conclusão: 'Meu caro, meu pobre Carlinhos — você tem uma mente subdesenvolvida.'

"Enquanto houver vida em mim, e enquanto eu tiver comigo a 'palavra', todos os fêmures desta terra estarão protegidos. E a repetirei, àquele que o mereça.

"Digam o que disserem meus detratores. Metade profecia, metade diagnóstico, disse-me o médico, e eu o repito. 'Você tem uma mente subdesenvolvida'. Não me gabo. Tenho em mim um crânio maravilhoso, uma pérola de Deus."

CÃO EXCESSIVO

Senhorita carruagem

A chegada do Taxista, enquanto ainda estávamos sentados à mesa, mas já "comidos" — como nos fez saber Luisinho com sua piada só humor e nenhuma graça — me fez pensar. Sua presença, aliás, sempre me fazia pensar. Vê-lo chegar com a camiseta da seleção brasileira era sempre um evento, um desafio, e que neste caso em específico — assim imagino agora, após todo o ocorrido — anunciava a tragédia por vir. Ou melhor, não a tragédia, mas, talvez, o horror — o horror sem refinamento, possivelmente sem explicação. Porém, antes desses acontecimentos, a mera presença do Taxista me fez mergulhar em assombro.

Não era desconhecido de ninguém o fato de que não me cumprimentava, e de que eu tampouco fazia questão. Éramos inimigos, porém inimigos tão distantes, em esferas tão distintas da realidade, que quase não nos víamos enquanto inimigos. Eu o odiava talvez como se odeia alguém em sonhos, com um misto de impotência e perturbação — quase como se, no processo de odiá-lo, eu começasse a também odiar a mim mesmo. Porém, como sou e sempre fui um personagem secundário, mesmo entre amigos — o que não incomoda a ninguém, nem mesmo a mim — essa hostilidade, por fim, não tinha nenhuma importância. Tenho a certeza, contudo, de que essa mesma hostilidade nos fazia pensar. Essa hostilidade era, por assim dizer, um núcleo de crítica que nos predispunha a análises, a teses usualmente não pronunciadas.

A crítica, ou o juízo — me pareceu ao menos ali — era o ódio útil, o ódio tornado inteligente.

Não sei nem posso saber o que ele próprio pensou sobre mim, se é que o fez. Na verdade, talvez não possa sequer dizer o que eu mesmo pensei sobre ele — mas o que, a partir dele, pensei sobre coisas variadas, algumas delas certamente misteriosas. Nossa festa não seria mais a mesma. Suas promessas, seus defeitos congêneres, os problemas que produziriam a partir de suas próprias contradições, soluções inesperadas ou óbvias, tudo isso se desfez, se rearranjou em outras formas. Havia em nossa confraternização um nexo, problemático como o são todos os nexos — essas juntas com os problemas dolorosos de juntas — e esse nexo foi obrigado a se desfazer e a se transformar como se, em nosso corpo, surgisse uma segunda cabeça: os braços teriam que fazer o que nunca ousariam imaginar, aderir a uma nova existência, rebelar-se, transformar-se em pata ou membro de um corpo imaterial; certos horrores em nosso semblante encontrariam súbitas anistias, fariam sentido pela primeira vez — em suma, toda a realidade se reorganizaria como que após um longo trauma fisiológico. Esses momentos, de quase milagre ao avesso, aboliam por um instante a dialética, e de repente havia nas coisas e na própria dialética um fermento inimaginável, uma produtividade tenebrosa, como que de fungos, uma carnosidade súbita e quase experimental. Em um movimento que naturalmente em seu curso se bifurcava e se ramificava com alguma previsibilidade, agora explodiriam dissertações ocas, ou profícuas, vocações novas surgiriam, em sua maioria prontas a perecer em um idealismo fanático — como essas forças naturais meio fúngicas que exageram em suas declamações vitais, produzem florações e estriam-se em músculos treliçados, para, em um instante, provarem de toda sua nulidade em uma exclamação precoce, restando apenas um suco, algo abjeto, de matéria; ou, pelo contrário, negociariam com ardil suas energias e substratos para surgirem firmes quando outros então teriam se esgotado. São como esses períodos revolucionários, desde a Judeia sitiada até a Rússia czarista, que forjam tantas hipóteses que os analistas começam a enlouquecer — eles próprios tomados dessa loucura crítica, seu ódio útil que os afasta o suficiente (assim creem) para compreenderem os movimentos sem se sujarem, ou melhor, sem se machucarem — e assim iniciam eles mesmos a profetizar, a anunciar falhas irremissíveis, promessas certeiras, e, em sua insânia, não se distanciam muito de apostadores, desesperados com a fé que fingem negar (para si mesmos, talvez estivessem acima desses acidentes, niilistas, cínicos, paternalistas), em uma sessão particularmente histórica na Bolsa de Valores. É — como dizer? — uma espécie de floresta instantânea. Tudo surge e tudo se desfaz, em uma orgia em nome de deuses da fertilidade e que redundam em um vazio abundante, talvez muito fértil somente para o futuro, como as cheias dos rios que deixam nas vazantes essa terra fofa, amorfa, híbrida, maluca, terra com cheiro de peixe e que os cachorros — confundidos eles também com tal frenesi — comem e na qual afundam seus focinhos — como que não preparados em seus organismos para compreender esse hibridismo absolutamente feroz, a própria natureza vacilando de ilusão.

E é tal palavra — "ilusão" — a que me fez parar e pensar sobre essa chegada ao mesmo tempo fértil e estéril do Taxista. Ele não era o responsável por esse cataclisma, por esse cisma herético em nossa natureza; era não mais que o enviado de um movimento muito maior, concreto e abstrato ao mesmo tempo, engendrado em catacumbas, intencional e também fora de controle — como nas experiências mágicas ou alquímicas, ou até nas experiências éticas e científicas. Isso, talvez, seja já meu viés falando: não posso assumi-lo como o centro de um movimento tão intenso, ainda que maligno. Pois maligno o era, de fato. Só o Mal seria capaz de tornar a natureza tão antinatural, de virar os teares do destino de ponta cabeça e produzir roupas tremendas, porém destinadas a tal nudez essencial. Não tenho dúvida alguma de que o movimento — que o Taxista representava — era maligno, e o repito para que não haja dúvida. E essa ação nociva, ou essa presença nociva, revolveria todo o solo em que se sustentava o nexo entre nós: o rancho, a mesa do almoço, o rio correndo silencioso. As naturais contradições, que iriam se desenvolver a seu tempo, produzir seus espinhos, suas novas subespécies, ideias fantásticas fadadas à fecundidade ou a um fatal superdesenvolvimento, essas contradições naturais saíram e deram lugar a uma natureza conflagrada, desesperada, com pressa, afoita. Em suma: ele foi o cavaleiro apocalíptico que nos trouxe a guerra. A aparência de uma pervasiva e secreta acumulação.

É óbvio que ele mesmo deve ter pensado isso de mim. Não que minha presença modificasse algo de modo direto e objetivo, ou mesmo que houvesse alguma vaga simetria entre nós. Mas pelo fato de ele exercer, ainda que tímido e silencioso, uma certa *influência* — isso era significativo. Assim, imagino, ele deve ter pensado. Seria a minha influência o que descarrilharia tudo em redor e mesmo ele próprio — o redentor — e forçaria a guerra, a implosão dos nossos nexos. Mas — posso dizê-lo com segurança: isso era mentira. Minha presença era parte do nexo, que ele viria para abolir. Por mais distante que eu fosse, ainda orbitava naquele meio, era talvez seu subproduto, sua excrescência — mas era dali, daquilo, parte de um desenvolvimento — que eu gostaria de imaginar que seria a mais relevante, a parte mais importante, mas que não necessariamente precisaria sê-lo para ser real. O Taxista, não. Ainda que houvesse em nós o mesmo elemento que o produzira, nele esse elemento alcançava tamanho grau de metástase, de anomalia, que a natureza mesma titubeava, tinha suores, pensava em mudar de rumo. Ele era — não, como eu, um resultado de nosso longo nexo, resultado bom, ruim, não importa — um experimento, uma cobaia de guerras longínquas, um pedaço não mais totalmente humano — e que, para prová-lo, buscava nexos tão, mas tão distantes e inadmissíveis em nossa história conjunta, que acreditava assim poder disfarçar seu completo desligamento de nossas afeições, de sua realidade própria, nos confundindo e fingindo ser parte de nossa longa caminhada rumo a certa homeostase, senão paz, coletiva. Dito de outro modo, sua origem era tão profunda que poderia não existir. Um exemplo: ele falava de sua ancestralidade italiana. Chegava a utilizar-se da palavra "nona", referindo-se à avó. Não que fosse mentira, exatamente. Talvez houvesse em sua história uma avó, católica fervorosa, mineira, enlouquecida pelo trabalho excessivo na lavoura, pelo sol e pelo racismo. Mas não era este o ponto. Ele se utilizava dessa ancestralidade como um vírus se utiliza de sua proteína *spike* para inocular-se em corpo alheio. Um vírus, em sua versão tanto analógica quanto digital. Falava de uma Lombardia inexistente, mal imaginada, mal montada. Erguia das ruínas um sobrenome oprimido pela história, como signo irrefutável de poder. Falava de uma ditadura militar que somente de modo tópico se referia a 1964: na verdade, esse militarismo era um sonho informe, desses que provocam bruxismo, e nada tinha a ver com a realidade histórica, como tampouco sua avó tinha a ver com a Itália — eram ambas astúcias que, a partir de um experimento — este sim militar — recente, do qual fora cobaia, produziam na realidade em redor um fervor, uma multiplicação descontrolada de bolhas, um efeito de caldeirão. Não sem fundamento — mas, mais uma vez, um fundamento tão pervasivo e ao mesmo tempo subterrâneo que nossa impressão é a de que poderia ficar ali, soterrado, sem jamais vir à luz — ledo engano. Mais tarde, perceberíamos que qualquer justificativa lhe serviria. Poderia ser o passado militar, o passado colonial. Não importa. A verdade era esta, a meu ver: um experimento, dos mais modernos possíveis, dos mais avançados, que se utilizava de expedientes científicos, como de psicologias comportamentais que mais se pareciam à tortura (quando penso nessa ciência, ao menos no modo como foi utilizada, penso em uma imensa bancada, talvez posta no lugar da lua, e uma nova Arca de Noé, em que os animais vão entrando, não aos pares, mas um a um, para serem torturados por relâmpagos; a partir daí, dessa grande tortura universal, arrancaríamos de Deus a Verdade, pela boca torta e nervosa e desfigurada de sua Criação); um experimento, portanto, dos mais avançados e bélicos, feitos sobre um corpo humano paleolítico, delirando de invenções, de sonhos e de êxtases — confuso, admito, mas porque um ponto de choque entre a economia e a religião. Portanto, quando o Taxista chegava com sua camiseta da seleção brasileira, não era o neto da "nona", o saudosista, mas sim um resto do que um dia fora humano, com resquícios de humanidade, mas já em pedaços, uma anomalia de um passado muito mais antigo que a palavra escrita, e que fora posto ali para o tumulto e para uma fertilidade abominável — cujo resultado, era óbvio, seria o total arraso dos nexos entre nós e uma futura terra revolvida, nutrida pelo húmus de nossas paixões, palco de uma orgia aos modos da Peste Negra europeia ou da guerra biológica nas américas e que deixaria, portanto, um vácuo, uma ressaca após o êxtase de fértil destruição. E, concomitante, ao se olhar de modo apenas material, algo de uma naturalidade assustadora. De todo modo, apesar de sentir raiva do Taxista, eu sabia que ele estava ali como uma espécie de pólen destrutivo, de cuja árvore ou flor eu talvez jamais saberia origem ou paradeiro. Nele, o experimento era irreversível. Aliás, ele próprio fora destruído para servir a tal propósito — como um homem-bomba.

Sol psiquiátrico: Destruo a mim mesmo em nome de um amor que não me destrua

A água do rio é a cada instante um tanto mais morna. Passa pelos remansos, na descaída do rancho que termina em línguas de terra e emaranhados de vegetação aquática. Os guapés bebem da água do rio e fortalecem os caules suculentos, que os indígenas da região, há muito tempo, apreciavam pela crocância e pelo sal.

À margem, o rio não corre, tem menos pressa. Chega-se e por um instante para, cogita, depois gira e sai em uma tangente, levando pelas raízes as toiceiras de guapé. Em breve, trará outros, que esperarão sua vez, para em breve saírem também rio abaixo. Nesse movimento, do rio encaracolado nas têmporas, o tempo passa sem linearidade, esfiapado, cacheado nas pontas.

Nessa modorra de tempo estagnado e de início de digestão, se aproxima o Taxista.

Seus olhos muito azuis, o nariz minúsculo porém de abas abertas, os dentes muito grandes em lábios sempre sangrando (como se há pouco adesivos houvessem sido subitamente arrancados) lhe emprestavam uma estranha fisionomia de peixe abissal. Ainda é jovem, apesar do pescoço, que engordou mais e primeiro que o rosto.

"Boa tarde! Boa tarde, dona Ana", diz, com uma timidez comovente. E aqui começam as mágicas dos cumprimentos.

Ele beija a anfitriã nos dois lados do rosto; no entanto, com astúcia ou doçura, segura a mão direita de dona Ana muito de leve com as suas, do mesmo modo como uma cartomante acaricia uma bola de cristal. O gesto, contudo, ao invés de agradá-la, a enoja: não por ele, mas por si mesma, por suas mãos estarem úmidas da louça. "Demorou, hein, fio", ela grita. "Achei que você não vinha. Pega um prato."

"Já comi, dona Ana."

"Ah, e posso saber aonde?"

"Eu tava com o Tião", responde, mas já se dirigindo ao pastor, a quem cumprimenta com mão firme e uma súbita seriedade: "Seu Everaldo" (o nome do homem é Ronivaldo), se restringe a dizer. Em seguida, dá a mão a Veridiana sem olhá-la no rosto e beija dois beijos molhados na face de Gabriela, que sente tocar a pele fina da face os lábios gretados, quase plásticos.

A Loira pergunta, os dentes encharcados de vinho frio:

"Taxista — você virou Uber?"

"Quê?"

"Tô te perguntando se você virou Uber."

Ele para por um instante, virado em direção a Uander. Não consegue responder e não entende a razão da pergunta. Seus olhos giram, sua expressão vai se perdendo, ele entra em um curto abismo — abismo raso, seco, mas abismo — forja um sorriso, o desfaz, passa a língua sobre a alta cerca dos dentes e lambe as feridas dos lábios.

Para a Loira é suficiente. Tem os dois braços cruzados abaixo dos seios, desafiante. E então vira a cabeça para seu carro, um sedan cromado cujos faróis e lanternas oblíquos têm um quê de maldoso: no painel, uma bugiganga eletrônica escreve "Uber" em leds verdes.

Ele, porém, não compreende. Sua cabeça gira, os olhos dão voltas completas dentro do crânio. Uander, que acaba de se levantar, é quem explica:

"Ela está perguntando se você está trabalhando de Uber. Ele está, sim, Loira. Por quê?"

"Ué — achei que ele não gostava. Falou tanto..."

Cada um fala alguma coisa, apenas pelo ímpeto de desfazerem o constrangimento. O Taxista se explica; sua boca trêmula diz que não tem jeito, que teve que aderir. Diz com isso uma verdade essencial, que ele próprio ignora. E então cumprimenta Uander com um abraço completo e três tapas no ombro.

"Quanto custa do centro pro Piratininga?", é a vez de Veridiana inquirir, ajeitando o boné de volta a uma posição cínica.

"Que que você quer fazer lá?", é a primeira resposta do Taxista, entre vozes desencontradas; mas logo adiciona o seguinte achado: "Mas tem que ver se eu levo, que eu não levo qualquer um." A Loira liga a televisão de volta nos clipes sertanejos. Em seus lábios se vê um esgar de nojo.

"Que chique", responde Veridiana, sem dar indício de nervosismo, "ele tá escolhendo corrida, olha que bênção."

"Graças a Deus", o Taxista prossegue, dando a mão sólida a Luisinho. Em seguida, beija Kauane, olhando fixo em seus olhos; ao passar para Monteiro, segura-o pelo ombro, impossibilitando que se levante, e dá uma mão desatenta, como se já se ocupasse em cumprimentar Agenor, ao lado. Depois deste último cumprimento, dá um tchau a distância para Valéria, faz um beicinho e finge brincar com o nenê de colo.

A mim, ignora. Porém, pior do que a simples inexistência é o deboche. E se aproxima de Carlinhos, encosta uma mão enojada em seu ombro e, em uma espécie de carinho cruel, de mão fechada, desfaz os seus cabelos como se aquilo não fosse nada de mais.

Olho bem para Carlinhos: em sua face direita, o tique se manifesta.

Em breve, todos estão conversando, sentindo que lentamente a euforia do almoço se esvai e deixa lugar para uma suave, talvez algo opressiva, satisfação. Grupos vão se fechando e se abrindo; temas vão surgindo e atraindo alguém de uma turma ao lado; fala-se pelo prazer da reunião, para ouvirem as vozes uns dos outros e para se fazerem rir. O protocolo *ad hoc*, contudo, relativo aos cumprimentos, não havia passado despercebido. Aquela diplomacia de mãos e lábios foi responsável pela aproximação de Veridiana à Loira, pela perplexidade quase respeitosa de dona Ana, e por algo, a seu modo, especial. Pois foi ainda no fluxo engatilhado por essa diplomacia que Valéria perguntou ao Taxista sobre sua esposa.

"Vinícius (assim se chamava o Taxista), e como está a Carminha?"

"A Carminha está em casa. Afff, Deus o livre aquela mulher..."

É Gabriela quem interroga:

"Mas está tudo bem com ela? Faz tempo que ela não aparece."

"Tá, tá bem. É a dona onça, não é fácil não."

"Também", anexa-se à conversa dona Ana, "você foi sair justo com o Tião. Certa tá ela. Mas depois você me conta."

"Ah, mas é melhor — ela lá, eu aqui", pronunciou, musical. "Não tô com paciência pra mulher descontrolada."

E, então, Marluce intervém:

"E que mulher não é descontrolada? Ihiihihiiiihiiihihiii."

"Tia Marluce!"

No tempo em que o Taxista chegara, cumprimentara e iniciara-se a conversa, tia Marluce se mantivera no banheiro, vítima de uma dor de barriga inapelável. Sentada na privada, ouvira a chegada de seu favorito. Tentou apressar os intestinos, que não obedeceram, por terem vida própria; suava, impaciente, esperando que se aliviasse totalmente e pudesse ir ao encontro do Taxista. Mas, ainda era impossível: os finos pelos de suas coxas eriçados, suava no banheiro sem pintura, só reboco, sem ventilação. A privada, monstruosa e pequena debaixo de seu corpo, roncava, arrotava e engolia suas fezes. Ela batia as unhas umas nas outras, fazia um signo de "pare" com a mão espalmada e consultava o esmalte; limpava o buço de suor instantâneo com o antebraço, enquanto ouvia a voz do Taxista acima das demais, acima até mesmo do tenor Uander. Pois o Taxista era seu fraco; era sua paixão, seu menino, seu amor, sua delícia — o Homem. De algum modo extraordinário, o Taxista era, para Marluce, um Apolo, um Hermes, um Narciso; era o homem como ele deveria aparecer do lado de fora da caverna; infalível, anterior à realidade, seu deus grego levemente acima do peso. Ela não podia precisar se era sua pele, que parecia demandar carinho, ou seus lábios, vermelhos como o joelho na primeira queda de uma criança; talvez fosse outra coisa, talvez o Taxista trouxesse consigo algo de remoto, uma mística romana que quaisquer de suas atitudes mais grosseiras apenas ratificariam; era o branco romano de sua pele, seus feios, hipersaltados olhos azuis; porque, para tia Marluce, Roma era uma terra teutônica, em que se confundiam navios trirremes e neve, trenós, César e Papai Noel; um lugar onde só nasciam homens, e só nasciam deuses; embriagada por essa educação severa e alucinada, sobre cujas masmorras não pudera escalar — tendo ficado, aliás, em algum lugar anterior, em uma sala repleta de pelúcias e pufes com formato de coração — desistira e, desde então, olhava apenas para trás, para essa história mítica, coalhada de super-heróis; tia Marluce era um Nietzsche do magistério, com seus nibelungos próprios, ursinhos, borboletas e unicórnios de mel, aguardando a chegada do super-homem, do Taxista acima do bem e do mal; por enquanto, seria uma espécie de válvula retentora da bondade — o que ainda deveria ser feito, o mal que ela de certo modo aguardava com pudor e carinho, caberia somente a ele, ao seu Zaratustra verde-amarelo. E foi nessa confusão, nessa doce esperança, que Marluce aguardou até que pudesse se encontrar com Vinícius e enfim surpreendê-lo.

"Mas se não é a tia Marluce! Jesus, como você está linda!", e a abraçou, os olhos girando de autossatisfação.

Tia Marluce o abraçou de tal modo, juntando os punhos a suas costas, que estralou sua coluna, deixando-o ao mesmo tempo em confusão e com repentino bem-estar.

"Mas que moço bonito!", diz, segurando seu rosto com as duas mãos, olhando-o até constrangê-lo. Por um instante, sem conseguir ter total certeza, o Taxista julga que tia Marluce houvesse passado a língua pelos lábios secos.

"Estava com saudade, tia!", e todos em redor um pouco que se ressabiam ou se enojam com tal diplomacia, de explícito e desavergonhado alinhamento automático.

Dona Ana não fica para trás e o municia de um prato e talheres limpos, além da cerveja de sua marca favorita.

"Mas eu já comi... A senhora me mima."

"Vai comer, sim senhor!", retruca dona Ana, pelo prazer do favor e da imposição. "É o galo do Uander", e fez um gesto de seccionar o rosto, demonstrando a mentira, "né, Uander?"

"Ah, mãe, não amola." E dona Ana, sem se dar por vencida, se dirige a Vinícius, que põe conchas só de galo, molho e farinha no prato:

"Filho, mas a Carminha está bem? Como vocês estão?"

"Está sim, dona Ana. Mas vou te falar, viu, tem hora que ela me enche o saco..."

Há um procedimento algo fantástico em ação: somente as mulheres conseguem ver — como na história do rei nu — o grande corpo abjeto que se projeta de sua boca ao falar da esposa. Os homens, mesmo os recém-ofendidos pelo cumprimento desdenhoso, são lançados a um mundo irreal, imaginário — e sorriem em anuência. Dona Ana, que sente dúvidas, e tia Marluce, totalmente radicada nessa realidade paralela masculina — por amor ao Taxista — são as únicas exceções. Porém, talvez não sejam de todo exceções: talvez Marluce veja, e ame nele justamente o fato de ser um fantasma, uma entidade ideal, ainda que degenerada. Ana replica:

"Entendi, fio. Mas você tem que me contar isso". Senta-se a seu lado, afastando por um instante a sequiosa tia Marluce.

"Me conta. O que aconteceu com a sua esposa, Vinícius?", indaga Ana.

O Taxista se lamenta com coqueteria e as pessoas debandam em pequenos grupos.

SOL PSIQUIÁTRICO: DESTRUÍ A MIM MESMO EM NOME DE UM AMOR QUE NÃO ME DEST

Regras para se descrever um cristal

Gabriela deixa a namorada, Veridiana, bebendo e fumando em uma cadeira de lata, ao ar livre. Ardilosa, subtrai um naco de frango sem osso e, como se cometesse um furto, o dá aos cães. Floquinho e Atleta devoram; olham em redor, sôfregos, como que surpresos pela mágica de desaparecimento que o ilusionista dentro deles próprios executa (como se houvessem sido driblados pela própria fome). Cheiram o chão. Atleta lambe o vão entre os artelhos de Gabriela, onde as alças do chinelo convergem. Quando compreendem que não haverá mais, se sentam: alguém, algum dia, os ensinou assim; porém, vítimas da semiformação, de uma *halbbildung* de biscoitos, severidade, palminhas seguidas de um "muito bem!" caridosamente oportunista, passado um segundo não têm mais certeza se procedem corretamente; e suas bundas se erguem, são tomadas novamente de dúvida, tremem, se sentam, se levantam, sentam-se novamente.

Tais tentativas comovem Gabriela ao limite do suportável. Sente um carinho intolerável. Vai à anfitriã, interceder por mais alimento. "Dá arroz. Eles gostam de arroz", responde, enfática, dona Ana. "Põe aqui", e lhe entrega dois potes de sorvete: retangulares, são como cubos meio derretidos, desconjuntados, cujas arestas dançam, sonhando com triângulos. Gabriela os enche de arroz e uma ou outra concha de molho.

Os cães não esperam. Atleta pula e rodopia no ar, em seu Bolshoi desesperado. Floquinho está em pane: se senta e se levanta seguidas vezes, o nariz preto iluminado de umidade. E se manifestam como podem, porque farejaram em Gabriela uma densa, uma hormonal misericórdia.

E não estão errados. Desde pequena, Gabriela tem pelos animais um amor febril. Digo animais sem medo de exagero. Se, no início, na sua mais remota infância, sua adoração por cachorrinhos e gatinhos, por pintinhos, em suma, pela força descomunal do biodiminutivo não deixou muito espaço para outras formas de transcendência, mais tarde, na pré-adolescência, movida por uma típica demanda de coerência, em que a moleira do caráter começa a querer se fechar e o adolescente vê pulsar nele o ímpeto da linearidade, da racionalidade — como contraponto ao único pecado capital para os púberes, a hipocrisia — de tal maneira que acabe por se comportar dos modos mais estrambóticos, por amor a uma lógica de armarinho, de organização de gaveta e prateleira, portanto nessa fase a jovenzinha Gabriela espantou a todos em sua casa quando, no meio da gritaria ritualística da presença de uma barata — esse evento pagão, primitivo, em louvor e proteção aos mortos, com subidas em púlpitos, horror, cabelos arrancados e, dizem alguns que o presenciaram, até com banho de cinzas sobre as cabeças — Gabriela simplesmente estacou; um primo, que corria, deixou de correr, e logo também a irmã; desconcertados, não podiam atinar com o que acontecia, e principalmente com seu olhar metafísico, de súbito e controlado enlevo místico; a cabeça caída no ombro direito, as mãos postas à frente do corpo em um copo: "É só um animal", e, para espanto definitivo e absoluto: "uma mamãe barata".

Por muito tempo foi chamada de "mamãe barata" em casa; mais tarde, de "mamãe", de "barata". Embora o apelido servisse para demovê-la de sua lógica maníaca, para trazê-la de volta ao seio da família e a sua boa, firme, testada, treinada e velha hipocrisia — afinal, cachorrinhos são maravilhosos, e que se danem as baratas — ele acabou não pegando. Mesmo para quem tirava sarro, a evocação reiterada da imagem da barata foi excessivamente desagradável.

E se Gabriela realmente deu o braço a torcer e abandonou seu louvor a todas as criaturas — não sem dor profunda, o sentimento (que se repetiria mais vezes na vida) de que havia um trinco de fora a fora na esfera de seu sentimento do mundo — e, por fim, desprezou, como todos os outros, os pernilongos, os ratos e as baratas, seu amor mais saudável por animais permaneceu; aliás, intensificou-se, principalmente quando pôde encontrar uma interessante solução de compromisso em sua relação com os seres mais torpes da Criação.

Ela compreendeu que não poderia entregar seu amor aos seres vinculados à morte. O amor estava vetado aos urubus, às ratazanas, às asquerosas lesmas e às obscuras criaturas do Nojo. Amadureceu e entendeu que não há dogmas sem interditos, e seu amor pelos animais tinha, sim, a força extraordinária do dogma. "Vou ser veterinária", ela dizia a quem lhe perguntasse o que seria quando crescesse, e seus olhos marejavam-se pela fé. Via-se paramentada com a túnica branca, com o pingente consagrado do estetoscópio. Em seus sonhos, cães de todas as cores e tamanhos mancavam a seu redor, em sincera adoração. E, ao ver que se aproximava um cão enorme, ursino, de olhar amarelo, ela fazia um severo "não" com o dedo e, certeira, lhe passava a absolvição: uma receita médica, cujos caracteres ela fazia força por tornar misteriosos, incompreensíveis.

Mas dogmas são dogmas, e uma sacerdotisa, mais que os outros, precisa respeitá-los, senão compreendê-los. E os seres que ancestralmente traziam a morte, como realidade ou como símbolo, estariam fora de seu círculo amoroso. Entendeu que traçar essa linha não seria uma falta, mas um modo de proteger sua adoração da dúvida. Ainda assim, foi acometida de duas heresias, ainda que leves. E uma delas foi com formigas.

As formigas eram criaturas dúbias. A razão ensinava que eram sujas, mais sujas, talvez, que baratas. Eram, ainda por cima, subterrâneas. Roçavam o substrato da morte e, contudo, não eram de todo abjetas. Farejando aí uma zona limítrofe, pôs-se a observá-las, a acompanhar seus caminhos diligentes e embriagados pelo quintal, sua força vertiginosa, a capoeira e o sumô de suas lutas ferozes. Uma espécie de capoeira eletrônica, de sumô representado por arames.

Viu que viviam debaixo dos azulejos, aparentemente tão compactos; que subiam pelos móveis, desapareciam pelo perigoso reino das tomadas; que algumas de suas tribos colonizavam o lunar televisor, e andavam nos fios suspensos em um equilíbrio ilógico, desarrazoado; que, no quintal, subiam pela árvore e moravam nos galhos, nos troncos, e imaginava que a mangueira do quintal tivesse um coração vivo, um coração fórmico e fervilhante; e que todos os limites da realidade estavam tracejados por formigas, e onde houvesse um corpo, um objeto, lá estariam elas, no alto da torre Eiffel, no corpo dos tigres, na lataria de uma nave no cabo Canaveral; onipresentes, e no mais das vezes invisíveis, se enfiavam em cada uma das cavidades do planeta, e de tal modo eram numerosas que um alienígena, chegado aqui, certamente deveria procurá-las primeiro. E Gabriela, para aliviar-se da seriedade de suas intensas observações, deixava que algumas delas lhe subissem pelo braço e, tocada pelos pés dessas coisas quase que inexistentes, sentia a felicidade do arrepio, de existir inteira e microscopicamente.

Foi para louvá-las, e talvez para dar fim a esse espanto mórbido, que fez uma caixa — um zoológico de formigas. Sua intenção inicial era um aquário, para que pudesse ver seus túneis e suas casas. Porém, sendo impossível, utilizou-se de uma caixa de papelão. Arrancou terra do lote baldio, inseriu galhos, pedras, pontos de referência, espalhou alimento. Mas as formigas não surgiam, senão superficialmente. E, para alívio de sua mãe, não perseverou no experimento. Abandonou precocemente as teses sobre a limitrofia das formigas, a heresia, a ser desenvolvida até o ponto de tornar-se caráter — de ver valor no intermediário — não no guardião, mas no habitante do entremundos. Nada disso foi adiante, e Gabriela voltou às teses ordinárias, em que havia um céu e um inferno, havia pássaros e ratazanas, e nenhuma relação imanente entre eles.

O que a preocupou, contudo, foi o filhote de pombo. Não de rola, mas de pomba doméstica. Sua mãe a alertava: "São ratos. Ratos voadores". E o que poderia ser mais maravilhoso, mais paradoxal, do que um rato alado, meio anjo, meio mendigo? Seria uma excelente oportunidade, ainda que alternativa, para se investigar teses mais arrojadas do que a fácil estabilidade do céu e do inferno, dos animais celestes e dos subterrâneos; se o "estudo das formigas" não fora o suficiente, o "estudo da pomba de praça" talvez o seria.

Era um filhote caído de árvore, magro, cego e louco, com uma fina pele de pálpebra, vermelha, também algo escrotal. Tal fragilidade menos a comoveu que a deixou perplexa. Alimentava o filhote com conta-gotas, um misturado de água e mel, e nada lhe parecia mais frágil no mundo que seu pescoço pelado. Quando, no segundo dia, despertou e como de praxe correu até a caixa, o encontrou morto. O grito acordou a mãe que, com dez voltas de papel higiênico na mão — a morte não podia ser tocada, e o cerne do nojo consistia nisso — pegou o corpo, flácido como massa fresca, e o jogou no lixo. A pequena Gabriela ficou ainda mais perplexa quando a mãe bateu seguidas vezes no braço: estava tomado de formigas minúsculas. Gabriela perdia seu primeiro paciente e entendia, a seu modo, que a morte come tudo, inclusive seus soldados, e devora os pássaros no chão e no ar. E nada além disso: frustraram-se os dois experimentos, pois, enquanto os fazia, teve o azar de não ser tocada pela Graça — da revitalização da pomba, do aquário, do surgimento de formigas à superfície — em suma, não fora tocada pelo sentido, pelo entendimento.

Aprendidas, contudo, as lições — de tal modo que, ao menos, os dogmas dos animais bons e maus se mantivessem, relativamente inócuos, já que seria responsável apenas pela ação da misericórdia para com animais puros — manteve-se fiel em seu amor, talvez agora mais maduro, mas ainda extático e um tanto inconsequente.

A solução de compromisso — que foi não uma racionalização, mas o resto doce, mnemônico, das experiências anteriores — fora reservar parte de sua devoção a seres limítrofes.

Morcegos, por exemplo, a apavoravam e enterneciam. Entre os edifícios do "Minha casa, minha vida" em que residia com a mãe e uma irmã, e um ocasional padrasto, havia uma sete-copas com seus frutos vinhosos. Era lá que tentava arrastar suas amigas a assistir ao voo em bumerangue dos morcegos. No mais das vezes, ia só: o êxtase a tornava corajosa. E depois regressava do submundo, e na cadeira da pracinha lecionava sobre asas que não eram asas, sobre asas que eram mãos, sobre o branco e ralo leite dos morcegos.

Darwin, para ela (quando, na escola, foi iniciada à sua figura barbada e profética), não era o instrutor da crueldade política ou do egoísmo sistêmico em que se tornou, para alguns, mas um lorde obscuro, reservado como um bruxo, um engolidor de tempo que contava milhões de anos em uma só narrativa de licantropia: na noite das eras, um rato gritava de dor e de satisfação pela metamorfose que lhe outorgava asas de gárgula. Mais tarde, sentiu simpatia pelo amor do Acaso por anomalias. Quando soube que um vizinho, Estevão, nascera com um mindinho sobressalente, o qual teria arrancado com uma seca batida de gaveta, sentiu uma paixão atormentada por esse mártir do Acaso, cujo trabalho se dava às cegas, entre o tedioso acúmulo dos séculos.

Tais, porém, eram os exercícios extremos, a provadefé a que se submetia, no intuito de desvendar novos mundos, relações e novas teses que os comprovassem. Do outro lado, na seção dos animais domésticos, vicejava nela uma paixão incontrolável, mais à vontade e menos teórica, porque já cristalizada e pronta para a ação. Ao fazer carinho na Princesa, sua cadelinha meio poodle, fascinava-se vasculhando a existência de um umbigo, a presença de um fino períneo avermelhado na barriga mole e frágil como um escalpo. Dormia abraçada à Princesa, despertava com as dores quase genuflexórias de respeito ao sono da cachorrinha, a quem não ousava incomodar. Roubava leite da geladeira. Mimava-a sem traços de pudor.

Foi por essa época que seu corpo começou a se desenvolver precocemente. Como que da noite para o dia, após uma dessas assustadoras febres de crescimento, em que os ossos se esticam com determinação germinativa, despertou com quadris, com seios. Foi abominável. Era uma criança, ainda, e tinha de se ver com os olhares medonhos dos meninos e dos adultos, dos velhos, dos homens casados, de um vizinho maduro a quem aprendera a respeitar por seu amor aos gatos do condomínio, perseguidos no mais das vezes: o vizinho, ao vê-la, mudava de comportamento, era tomado por um olhar criminoso, por um abjeto sorriso ninfomaníaco. E passara a ostentar seu zelo pelos gatos, deitando leite em pires também à porta de seu apartamento, como em uma oferta obscena a uma deusa infantil com cara de gato.

O motorista do ônibus escolar também se transformara. De sua doçura anterior nada restava; seus olhos a acompanhavam do retrovisor, seu cumprimento mudara de "oi, menina" para "oi, Gabi", em uma intimidade bestial. Os meninos da sala se aproximavam com suas espinhas pesadas e seus longos braços de goblin. Não tinha mais paz. E, se cito tais acontecimentos, é porque contribuíram para sua retração: por uma competição imaginária, de que não tomava parte, fora excluída do círculo de meninas. A acusavam de "dar em cima" de meninos já marcados por outras paixões proprietárias: "sou eu que gosto dele". Retirou-se. Fechou-se com os cachorros, com os gatos, com o cavalo que pastava à frente da escola municipal, preso a uma corda, aos bois que via em viagem da janela dos ônibus, aos pássaros que alimentava com farelo de milho no estacionamento. Mas, principalmente, à Princesa, a única criatura do mundo que sabia que ainda era criança (mesmo a mãe, ordenando que se sentasse direito na frente do padrasto, não era inocente).

A conjunção desses acontecimentos, da retração provocada pelo olhar alheio com o fatídico acidente, a fez nutrir pela humanidade um ódio irreprimível. Sua bondade natural, sua doçura, passaria a ter uma mácula, um estigma.

O genótipo, o acidente, o fenótipo

Até então, os olhares que a acompanhavam pelas ruas e na escola demonstravam almas perversas — mas o que ela atinava daí não era exatamente a maldade ou a perversão alheias, e sim sua própria culpa. O fato é que, se talvez "culpada" seja uma palavra forte demais, "envergonhada" ela de fato se sentia. Em uma só manhã, veria uma multiplicidade de olhos, cujo efeito era o de forçar seu olhar ao chão. Algo como viver em um pesadelo, nesses em que os olhos têm a força da linguagem. O orgulho que poderia sentir de sua feminilidade só viria mais tarde, como uma espécie de último verniz de proteção, quando não realmente desejo, aí sim legítimo. Em um só dia, veria olhos grandes, gordos, estreitos, orientais, verdes, azuis, castanhos; olhos embotados, lacrimejantes, avermelhados, decupados por lentes, com meias-luas e bolsões de sangue, venosos, nebulosos, alérgicos, remelentos, secos, ciliados feito bactérias, móveis — de mobilidade súbita, que subiam e desciam, que buscavam com avidez seus seios, sua bunda e seu púbis; alguns ardiam de raiva, outros de perseverante insanidade; outros, ainda, tencionavam uma desatenção voluntária, mas deixando evidente o pacto moral árduo de seus donos; e olhos femininos também a perseguiam, aprovavam, reprovavam, e era como se toda essa multidão de olhos meio autônomos a houvesse escolhido para o sacrifício. Um dia comum acabava por estar coalhado de olhares profundos, com olheiras violáceas e peles em bolhas, verrugas castanhas, vermelhas, na flácida pelanca logo abaixo, feito uma pupila de carne; esses olhos dançando em máscaras, mais ágeis, mais vivos que os corpos — feito almas; dois peixes cujas bocas são carúnculas lacrimais, com mobilidade nervosa. Antes, porém, que pudesse converter essa atenção mórbida em algo ao menos em parte útil a seus próprios desejos, ocorreu o acidente que a faria retrair-se de uma vez, e que moldaria sua existência no mundo. Um medo feérico, como uma febre de 37 graus, a acompanharia dali em diante.

Chegar da escola e perceber em cada detalhe fora do lugar que o terrível aconteceu: o silêncio do vento, a confusão do padrasto, a piedade na expressão do porteiro e, enfim, sua mãe, as duas mãos tapando a boca e o rosto molhado de lágrimas — Princesa foi atropelada. No estacionamento.

"Quem morreu?", Gabriela parecia perguntar, enquanto convulsionava em choro. A ferida que se abria para que o corpo crescesse não tivera ainda tempo de fechar-se, e por ali entrou o golpe. Despreparada, ainda tentando lidar com o que se modificava ao redor, agora teria que se resolver com a morte, com a incontestável destruição do corpo e com o desaparecimento da última testemunha de sua infância. Pega-se, nesses casos, o que restou da morte e se compõe armas: empunha-se um ódio à lascívia dos homens, uma ojeriza sincera aos carros, um amor incondicional e brutal aos animais — e se estabelece a guerra mundial, ancestral, permanente, de pessoas contra bichos. A vingança, aí, nessa total falta de sentido, é uma forma desesperada de propósito. Os animais são a inocência: será na base do ódio que se reaverá o Paraíso. Torna-se fundamentalista. E esse ódio, nela, ia se convertendo em timidez, resguardo nervoso, mas também em um moralismo atroz. Não se conformava (corria o risco de se tornar como aqueles personagens de filmes de ação enlatados, ou de velho-oeste, que à aproximação de um figurante que tropeça, acertando um balde que rola a seus pés, lhe dirige um olhar brutal e lhe aponta a colt .38: alguém que não perdoa erros, que não aceita falhas ou desculpas, em suma, a encarnação de uma justiça que ignora a sutileza do involuntário; e esses personagens, de chapéu e roupas escuras, são a personificação da Justiça inflexível, tão objetiva que, em seguida, se mostra caprichosa, subjetiva ao último extremo, quando o mesmo personagem, depois de matar o figurante, força a dona do bar a lhe entregar uma garrafa de uísque).

Sem conseguir andar, foi levada ao quarto. De início, não chorou, porque não era real. Porém, o mundo em redor foi se apagando. Não era capaz de ver as pessoas indo trabalhar, o porteiro que saíra de sua guarita e a olhava desaparecer, as meninas que brincavam nos bancos, debaixo de árvores. Todos, cada qual tendo em sua cabeça um fiapo de alguma imagem antiga, dolorosa também; aqueles inúmeros corpos, aquelas inúmeras cabeças que em algum lugar preservavam a ruptura, deitavam o rosto no travesseiro de um copo quebrado; proprietárias exclusivas, inalienáveis, cada qual de sua imagem veloz; eram cabeças, de todas as dimensões, com essa roupa rasgada, esse tecido, em imagem. Sabê-lo não lhe traria consolo: ela cerzia com uma agulha irresponsavelmente perfurante seus próprios olhos para todo o resto do mundo, para abri-los mais tarde; agora, não seria possível ver; os olhos cerzidos, era confeccionar seu próprio pano, seu fiapo de imagem. Cada qual andando rasgado e miserável, com a túnica do trauma, em busca de Deus.

"Destruíram a minha cachorra. Dizem que os mortos viram estrelas: fecha-se a noite, o cemitério se acende no céu; o universo está resplandecente de mortos, de estrelas atropeladas, de colchões, caminhas, de pires de fogo — que Deus durma na mesma cama com suas caveiras. Todo morto é inocente. Todo morto é inocente de novo, inocente pela segunda vez. Então essas luzes na noite são luzes de inocência. Minha cachorra é filhote de novo, e chora, na noite eterna, pelos quintais do céu. A Princesinha uiva em um frio infinito. Porque só há dor para o inocente. Quanta chuva o céu ainda guarda, por quantos dias e por quantas noites mais, até que se fechem as portas das águas e não chova mais sobre o corpo de quem morreu? Mas, sem chuva, as estrelas mexem-se, feito larvas. Uma caixa de papelão, uma manta — arrancaram a caixa e a manta de dentro do meu corpo, não há mais em mim a caixa e a manta que me permitiam dormir, e nada no mundo é mais frio que morrer. Ela sofreu? Sim, sofreu, e sofre ainda, através do meu corpo, por não ter mais corpo para morrer. Ela confiava em mim, e por isso me passou a dor do esmagamento. Ela lambia meu nariz; e, lambendo meu nariz, lambia de mim um julgamento, amolecia um rigor: a língua era sua asa em carne viva. Sou pior. Serei pior."

De ora em diante, decidia-se que "todo homem é mau". Crescia nela uma raiva, um nervosismo, uma loucura de olhos vidrados. No quarto, sorria de fúria. "Cadeira elétrica", falava, baixinho, "a cadeira elétrica é maravilhosa" — exclamava. "O homem nasce mau, é mau, foi mau desde antes do tempo; em Sodoma, foram quatrocentos os Cristos assassinados; eles não cuspiam nos corpos, por não terem mais saliva". Seu cabelo se desgrenhava, sua pele empalidecia, drenada de minerais; a boca seca denunciava um organismo sem água, os lábios branquejados e azedos: "O homem é o lobo do homem", dizia, desconhecendo Hobbes, tendo como Hobbes, por motivos absolutamente distintos, a mesma conclusão delirante: "Na cachaça que é a alma humana, há um verme; um verme que, por estar morto, é mais ele mesmo; na aguardente da alma tem um filho de mosca — um único, um único filho de mosca".

E ria, no quarto. O dia ia forte lá fora, o sal grosso granulado dos raios de sol, ela, porém, mantinha a janela fechada; misturavam-se em uma combinação depressiva os raios de sol paralelos, que vazavam pela veneziana metálica, e a iluminação da lâmpada fraca; o quarto recendia, ainda, a um odor de urina e de adolescência. E a pequena Thomas Hobbes, os cabelos esfumados, eriçados do mesmo modo por uma mesma ideia, não capitulava; percebera que havia a conversão da dor, do luto, em ódio vigoroso, explosivo, que o ódio era a dor virada do avesso; "O cachorro é o homem do cachorro", dizia, e ria até babar. "O cachorro é soberano!", e declarava debaixo dessa mistura de iluminações, naturais e artificiais, suando e chorando, a fidelidade de seu amor à Princesa: "Te amarei para sempre"; e, em seguida, em uma síntese fatal: "O cão, ou o caos!" Esfregando as mãos, recusava os pedidos insistentes da mãe para que viesse almoçar; dizia de si para si: "O homem tem que ser espancado; deve aprender a obedecer; deve apanhar de chinelo, até que aceite e compreenda a divindade dos cachorros" e, sem perceber, ia se parecendo cada vez mais a um desses cachorros, ternos na sala, furiosos no quintal. Em um instante mais apoplético, exclamou: "O cachorro é o cachorro do cachorro!", rodopiando o mesmo conceito em torno de si, em alienada, em raçuda dialética, buscando em êxtase o próprio rabo. Rezava Pais-nossos, Ave-marias. "Princesa, Princesa que estais no céu, poodle de Deus, que tirais os pecados do mundo — late, menina, late o teu Agnus e morde sem machucar a mão de Deus, para que ele entenda que até mesmo o teu canino é bom! Deixa um alto relevo rosado nos braços de Deus, para que ele possa mostrar às outras criaturas: 'Foi ela', ele dirá, cheio de orgulho, 'foi ela, cujo dente é bom; foi ela, que morreu atropelada por vocês, porque não sabia ver maldade nos carros; esses desenhos nos meus braços são desenhos de amor', dirá — sim, dirá, e perceberá que o amor é uma coisa feita dentro da boca. Princesa, Princesa, que morreu para que Deus pudesse alegrar a morte de Cristo e de Lázaro com cães. Princesa, Princesa, que estais no céu." E logo voltava à carga, imaginava românticas penas de morte, castigos abomináveis e sempre insuficientes.

Descansava por um instante e olhava a fotografia. Era ela, pequenina, segurando a cadelinha pelas axilas. Uma foto alaranjada, uma cama desarrumada e, no rosto, uma daquelas alegrias de criança que as fotografias posteriores só podem tentar imitar, sofregamente. E, então, sorria; e, sorrindo, ria e entrava em um choro convulsivo, que lhe escorria pelos olhos e pelo nariz.

Dali em diante, portanto, decidiu-se por odiar a humanidade. Foi uma apóstata por longo tempo, até encontrar Veridiana, cujo carinho a fez retomar algo da suavidade anterior, infantil. Preserva até agora um julgamento ácido, menos por convicção que por hábito, a toda ação criminosa; seu espírito ainda equilibra aspectos improváveis, como a ternura ou mansidão por que é conhecida, e a defesa vigorosa do punitivismo, do castigo, da vingança no lugar da justiça. Seu ódio pela humanidade e seu orgulho do próprio corpo a protegeram pela fase difícil da adolescência. Foram os materiais de sua crisálida. E, entre todas as mudanças que ocorreram em sua vida, permaneceu o amor incondicional aos animais, principalmente os domésticos. Deixou para trás as complicações teológicas, as distinções formais, e anunciou para si e para o mundo um apostolado sincero, devotado, e foi participante de toda ação popular, de toda e qualquer ONG que defendesse animais de rua. Algo de seu cinismo se mantinha, quando lhe contestavam sobre pessoas em situação de miséria: "Eles têm consciência — sabem se virar". E o fazia menos por ódio aos moradores de rua e mais para evitar que se acercassem de sua fé, que munidos de argumentos lógicos a quisessem fazer duvidar. Sabendo que duvidar é sofrer, e exausta de sofrimento, mantivera sua fé e não aceitava questionamentos.

Em sua mente, havia esse traço de imagem, reluzente e rasgado, entre tantos outros. E em uma de suas gavetas, a foto da pequena Gabriela com Princesa, alaranjada, eterna, a que ela recorria vez ou outra, em momentos mais sensíveis, para beijar e para chorar.

O GENOTIPO, O ACIDENTE, O FENÓTIPO

A perversa arte de se colecionar cupons

Vitinho calça os chinelos maiores que os pés, e que lhe dão uma estranha agilidade, e sai em direção ao pomar. Logo depois, há o galinheiro. Lorenzo o segue com dificuldade.

Vitinho corre e salta e, no curto instante em que está no ar, como que pedala duas vezes no vazio — há nele algo de uma alegria orgânica, um contentamento energético e alguma precoce ironia: "Pega eu!", provoca o amiguinho que lhe corre atrás, Lorenzo, corpo rígido, barriguinha projetada à frente e braços duros em curvas abertas, de caminhão. E, se obviamente Vitinho leva a melhor, ao fim do pique já estaca com uma mão no joelho e a outra espalmada pedindo que espere, a língua de fora, enquanto Lorenzo permanece inalterado, como se ainda não fosse capaz de compreender o cansaço.

Cercam as árvores, colhem frutas, recuperando sem alarde certa ancestralidade de caçadores-coletores. E, em um minuto, são possuídos pelo tédio.

O Tédio os espera no pomar.

O Tédio — uma espécie de saci do tempo — boceja no vento e com sua unha comprida coça as costelas de Vitinho, abaixo do peito esquerdo. É uma cigarra imensa, recurva e preta, cujo canto em tom inaudível irrita os cachorros. Anda pelo pomar, e chuta algumas folhas secas; apoia-se no galho da pitangueira e se pendura, balançando-o devagar. Com um lenço transparente, se aproxima dos meninos e os obriga a assoarem-se, mesmo os narizes estando secos.

Vitinho olha o céu, Lorenzo põe as duas mãos na barriga e a investiga com vago interesse. A cigarra ri. Solta-se do galho, curva, com mãozinhas de palha: "Toma... vem, toma... Aqui, pra vocês, a paz imerecida", e urina sobre os meninos essa paz maculada, apodrecida pela existência no mundo; uma paz que ficou por tempo demais fora da geladeira do ideal, com sinais de fungos, de bactérias, de escoriações que vêm dos socos lentos do tempo, lentos socos de sonho (que só não atingem o alvo para quem, como nós, dorme pouco e ocasionalmente, e não para quem, feito o Tempo, dorme pesado desde a origem). E no rostinho de Lorenzo é possível ver a expressão de uma Madona renascentista, a cabeça inclinada e os olhos fixos, que é insólita, obsoleta expressão de dúvida: espera-se a paz celestial, tem-se esse bolsão de paz em meio a um mundo de choques, um asilo, uma trégua sem processo, que não é resultante de nada e, por isso, é o próprio Nada encarnado. "O passarinho mijou em mim", diz Vitinho, limpando-se. "De mim também", replica Lorenzo, ao que Vitinho o olha, ironicamente consternado: "Não é 'de mim', é 'nimim'", explica. A cigarra ri, debaixo do grande sol aveludado, debaixo do céu azul majestosamente esfarrapado de nuvens. Zzzzzzzzzzzz-zzza-zza-zzzzaaaaaaaaaazzzzzzz. A cigarra-saci dá-lhes esse presente invertido, essa paz pinicante e insatisfatória, rouba-lhes o pacífico tabaco da terra e lhes entrega a páprica enervante de um solo vermelho, em pó; e varre folhas, revarre, as repõe de onde saíram, as gira e desgira, e as crianças sentem esse seu tédio, o mesmo daqueles que, indolentes, assistem a alguém trabalhar sem sentir culpa, uma espécie de culpa solta no mundo, feito uma folha no chão. Zzzza-zzza-zzzzzzaaa-zzza-zza-zzzzzaaaa-zzza-zzza". "Eu falo do jeito que eu quero", protesta Lorenzo, e Vitinho pedagogicamente esclarece: "Fala bosta". A cigarra explica: "Por dezessete anos estive aqui, debaixo do seu pé; antes que vocês nascessem, eu rastejava dentro da pele do mundo; e, agora, ascendi aos céus; e me alimento, e acasalo, e voo, acrobática, e desfruto em êxtase; mas vocês, os dois, só ouvem o barulho como se despropositado. Então toma, e toma; e, da próxima vez, anda comigo por dezessete anos nos labirintos da pele da terra, e urina, feliz, comigo no céu", e os dois garotos saem de perto, se limpando, irritando-se um ao outro, até que conseguem avistar a galinha salvadora, a bonita galinha, imune ao tédio, comedora de cigarras. E a seguem, esquecendo-se da briga incipiente, para o terreiro, ao lado do pomar. E instintivamente a acompanham, à galinha-antídoto.

É uma galinha de penas brancas, porém sujas de terra. Há, no terreiro, uma goiabeira velha, hiperdesenvolvida, mas cujos frutos caem ainda pequenos e duros como limões — infértil e leprosa, faz sombras, junta folhas a seus pés, comunga com aves nos braços e, à noite, tem diálogos secretos, de bruxa, com as cobras. E solta agora na terra uma irônica goiaba verde.

A galinha cisca as folhas ao redor. Brava, destroça escorpiões, mata serpentes e tem medo de qualquer barulho. E se afasta da goiabeira para se aproximar das bananeiras que margeiam o muro, para ciscar furiosamente aos pés de suas raízes. A acompanham um frango preto, de pescoço pelado, e dois ou três pintinhos de penugem cinzenta, como de filhotes de leão. Nas raízes, na terra preta da umidade do muro e das bananeiras, dedicam-se a escavar com as garras e com os bicos.

Os meninos observam. Há, ali, muito acontecendo: o frango, a galinha e os pintinhos estão entrando em contato com a essência do mundo, com as leis fundamentais, os axiomas, os postulados e as hipóteses que giram, por todos os lados, e que formam todas as coisas — o Azar. Aqui tem, aqui não tem — logo, ali vai ter — e não tem — e a experiência, a intuição, esse intenso desacordo entre o previsível e o milagre, as movem sem interrupção, com a angustiada fé de idosos no bingo: essa tendência que a morte, a grande jogadora, tem de exigir *all-in* de quem se aproxima, de exigir dos velhos que se convertam, que denunciem a verdadeira religião de sua época — e demonstrem que o cassino é a primeira e prematura franquia do dia do Juízo. Como Galilei, afirmam a fé da época contra suas convicções mais íntimas, no intuito de receberem absolvição. Justiça? Só a imperfeição manifestando sua angústia pela igualdade. O que as crianças observam — que sabem as galinhas, e a sabedoria dos idosos — é o conteúdo de verdade da promessa. A Justiça é somente um diamante polido — o que, aliás, é muito. É, porém, um simulacro da Perfeição. E um ciscar arriscado que nunca entrega nada de repente é recompensado: e retorce-se a glória violeta de uma minhoca, o anel que, caído do dedo de Deus, tomou vida. Anel, suculento e hermafrodita, cíclico, duas cabeças e duas caudas, um só corpo — e os olhos perfeitamente redondos de Vitinho e Lorenzo são testemunhas. O que será a Justiça perto de uma minhoca encontrada pelo acaso da fé no *jackpot* da terra? Contra toda experiência, contra toda regra, repetição, o Absoluto se manifesta em uma imprevisível minhoca, nacarada e epilética. Contudo, o mais impressionante aos olhos dos meninos talvez seja que o tempo não tenha parado: a galinha prossegue, engole e cisca — dessa vez no vazio. Como pode? O Absoluto, ali, mexendo-se ainda vivo em sua moela, o Absoluto passando pelo moinho de sua inteligência, e não será suficiente? O Absoluto não ensina? Será um professor anelídeo, sem membros, sem olhos, sem língua e sem ouvidos? Por que, então, prosseguiremos, buscando esses mestres silenciosos, esses gurus emudecidos? Por que tamanha avidez para devorarmos nossos professores, se são só forma? E o frango de pescoço dilacerado se engana, e engole um pedrisco. Mas aí está: a promessa prossegue. Inalterada, talvez inalterável — apenas talvez, eis a chance. Vamos adiante, na mesa do bingo, as cartelas hierografadas com números que dançam parados, e um feijão em cada sorte, prometendo eterna germinação; e as roletas que, mesmo sem se mover, são espirais, e parecem-se a buracos que conectam este mundo com o outro, túneis, portais; vermelho, preto, as duas formas do sangue nos carregam à cozinha do mundo, onde o sangue foi inventado e onde o sangue não existe; vamos, com o olhar esgazeado, esperar que o caça-níqueis nos entregue três maçãs ainda não mordidas, e que pela repetição do pecado cheguemos a sua anulação, o terceiro pecado que fará com que o Tempo, a carroça do Absoluto, volte para trás; e, com os dados nas mãos, observamos quatro soldados romanos dividindo a túnica de Deus, e sob a cinzenta e tempestuosa Gólgota, na alta montanha, notamos como a cada segundo os dados vão ficando maiores que a cruz, maiores, ainda maiores, até que o dado do sol ponha fogo na mesa do mundo, e reste apenas uma cruz incólume, nos campos de soja em chamas, feito um absurdo espantalho. E a promessa, vertebrada de ossos infinitos, nos mostra que aquilo que não pode ser digerido é justamente o que nos promete a eternidade. Os mestres são, e serão, vazios. E as crianças aprendem, no terreiro, que o vazio é a perfeita, insaciável e infalível, a única igreja.

A promessa não pode ser desfeita por sua ocorrência, tampouco por haver sido descumprida. Os frangos prosseguem, o galinheiro gira absurdamente veloz em redor do sol.

E logo, como as galinhas, os meninos seguem, despertam do tédio, e correm atrás dos frangos, divertem-se trocando a perfeição pela íntima e calorosa sensação de malícia. Nós os observamos e dizemos, como Galileu: "E, no entanto, se movem."

A PERVERSA ARTE DE SE COLECIONAR CUPONS

Confundir-se é lembrar-se do que ainda não acabou

Sobre Vitinho e seus chinelos encantados; sobre Lorenzo e sua perplexidade, sempre à beira do desconforto físico, com lágrimas constantemente encalhadas na garganta; e sobre os galos, galinhas e pintinhos, o céu azul começa a se coagular de nuvens cinza. Chegam aos poucos, com esses movimentos que a atenção humana é incapaz de apreender e que obedecem aos mesmos metrônomos dos tempos históricos, e sem que se saiba como já estão sobre o rancho em seu edredom de água e vapor.

É quando a chuva deixa de ser uma promessa para se tornar uma ameaça, rompendo, antes da conversão do vapor em líquido, essa frágil película que continha a força, e, no entanto, ainda antes do primeiro trovão, o momento em que chega uma senhora de olhar perdido ao portão aberto do rancho. Ela olha o céu, a rua da servidão de terra, os movimentos irritadiços das trepadeiras, dos melões-de-São-Caetano enroscados à lixeira, e entra. De início, ninguém a nota, sequer os cães.

É uma senhora de idade já avançada. Traz nas mãos uma coberta corta-febre bem dobrada, cheirando a lixo, sobre os punhos juntos à frente do corpo e semelhante a uma gueixa. No entanto, por seu olhar, ou por sua postura — sobre a qual falaremos a seguir — o cobertor em seus punhos se parece mais a uma estranha metamorfose de um cajado, como se o cajado houvesse trocado de objetivo, da jornada ao descanso.

Sobre nós, a imensa extensão dos céus é cortada por um ruidoso avião. Fofos, amolecidos carvões brancos, as nuvens aguardam a ignição dos relâmpagos, que não tardam — à distância, quietos como minérios. Cada relâmpago, mesmo afônico, é como um piano que explode, um piano de magnésio e de luz; amealham-se no alto a suavidade da lã e a densidade do chumbo, conjunção de caixa de música e sangue; lápis assinam raios e a chuva que cai ao longe é um rebanho de diamantes. No chão o fogo, no céu a água: as nuvens cinza ou as folhas do rancho queimando, as patas de deuses inteligentes em cujos corações arde um anel de carbono. E a Senhorinha, escondendo algo sob as cobertas, se pergunta, atônita, em silêncio: "Onde estou?" De seus neurônios, inflamados e amorfos como tempurás, ela arranca um nome espectral: "Adauto? É a casa do Adauto? É. Vejo, ali está o Adauto. Depois da morte, Adauto aprendeu a trocar de face. Eu o coloquei no caixão: foi ali que os vermes, que viram moscas, lhe ensinaram as leis da transformação e lhe sugeriram a ideia de se tornar anjo. Por que, então, meu filho, você deixa nas cabeças desses rapazes a ideia inútil de que são ainda eles mesmos? Por que não lhes dá a sua saudade? É muito preciosa, pra você, a sua saudade? Isso, lhes dê apenas um pouco; já me olham com ternura, acreditando que o que sentem é compaixão. Sorriem com condescendência, mas essa condescendência é sua. Calma, Adauto, cuidado: a meio caminho entre a mosca e o anjo. Senão eles gritam, e se eles gritam você desaba na morte. Aquela pelinha dentro do ovo é o nome deles; deixa eles acharem que são quem são. Fica quietinho, então, pra que eu possa te ver; descansa, aí mesmo, dentro do ovo do olho dele. Depois sai, e deixa ele oco, vazio que nem um caixão. O ser que não está possuído é só um mostruário, foco, carniça para o pânico."

Mesmo que os céus à distância já estejam devastados pela tempestade, aqui acima há apenas um borrão branco, uma estável claridade. O sol sai e deixa no poder um parlamento de luzes. E, aqui abaixo, um frio súbito — quem pode pega em seu carro, em casa, em sua bolsa ou mochila, um agasalho, como se as vestes e o costume de um país mudassem pelos caprichos do sol — como se fora outro ato, e os atores corressem pela coxia. Azuis, brancos, cinzas e pretos, os agasalhos obedecem à heráldica da tempestade.

Três exceções: o Taxista, de moletom verde-amarelo; o Magnata, que se diz imune ao frio, logo expressa seu ódio ao calor e ao sol e permanece de camiseta manga curta, de botão; e Veridiana, aquecida pelo conhaque e que empresta seu único agasalho a Gabriela.

E quem vê a Senhorinha pela primeira vez é o Magnata, cujo nome, para ela, é Adauto. Em sua perplexidade, nada diz ou pergunta.

As imensas, vigorosas mãos do Trabalho a amassaram como papel, e sua forma, agora, está ligeiramente encurvada, enrugada, querendo esticar as costas e cumprimentar os "conhecidos". Arrasta os pés, cujas sandálias mostram dedos selvagens, nodosos e independentes, cada qual buscando seu sol, como ervas em um canteiro abandonado; a carne de seu nariz se encurvou, tocando o lábio superior, o nariz é enrugado, interrogativo e enigmático; os olhos pequenos dançam em uma poça de lágrima espessa feito goma xantana, que não cai, que tem quase a consistência de um novo órgão — espertos, os olhos se protegem das aparências, e vão um a um arrancando os nomes das pessoas; e os lábios em uma boca sem dentes fazem e desfazem bicos, feito peixe, mamando do oscilante peito do vento; e a cada inspirada, seus próprios peitos se enchem de ar novo, de ar jovem, de vigor.

"Quem é aquela?", indaga por fim Luisinho Magnata.

"Aquela quem?", perguntam dona Ana e Agenor virando o pescoço e sem saberem exatamente o que perguntam.

"Aquela senhorinha ali. É convidada de alguém?"

"Uéééé", grita dona Ana com sua rouquidão peculiar, aguda, indignada. "Não conheço. Alguém conhece?"

"Conhece quem?"

"Aquela senhorinha, ali, que está descendo."

"É a mãe do Diego?"
"Que mãe do Diego o quê, sô. E a mãe do Diego anda?"
"Segura o cachorro."
"Floco! Floconauto! Já pra cá!"
"Deve ser mendiga."
"Eu não tenho nada aqui comigo. Vim despreparado."
"E ela está vindo."
"Acho que te conhece, Magnata."
"É verdade, está vindo na sua direção."
"Sua mãe, Luisinho?"
"Mané mãe o quê, rapaz. Só se eu tiver duas."
"Pra fazer um troço que nem você, uma só dá conta."
"Alguém vai lá. Vai falar com a moça."
"Moça onde? Para de beber, Uander."
"Gente, se ninguém for, eu vou."
"Ela está vindo. Está chegando já."
"Será que está perdida?"
"Pode ser, veio pedir informação."
"Informação meu rabo, veio é pedir dinheiro."
"Sem noção."
"E eu vou lá dar informação? Tem informação aqui não."
"Mas gente, ela está perdida."
"Não quero nem saber. Já vai começar o jogo."
"O jogo!"
"Olha a carinha dela."
"Que anjinho, meu Deus."
"Atleta, sai daí! Ana, segura o Atleta, que ele vai cometer um crime."
"Que crime que nada, o Atleta está querendo é brincar com ela."
"Ela não tem braço?"
"Claro que tem, sua besta. Só está escondido."

E então ela chega, as mãos ocultas pelas cobertas, enviada pelo acaso, como se Deus, como uma criança, não soubesse desenhar mãos.

QUIROGA

Vacas magras e vacas gordas se olham no mesmo pasto

"Boa tarde, dona; a senhora está procurando alguém?", indaga o pastor Ronivaldo, achando por bem encabeçar a turma.

A mulher, contudo, não responde. Ana, que de início queria enxotá-la o mais rápido possível, acostumada a visitantes inesperados pedirem comida, dinheiro, ou trazendo seus filhos clamarem por um direito à pesca ("ele queria tanto pescar, como vi o portão aberto e que na casa da senhora..."), perdendo a paciência com uma velocidade assombrosa, ao ouvir o tom de voz do pastor Ronivaldo se decidiu a calar. Talvez por capricho, talvez por magia, ele se tomava de compaixão prévia. Sua usual severidade, de pai e marido preso a um casamento que detesta, incapaz de corrigir sua falta de amor, contrastava com esses momentos de doçura e os realçava. Dona Ana não podia fazer nada, senão aquiescer.

Mas a senhora nada respondia. Limitava-se a mamar oxigênio, a metralhar beijinhos secos no ar. Seus olhos, no entanto, metidos no gel das lágrimas, espesso como o caldo que sai de uma ferida recente, ao se depararem novamente com os de Luisinho se abriram: "Adauto!"

"Não é Adauto, tia; é o Luisinho — o Luís", explica Marluce, formando ao lado do pastor uma redoma ainda mais inviolável de misericórdia. Dali em diante, os outros teriam que demonstrar muito mais força do que possuíam para rompê-la — e um a um, foram também ciciando, ao passo que compreendiam a total insciência da Senhorinha.

"Adauto", repete, e mudando de expressão como o tempo há pouco mudara de sol para frio, "sai da chuva, Adauto, olha a friagem", ralhando com tons de indignação.

"Ihhhhhhhhh", exclama dona Ana, ao que Valéria, taxativa, adiciona:

"É doida."

"Ana, Ana", fala o pastor, segurando seu braço até o polegar encontrar o indicador, "faz um pratinho pra ela, Ana." E explica: "Está perdida."

Ana vai, resmungando. Tia Marluce toma a Senhorinha pelo braço e a leva a sentar-se à mesa — mimeticamente, também se torna corcunda. "Vê se ela tem documento", deduz, com sabedoria, o Taxista.

"O vestido dela não tem bolso", esclarece Gabriela, e conclui, para o absoluto espanto de alguns: "É das lojas Renner."

De pirraça, dona Ana entrega um galo frio, uma costela de galo espinhosa como um mandacaru, molhada no caldo cor de açafrão. O pastor olha o prato de plástico azul, leve feito uma folha seca, a colher inexplicável que o acompanha, a triste costela trinchada ao meio, em que se prende o verde-escuro de uma pobre salsa cozida, e encara dona Ana: entende que é um recado, entende que não se entendem. Sabe, porém, que mesmo essa birra é prova de sua autoridade incontornável e se contém. E o faz porque a Senhorinha — como já a chamamos ali — tirou as mãos de debaixo do cobertor e foi com avidez ao prato. Talvez não coma há dias. Tia Marluce lhe traz um copo de água.

De prima, com as mãos pigmentadas pela velhice, em que pintas de todas as cores lembram que a morte é o encontro de todas as etnias, mãos finas, osso e sem nenhum naco de carne, pega a colher e a arremessa tão longe que quase chega ao rio. E, para o pasmo dos circunstantes, não o faz com sequer uma ligeira alteração do rictus em sua face; o faz com naturalidade, como se em sua terra arremessar a colher fosse sinal de gratidão, desses símbolos que já não dizem nada, apagados pelo hábito. E enfia as duas mãos no galo morto, as unhas pintadas de azul-escuro-carro-executivo, descascadas e sujas.

E ali dá-se o milagre da alimentação sem dentes. Feito um recém-nascido que, cortado o cordão, levam ao seio da mãe, e sem que ninguém o estimule, exalte ou ensine sabe o que tem de fazer, a Senhorinha levou os lábios ao frango e começou a chupá-lo, a mamar a carne, que secava e tornava-se branca, somente após um quadrado rendado de pele ir direto deslizando para dentro de sua boca e sobre o salivado tobogã de sua língua, e então mergulhar na escura piscina de ácido no estômago. Floquinho jazia a seu lado, sendo empurrado de quando em vez por um pé inamistoso, enquanto Atleta já correra em direção à colher arremessada, esperando por um milagre.

"Adauto! Mais."

Adauto, porém, já não está ali: sintoniza a televisão para assistir ao jogo Corinthians x Palmeiras, das quatro da tarde. O pastor Ronivaldo não precisa pedir, dona Ana arranca o prato bruscamente e vai em direção às panelas. A Senhorinha segura o braço do pastor, desesperada, acreditando que roubaram sua comida. Ele a acalma: "A Senhora não pediu mais? Calma, calma, já está chegando..."

Dessa vez, possuída por uma fúria econômica, dona Ana põe um pedaço inexpressivo de carne e muito arroz molhado de caldo, um ou outro feijão deslizando sobre o montículo amarelo. O pastor olha dona Ana, que o olha de volta, em acutilante desafio. Mas a Senhorinha já arremessou a nova colher — Atleta voa, de pura esperança — e vai levando arroz e feijão e caldo com a mão direita, pra dentro da boca. Ali, fricciona como pode, mexe as maxilas pra frente, pra trás, para os lados, e então é hora de mais.

Estão nisso, quando Uander, a caminho da estrada de servidão, a ver se encontrava alguém, para finalmente fechar o portão e evitar tais imprevistos, percebe a chegada de um jipe prata. E logo todos se dão conta: "É o Dodói", diz Valéria, sem nenhum laivo de interesse, como que desacordada.

Todos o notam e se esquecem da Senhorinha. O jipe vem de vidros fumê fechados, porém tremendo como uma usina, ou um transformador, pelos graves do som que, aos poucos, tenazmente, afrouxam um a um os parafusos do automóvel.

Ele vem rápido: seu jipe é seu orgulho, com o qual faz trilhas e domina a selva, as montanhas e os desertos inacessíveis. Estaciona derrapando nos cascalhos. Abre as portas, e é como em um show, uma superprodução: primeiro a fumaça de maconha, feito gelo seco, depois o som vigoroso do rap, e então Dodói, de óculos escuros de película verde, rosácea, metálica como as costas de um besouro. É careca, magro, pequeno; sua pele é da cor da terra da região, de um preto quase vermelho, e suas mãos são puro calo, ásperas como os muros de reboco que em um dia distante ajudou a construir. É traficante e poeta, tem cadernos com composições ruins, que seus amigos músicos elogiam por medo ou piedade. Mas é adulto e é poeta, e isso lhe dá certa aura de loucura, de inocência doida. A isso somam-se seu amor pelas trilhas de todo o Brasil, suas redes sociais repletas de fotos e vídeos de aventura e de mulheres bonitas, uma das quais sai do banco do passageiro. Seu nome, do batismo no prostíbulo, é Vivi — e seu nome nos ambientes semioficiais onde anda com seu *affair* é, por respeito às convenções, Viviane. Viviane que tem uma filha autista em Goiás, que é doce com a mãe — cujas conversas são repletas de tabus e de promessas cumpridas de pix — e que aproveita a vida, as viagens, a boa comida e as festas com vodca ice ao lado de Marcelinho. Ela desce do carro, e os olhares convergem em admiração, inveja e desejo, ao verem nos desvãos do vestido tubinho a serpente tatuada que lhe come todo o lado esquerdo do corpo — e cuja boca, venenosa, apenas se adivinha que lhe morde o seio.

Marcelinho Dodói. Quem é Marcelinho Dodói? Irmão do PCC: temido, respeitado, juiz do tribunal do crime — um rei local, cujo cargo era alcunhado "Disciplina". Amigo de infância de Uander, companheiro do bairro do Velório Novo, de onde vem a maioria dos presentes. Neste exato instante, está cheirado, fumado, bêbado e solene. Quer morrer pelas próprias mãos e não tem medo de nada. "Pega a carne", ele diz, desligando o som, e Viviane abraça pacotes de picanha, enquanto ele pega fardinhos de vodca ice, cerveja e uma sacola com uísque.

"Pra quê essa carne, Dodói?", lhe pergunta Uander.

"Pra quê carne, tio? Cê é doido?"

"Minha mãe fez galo", explica o amigo.

"Dodói", diz dona Ana, feliz e constrangida, "tem galo."

"Bênça, tia."

"Deus te abençoe. Tem galo, eu esquento pra você."

"Cê é louco, tio? Que galo o quê" e, para o Magnata, "cadê o jogo? Já ligou no jogo?"

"Já."

"Nóis", e ele cumprimenta quem se lembra de cumprimentar.

Marluce, Ronivaldo e o Taxista fazem um muxoxo, se certificando de que ele não os veja.

As crianças olham o carro e o casal com a boca aberta, assustados e felizes.

Dodói vai à churrasqueira, enquanto Agenor, feliz da vida e rindo do rapaz, a quem ensinou a andar de bicicleta, vai pegar o saco de carvão. Mas Carlinhos se aproxima e demonstra ao "irmão" que é ele quem irá fazer o churrasco. "Tem linguiça apimentada", confessa Carlinhos, já ajeitando um copo de papel higiênico com óleo velho. Dona Ana, ante a delação de Carlinhos, abre a geladeira e coloca o pacote de linguiça congelada em uma bacia com água.

"É uma Senhorinha, entrou aqui por acaso. É doida, parece", explica o Taxista ao recém-chegado. A Senhorinha não levanta a cabeça, está entretida com seu prato, com seu copo de água. Dodói também não se importa. Um copo de uísque na mesa, uma ice na mão e na outra o cigarro, seus óculos escuros encaram a TV, que já escala os times.

Dodói não demonstra gratidão pelo galo, pelos favores, por Carlinhos haver se ocupado do churrasco, mesmo também sendo corinthiano fervoroso. Aliás, a única pessoa ali a exaltar a palavra "gratidão" é dona Ana: em mensagens, jamais agradece senão com o termo em maiúsculas e diversas mãozinhas em posição de reza. No entanto, o mundo de Marcelinho gira em redor desse conceito. Conhece-o com uma exatidão filosófica e é por isso que não o desperdiça em mesquinharias, em afetos ordinários, do dia a dia. Fazer algo por alguém é o que há de mais banal, de mais necessário; no mais das vezes, a ser feito como algo automático. Para ele, a verdadeira gratidão está no sangue, e sabe que será ela quem um dia lhe devorará a vida. E a maioria dos que estão ali sabem, também, que ele os protege, sempre que necessário — e que só se protege aquilo pelo qual se tem devoção.

A Loira, quc não lhe é menos grata que os outros, aumenta o volume da televisão: "Eeeee, no ataqueeeeee, Felipê — Ga-bri-el!"

O sorriso de Marcelinho se abre, e surgem os dentes pequenos e o aparelho ortodôntico de borrachinhas alvinegras.

Viviane, a Loira e Valéria entram em uma redoma, fecham o zíper desse microclima com algumas gargalhadas e ninguém ousa incomodá-las. Para as duas presentes, a Loira e Valéria, a recém-chegada é apenas "Vivi": o nome do prostíbulo volta, porém recondicionado, agora reduzido ao diminutivo não pela lascívia comercial, mas pelo carinho. Suas três cadeiras fazem um triângulo, enquanto se servem de vinho e de ice. O diálogo é obsceno, saudável. "Menina, você acredita..." começa Vivi, colocando as mãos sobre a coxa da Loira, mãos cujos tendões são visíveis como as cordas de uma viola. E narram-se coisas inacreditáveis, mentiras extraordinárias, insinuações que são como tentativas de abrir uma picada no desconhecido; tencionando chegar a algum ponto além da realidade, mencionam apenas os acontecimentos grotescos, os ridículos como espelhos deformados dos milagres, as vergonhas alheias que as transportam a outros corpos e lhes afogueiam as faces com sangue exótico, preto e desconhecido, falam dos gnus do bairro que ao fugir dos leões se desviaram do bando, e narram esses desvios com delícia maliciosa, vendo crescer a planta narrativa a partir do pendão central, do talo ordinário; e, quando surgem, ora folhas, ora florações, retomam o pendão central e prosseguem buscando desvios, pequenos cânceres imediatos, pétalas abjetas; metem-se em exercícios barrocos e fazem, como Boccaccio, de uma mendiga uma Madona, de um ladrão um Pôncio Pilatos de gibi; e em caminho contrário: de alguém poderoso um estafermo, rindo da devassidão sem alegria das atrizes de Hollywood, questionam a sexualidade dos figurões públicos, cujos poderes emanam de uma heterossexualidade histórica, institucional, e os colocam para dançar em pensões, vestidos de calcinha preta e sutiã vermelho, de salto alto à frente de um espelho de armário velho; em seu carnaval, zombam dos pastores, dos crentes — não exatamente de si mesmas, já que se ocupam agora de demolir fronteiras, de abolir paredes, e empenhadas em utilizar-se de toda inteligência para o gracejo, ou seja, para o seguir adiante em direção a algum centro sem sentido, sem tempo para ocuparem-se de suas personalidades, senão como pontos de partida para saltos, pés de apoio, como ângulos para a próxima abertura a facão no inusitado — põem e tiram máscaras, e fraquejam gostosamente ante a imagem das nádegas azuis e amarelas do carteiro; em um antirrealismo feroz, chupam o fruto de um fato e cospem um absurdo caroço de pequi; falam de cabelos alisados, frisados, tinturados, com luzes, escovados como quem tira e põe perucas, e as cabeças vão surgindo, sendo lançadas fora, e ao final não há quem não tenha em si uma peruca judiciária, do século XVIII; negam as visões tradicionais dos eventos em busca de um caminho original, que a risada da colega ao lado estampa como aprovado e historicamente válido; e, de repente, falam de crianças mimadas e são possuídas por um moralismo fascinante, esplêndido, tornam-se inquisidoras — não porque abandonaram o caminho obscuro da originalidade, mas para desfazerem-se ainda mais de si mesmas, lançando o poder da contradição para dentro de si até estourarem — e veem crianças perdidas para sempre pela ganância sentimental de seus pais, deliciando-se com o travo trágico da crítica, que lhes amarga a boca feito o gosto de lascas de árvore velha nos vinhos de catuaba selvagem; crianças que brincam com bonecos de plástico duro em pisos de porcelanato se tornam, para elas, símbolos apocalípticos, de fim do mundo, e seus trens coloridos que se acendem e apagam com canções lunáticas, timbres de soprano-rayovac, carregam zelosamente os pequenos em direção a abismos morais, a ruas sem saída do espírito; e as placas de EVA azul condicionam para sempre os músculos à amorfia, à flacidez permanente, a vida ao trabalho em bancos comerciais; e atribuem aos pais o ódio que já sentem e não podem assumir dos filhos, e nesse exercício — o pular para trás e para a frente da causa e do efeito — pulam ainda uma vez, como no impulso ao contínuo dos jogos de amarelinha, e encontram um coração de medo, o sagrado temor paterno; e então, sem nenhum escrúpulo, face a face com o pedestal onde arde o medo primordial, cospem e blasfemam: "covardes!"; e quando se percebem na perigosa senda de exaltar o caminho do meio, os perigos do exagero, voltam à carga apocalíptica e abandonam essa tendência perniciosa do filosófico, sua obsessão ética, para voltarem à prosa macarrônica e aos fatos distorcidos, vivos, pulsantes e abstrusos; e veem crianças engatinhando aos pés de pais monstruosos de pileque, nos apartamentos da avenida mais chique da cidade, focam-se na luta de classes como um ponto de apoio para o moralismo justo, justificado por Deus, para que suas críticas, como as dos profetas, possam carregar-se de veneno e fazer como as cobras, que envenenam mas não envenenam-se a si mesmas; e sua peçonha se volta contra a classe-média alta — que julgam serem os ricos — e, agora, a mesma violência contra o zelo paternal, o mimo, volta à dupla carga transformada, capazes de jeremiadas contra crianças absurdamente suspensas em prédios, a cem metros do chão, de macaquinho combinando, rastejando e deslizando em uma utopia de mil chupetas.

"Cadê o Monteiro?", pergunta Dodói. É nessa hora que Kauane sai da casa e entra no rancho, arrastando chinelos:

"Tá lá. Tá dormindo no quartinho" (o quartinho é chamado assim apesar de estar tomado de beliches e ser maior que o de casal).

Dona Ana cochicha:

"Agenor, bem… olha a Mocinha, como tropeça. De certo, bebeu."

As três diabas, a Loira, Vivi e Valéria, ao verem Kauane abrem o zíper da redoma e arrastam a cadeira onde ela se sentará. E prosseguem, agora em um quadrado desconjuntado.

Pela presença de Kauane, salvam-se do perigoso caminho no qual haviam se embrenhado.

"A gente estava falando..." e Kauane já está integrada. "Vamos, meninas! Dessa vez, cuidado com as bifurcações que nos levam de volta ao caminho do meio: é querendo se preservar que as coisas morrem", dizem, e alguém vem salvá-las: é a Loira, cujo vinho doce já a induzira ao estado sacerdotal, inspirada, sibila de uma procissão dionisíaca. "A Kauane não me deixa mentir", começa, já tomando para si e à revelia um testemunho juramentado. Baixa a voz. As costas se descolam das cadeiras. Os corpos convergem. "O Juracir", diz, e os interesses se acendem. "Que Juracir? Da farmácia?", e eis que se rompe o primeiro selo: é o Juracir da farmácia. E o que faz ele? Todo dia, às dezoito horas e quinze minutos — e rompe-se o segundo selo. "Juracir? Mexendo com caça-níquel?", e todas esperam, porque pelo tom se percebe: haverá mais revelações. "Porque a prima dele..." — "a prima? A do salão?" Sim, a prima do salão, de cabelos pintados de ruivo, e rompe-se o terceiro selo. E as cabeças quase se tocam. E quase se tocando as cabeças, eis que surge a terrível, a todo-poderosa, a Doença. "Mas, Jesus, e o que que ela tem?" E abre-se o quarto selo, e do quarto-selo surge a tenebrosa esfinge de um câncer, de uma promessa e da cura. "Mas o Juracir está com ela?" E rompe-se o quinto selo, e do quinto selo se diz: "Ele não gosta dela. Ele jamais poderia gostar dela", e, em assombro, alguém pergunta do caça-níqueis, e é Kauane, desconcertada. E, aberto o sexto selo, eis que o caça-níqueis é de Cláudio, Claudim, segundo em comando da facção no bairro do Aeroporto. Por que, então, Cláudio, vulgo Claudim do Aeroporto, criatura terrestre e alada como um hipogrifo, segundo senhor dos aviões e dos terrenos baldios, cujo corpo está untado de metralhadoras, por que Claudim do Aeroporto deu os caça-níqueis pro Juracir, balconista de farmácia — pra que ele ajudasse a prima? Porque os caminhos de Deus são inescrutáveis, e eis que se abre o sétimo selo, e do sétimo selo surge um Juracir nu, sinuoso, untado de óleo egípcio como uma concubina árabe, em sua cabeça uma coroa de caixas de remédios, de tarjas vermelhas, de tarjas pretas, de seringas e unguentos, de cremes massageadores, do brilhante e esperançoso celofane dos pacotes de camisinha; e seus olhos são duas vitaminas efervescentes, e suas narinas dilatadas, pelo princípio ativo do amor, são as abertas narinas de uma gazela, e em suas mãos hábeis estão os calmantes definitivos; e do sétimo selo rompido surge um Juracir de fogo, capaz de jogar toda sua timidez para as carnes das coxas, e de joelhos magros, e pés nodosos, e costelas salientes, dançar a dança ancestral que convoca bandejas de prata dos senhores das terras e dos ares, e pedir a eles, e lhes ordenar, as três cabeças emparelhadas de um caça-níqueis; e em sua boca fina, de lábios firmes, lembrar à Força o poder de um desmaio grego, e ressuscitar nos barracos ou nos hotéis do nosso século o poder curativo da entrega, o *delivery* da Graça, e sob luzes amarelas como de archotes recordar o homem de seu hibridismo, de sua inevitável, inesquecível luta pela união e pelo desconhecido. E Juracir e Claudim dançam até o chão, ao lado dos eunucos caça-níqueis, embriagados, coléricos, ternos, desejosos de se livrarem de si até o osso de sua masculinidade, intensificando-a. E as uvas sobre a cama, compradas no supermercado, tremem de lembrança, vibram como vinho, de eras de gozo e de carnificina, das vinhas do deserto por que passou, também, um Deus híbrido, de pernas magras, joelhos nodosos, untado pelas azeitonas celestes, pelo azeite da árvore híbrida do bem e do mal, e tocando as uvas celebrou seu poderoso açúcar, seu tanino curativo, e as lembrou de que era o Senhor — de todas as terras, e também dos aviões não-nascidos. E o sétimo selo se abre, para que Juracir — ante o testemunho das quatro amazonas de um apocalipse enervante — e Claudim possam romper os selos de seus corpos, e os selos de seus espíritos, e antes da hora já estejam às portas do Paraíso, esperando pelo Deus que ainda não chegou, mas que, talvez, não tarde a chegar.

QUIROGA

A cocaína não é um placebo

Luisinho e o Taxista torcem para o Palmeiras, para o Corinthians Carlinhos e Dodói. Agenor não torce, conversa com dona Ana sobre a sorte da senhora demente. É palmeirense, não-praticante. Uander é são -paulino e pende para o Corinthians, interessam-no a pontuação do seu time na tabela e o apreço a Dodói, a quem admira com reverência. O pastor Ronivaldo acompanha o crescimento das cebolinhas na horta e vigia os meninos. As mulheres são todas corinthianas, porém sem interesse. Divertem-se sem participarem da tensão que os une ali, no rancho, feito um nó que se tenta desatar em elásticos.

O jogo, porém, está no início, e eles brincam entre si como em um aquecimento:

"Não, nem vem. Essa cerveja eu não tomo."

"Como assim? Olha o cara!"

"Não tomo. No outro dia é foda."

"Pra mim também. Niqui eu tomo uma só, no outro dia tô podi."

"Que bobagem. É tudo a mesma coisa."

"Ah! Mas não é!"

"Essa aqui cê toma?"

"Não sei, deixa eu ver. É de Agudos?"

"Que Agudos, fio? Do que que você tá falando?"

"Aqui, ó. É de Agudos. Essa aqui eu tomo."

Ouve-se o silvo do lacre aberto e o espumar final.

"Ai, Jesus, só me faltava essa."

"Eu tomo qualquer uma. Tudo igual."

"No dia seguinte, se eu tomo essa não saio do banheiro."

"Diarreia?"

"Ixi. Diarreia é pouco. É o dia inteiro cagando água."

"Esse negócio de Agudos não tem nada a ver."

"Loxiquitém."

"Num tem. Agora, essa outra aí eu não posso. A dor de cabeça é braba."

"Dor de cabeça, como? É só água!"

"Nada. Milho. Essa aí é muito mi. Só tem mi."

"E essa que cê tá tomando cê acha que é o quê?"

"Para, fi. Essa aqui é filtrada duas veiz."

"Toma a que você quiser, então, e cala a boca."

"Ui!"

"Essa Agudos mexeu nos nervo dele, cê viu?"

"Essa não é Agudos, carai. Essa aqui é a de mi."

"Agudos o código de barra é zero um. Vê se começa com zero um."

"De mi toda é, vacilão. É a água de Agudos só que é melhor?"

"Água é água. Não inventa não."

"Pega lá, então. Cê não é o brabo? Pega lá, toma um copo da água do rio."

"Só sei que eu não posso. No dia seguinte tô cagando água."

"De Agudos?"

"Põe esse Agudos no meio do teu cu."

"Ui!"

"Eu não quero nem saber, só tomo destilado. Ressaca demais essas porcaria."

"Ou, mas cêis são chato demais. Nó!"

"Falou o legalzão. Bebe quieto aí. Tá gelada? Tá? Então, então é isso. Se tá gelada já tá bom."

"Boa é aquela. Como chama, mesmo? De trigo."

"Cala boca."

Eles se ajeitam e começam a falar do jogo. Carlinhos se exime e bebe goles de uma cerveja escondida, que finge usar para apagar o fogo da churrasqueira.

O cheiro de carvão queimado vai excitando a atmosfera. Nuvens pretas de locomotiva saem da churrasqueira e a brasa se forma, com um coque de fogo, da capelinha de lascas devidamente empilhadas. Carlinhos joga um punhado de açúcar, em oferenda. Disseram-lhe — um uruguaio em Sinop, Mato Grosso, um homem pequeno, de óculos escuros e repleto de pelos por todos os lados, como um ímã que atraísse as limalhas dos pelos do mundo — que o açúcar purifica o carvão. Não se sabia, por suas palavras, se se tratava de uma purificação química ou simbólica; por isso mesmo, parecia juntar aspectos vagamente científicos e vagamente pagãos, fazendo da churrasqueira um altar para a união de mundos em conflito. A imagem do uruguaio, porém não seu nome, fixou-se com o cheiro de caramelo, uma *madeleine* em brasas que evoca o profeta ursino, das terras orientais, com jeito de santo e de canalha. Sua mão esquerda — e disso Carlinhos se lembra com nitidez —, com a qual fazia o churrasco, não tinha senão rastros de pelos, chamuscada, certamente com o odor de um caramelo terrível. Era o churrasqueiro da obra em que trabalhavam, e ninguém cogitava chamar outro para oficiar o rito. Era o rabino dos bifes baratos, santificados, amaciados pela técnica, e também das linguiças cuiabanas, das linguiças de rolo, e, pelo ministério da proteína, esculpia os corpos de seus camaradas.

Carlinhos acendera o fogo também ao modo do uruguaio, com papel de saco de carvão, papel higiênico e óleo. Agora, aceso, apenas uma tampinha de álcool — não para acender o que já está aceso, mas para causar uma curta explosão de mágico, para convocar a atenção dos presentes. Cuja atenção, na realidade, já havia sido atraída pelo babobolhoso caramelizar do açúcar; os que não o notaram tiveram, contudo, seus sistemas digestivos ativados, salivaram sem compreender, prepararam seus sucos gástricos. Era preciso criar a fome e, depois, saciá-la, dando-lhes a sobremesa olfativa primeiro, o doce intangível.

O fogo explode e depois se acalma; restam sequiosas chamas azuis, implorando pelo material que lhes é negado; bruxuleiam e se extinguem, mas o carvão torna-se nutrido de calor. Sem ter a certeza se é hora, Carlinhos põe a mão sobre o fogo como quem o abençoa. Conta os segundos, recebe de volta a lenta bênção da caloria, espalha as toras e as organiza. Sobe a grelha, abana com a tampa de panela que cria uma nuvem de fuligem, da churrasqueira que não fora limpa. "Ô Carlinhos, caralho", ouve a reclamação de Uander. Por um instante, Carlinhos teme a intervenção de Uander, de sua sabedoria de tutorial de internet, de sua mania recente de chamar as carnes por nomes americanos e pregar sermões técnicos. Recentemente, aliás, vira Uander assistindo e torcendo para o basquete americano. Ao perguntar-lhe se gostava daquilo, ouviu a seguinte resposta: "Mas eu sempre fui Lakers". Carlinhos não pôde evitar sentir um fastio fisiológico. Porém, não se abala, pois Uander nunca esteve em Sinop, não comeu carne consagrada e não bebeu a verdadeira pinga do engenho, depois de lavarem as ferramentas propriamente e ver das pás e das enxadas escorrer o leite do cimento; não comeu e bebeu entre humilhações simuladas, xingamentos falsos, provocações de fantasia e deboches, e não purificou-se nos cestos de pães, em que se arrancava na dentada um naco de miolo branco, como a puxar na boca uma fita adesiva que acaba, ou buscou a sobriedade na garrafa de guaraná de um prudente nordestino; não comeu entre carinhosos gritos de "filho da puta" e a perniciosa saudade da família, não fez a digestão ao lado de companheiros que tinham, todos, um crucifixo e uma faca; em outras palavras, na carne de Uander não havia a honradez do perigo.

Mas Uander está assistindo ao jogo e deixa Carlinhos em paz.

Sua. Reflexos vermelhos lhe acastanham a pele, unta-o a fumaça. O fogo se atenua e tudo é brasa. A picanha, já fatiada, boia em sacos que são vesículas de sangue. Cheirando a malícia, as carnes atraem uma centúria de moscas. O anel do Estado imprimiu nas fatias seu selo magnânimo, violeta, noturno, e Carlinhos as coloca na grelha, polvilha sal grosso. À sua mão colam-se vidrilhos de sal e, com gosto, ele chupa o indicador. Pela força do sal, seu sangue, como o da carne na grelha, também se atormenta.

O jogo segue zero a zero. O Taxista risca o tampão da mesa com a unha e depois a observa, vê se está limpa, volta ao jogo. "Dodói. Dá um gole desse uísque aí" e não aceita o copo plástico já sobre a mesa: procura um de vidro nos armários e, ao voltar, não se senta. "Vai, Verde!", grita, o copo reluzindo, o uísque escorrendo das paredes de vidro. Sem nenhum motivo aparente, mostra os dentes inferiores e avança o queixo, e a bebida desce quente em sua garganta. E seus caninos e incisivos inferiores se embaralham, finos, doidos, um copo de dados em movimento, trocam de lugar e se fundem uns aos outros numa paliçada branca e afiada — por um instante a maxila de uma piranha, por outro, uma obra arquitetônica de Niemeyer, inventiva e sem juízo. Os dados de seus dentes estão rolando a sorte: Enzo Lima chuta pra fora.

No meio-campo corinthiano, Wellington toca uma bola de lado. Nada acontece, o lance não se desenvolve, o narrador brinca ao vivo com os comentaristas. Contudo, houve no toque de Wellington uma dose incompatível de orgulho, o pé batendo de trivela na bola que corre lisa e sem acidentes ao domínio do companheiro. E, como Wellington, Carlinhos — sem que ninguém o saiba — guarda no bolso algo que o enche de orgulho, uma peça dramática e invisível neste dia no rancho. Sem que ninguém perceba, enquanto brincam os outros, Carlinhos tem consigo conscientemente a fonte de seu orgulho, aquilo que o justifica perante Deus, o toque de trivela de sua passagem pela Terra. E, munido dessa soberba, dessa certeza embriagada de si mesmo, enquanto a carne sua sangue fustigada pelas chamas busca um copo plástico e, desafiador, pede a Marcelinho Dodói uma dose. Ao contrário de todos os outros, que pausam e se suspendem ante a ousadia do pedreiro, a pedir álcool "nas fuças" de dona Ana, que para acolhê-lo ali pelas últimas semanas o proibira de ingeri-lo, Marcelinho Dodói entende como absolutamente natural o pedido do churrasqueiro, do homem que oficia o fogo e que em breve lhes entregará a carne assada — assada por dez minutos e também por dez mil anos. "Pega aí, tio", e sua autorização suaviza o tensionamento.

"Êeeeeee, mas já tô vendo!", diz dona Ana, que segurava a mão de Agenor e até agora o consolava de uma tristeza simulada. "Depois eu quero ver quem é que vai carregar o homem". Ninguém lhe presta atenção. Carlinhos volta à churrasqueira bebericando, sem encará-la no caminho. Por esse desafio, ela conclui: "Neguim é bom pra beber; depois fica aí, que só falta se cagar nas calça." Carlinhos tateia o bolso. Nada pode lhe dizer que não caminhou ereto sobre a Terra. E bebe.

Vira a carne na grelha. Pingos de sangue caem nas cinzas quentes e a matéria se desfaz em um flato. Na cabeça de Carlinhos, vão se formando ideias, a sugestão imagética de um cotovelo de PVC de uma polegada, um encaixe, a vazão pelas leis da hidrodinâmica, a difícil dialética de ar, água e pressão. São sugestões do orgulho, do minúsculo demônio do orgulho. O cheiro de carne o entusiasma e inspira.

À mesa, a Senhorinha, em cujo rosto palmilham moscas, observa: jogo, os homens, as mulheres, crianças — ela tem razão, a seu modo: o tempo não passou. Com avidez, bebe água, que lhe escorre pelos peitos. Somente ela percebe em seu filho, Adauto, de pé, o rictus trágico — Adauto trocou de rosto, e não é mais Luisinho e, sim, Vinícius, o Taxista. O Fantasma: "Ai, é ele!", como que iluminada por uma revelação. Põe a mão na mão de dona Ana, cujo frisson de nojo é indisfarçável. "Fala pra ele não beber", tenta articular, muito baixo; compreendendo mal, dona Ana se dirige a Carlinhos: "Até a senhora aqui, que é louca, está falando pra você não beber. Toma tino, homem". A Senhorinha volta ao prato, colhe arroz molhado, masca e dissolve na boca o carboidrato até tornar-se um açúcar salgado. "Você está aí, Adauto, e por não saber me julga. Porque não sabe que eu o fiz do arroz, e foram os encharcados de arroz que lhe formaram a coluna, a inteligência. E que cesse o julgamento: hoje é o dia da devastação. Cuida das vagens da tua alma, do arrozal vermelho que te cresce o sangue; presta atenção no lento cozimento que é o teu tempo de vida, sua coluna que verga na água. No passado, um amigo tomou conta de um alagado; e no morro alagado meu amigo fez crescer o arrozal, e construiu galpões e silos para que descansasse o arroz, refugiado do seio da montanha, e descansassem sua palha, sua casca, asas que são como os vermes secos. Porém — ovelhas debeladas — seu grão foi grão de injustiça, plantas verdes em viço deram sementes de pedra. Que deve fazer o meu amigo? Adauto, volta ao arroz, mutila em si aquilo que não é arroz ainda; come arroz, e ora preces de fartura; conhece o arroz que destrói a boca do teu irmão. Porque meu amigo mandou que cessassem as chuvas e que seu prato, seco, se quebrasse. Ouça o que te diz meu amigo, que morreu muito antes de haver começado o plantio: se você acredita que o passado é paz, por haver sido enterrado; que o passado é a tradição, e que a tradição existe para tua calma; e que, esmagado, você sofre entre o estável e o futuro imprevisível; então — diz meu amigo — olha o futuro e o congela, para fazê-lo com o mesmo amido do passado; e o futuro estável te mostrará o terror do que já passou: pois a paz será a praga imutável, o futuro congelado te trará o pavor do destino. Presta atenção, meu filho, que não há dogmas no futuro. O trágico os aguarda a todos. E em especial a você: come arroz, morre velho, perde seus dentes — dentes não caem bem no silo de meu amigo. Pois com essa sua fúria de hoje, quando precisar do meu leite, o arroz que sai do arrozal do meu seio, o gorduroso arroz do paraíso, você devastará a carne dos meus peitos. E comerá o coração. E, depois, eu limparei sua boca, e você me perguntará: 'A senhora está bem, mamãe?' Seja, então, mau até o fim, para não ter que prestar contas. Que teu cinismo seja tua salvação. Meu amigo te espera: no silo em ruínas, na selva de arroz, na selva de kalashnikovs. Cuide-se, Adauto, e fuja do perturbador arroz da morte."

"O que a gente vai fazer?", pergunta Agenor, limpando os óculos na camiseta. "Ela não sabe nem quem é."

"Eu é que não vou ficar com ela aqui", responde dona Ana.

"Eu levo ela no CAPS quando for embora", decide Agenor.

Na tela, Marcos Felipe, do Palmeiras, faz uma inversão direto pra lateral, pra fora. O companheiro almejado volta correndo para a defesa, cabeça baixa, envergonhado pelo colega, batendo palmas acima da cabeça.

QUIROGA
A COCAÍNA NÃO É PLACEBO

Deus anestésico

A Loira coloca, volume baixo, uma música sinuosa na caixa de som bluetooth que Vivi trouxe do carro. Para não incomodarem o jogo, as quatro mulheres se dirigem à mesa de sinuca, onde se juntam a Gabriela e Veridiana.

"Esse povo, em vez de parar de beber pra hora do culto...", resmunga dona Ana. Agenor concorda e ignora. Enumera a dona Ana os consertos pelos quais o rancho precisa passar.

"Junta eu, o Carlinhos, mais um... não, vai precisar de dois. É só passar uma cinta de carga nos buracos do muro, a gente amarra na mangueira, ali, e no coqueiro, aí vai puxando. Tem que falar com o vizinho. Ele precisa de dois. Pelo menos dois. Eles vão empurrando o muro, a gente vai cochando a cinta daqui. Três. Precisa de três. Niqui o muro ficar reto, a gente cocha só mais um pouco. O coqueiro aguenta. A mangueira, nem fala. Aí a gente vai no vizinho com a cavadeira. Faz dois buracos. Dois, não — três. Já mete uma treliça e enche de cimento. Vai precisar de tábua, mas tábua se caçar aí tem. Daí já faz a amarração e boa. Senão, eu estou falando: seu muro vai cair. Não, nem falo nada. Mas vai cair."

Agenor sente certo prazer profético, catastrófico.

"Se cair é até bom. Aí vamos ver se o Uander ou os outros meninos fazem alguma coisa. Se interessam", dona Ana desfaz com fleuma e indiferença os alertas do amigo.

Ao lado, a Senhorinha está como que embaixo d'água. Com uma idiotia serena, de leão-marinho sob as águas, ouve mal, enxerga mal; saciada, as mãos enxugadas por Agenor com um pano de prato, esfrega os dedos ásperos. Toca as próprias mãos, que a morte próxima, celestial, volátil, faz ter algo de garra de pássaro, e sente: é uma e outra ao mesmo tempo, toca e é tocada. Em seu rosto, as rugas caleidoscópicas mudam de forma.

Primeiro, as rugas vibram. As fibras por trás da pele levantam as velas e uma onda amarrotada percorre o rosto, das narinas aos olhos. A música que vem da área da sinuca lhe chega estrangulada e submarina. Os gritos da torcida ao lado a alcançam em bolhas. Ela toca seus dedos e, novamente, se bifurca. Os sons em câmera lenta lhe chegam somente graves. Sua velhice arrancou a linguagem das pessoas, deixou-as com a dicção gelatinosa e em câmera lenta dos surdos. Novo frêmito recua a maré das rugas dos pés-de-galinha ao queixo, em costeletas, girando, roseando, e se um dia as expressões e os sorrisos forjaram tais rugas, hoje são elas, já adultas, bem formadas, quem, andando e percorrendo a carta náutica do rosto, puxam à sua revelia um sorriso e arrancam de sua própria experiência uma tristeza artificial. As nervuras se contraem, se expandem. Há algo oceânico em seu rosto: o movimento de abrir e fechar de pólipos e medusas, e por um instante uma paixão estacionária; e, logo, o abrir e fechar de bocas de peixes, o anguloso movimento de cardumes, as cintas e correias deixadas ali por uma paixão pré-cambriana. O humor que desapareceu há décadas treme e abre as narinas de seu nariz pequeno, e entram por elas o odor de carne assada e de rio. O tempo, entediado, esculpe jogos-da-velha, desenha espirais sem inteligência e mnemônicas.

Vivi, Valéria, Kauane, a Loira e Veridiana bebem e dançam. Gabriela se mantém sóbria, rindo das amigas. Vivi aumenta o som e Luisinho se incomoda, o Taxista toma as dores e reclama.

"Abaixa isso daí, não está dando pra ouvir o jogo." "Deixa as mulher, tio", o repreende Dodói.

"Mas não dá pra ouvir bosta nenhuma."

"Deixa as mulher", insiste.

"Olha quem chegou!"

Monteiro vem bocejando e pega uma lata na geladeira. Serve os companheiros e se senta.

"Quanto tá?"

"Zero a zero."

"Não dá pra ouvir nada", diz o corinthiano Monteiro.

"Deixa as mina, elas tão se divertino", explica Marcelinho. Monteiro concorda.

Marluce se retira ao perceber que os círculos em redor não a comportam; pensa em se aproximar de Ana e Agenor, mas certa densidade de seu humor a empurra à horta, onde vai encontrar o pastor Ronivaldo. Ao sair, indaga:

"Vai ter culto, Ana?"

"Oi? Vai, sim, Marluce. Só uma reza. E hoje o Marcelinho vai ficar. Né, Marcelinho?"

"Já paguei os meus pecado."

A Loira desce até o chão, seus lábios em um biquinho desafiador. Valéria fuma com o bebê no colo, a quem faz dançar com repelões ritmados. Gira em meios círculos e solta um riso pigarroso entre a fumaça. Vivi convoca as forças de sua vaidade, que são forças solitárias, e lhes dá vazão de uma só vez. E essa vaidade, que era um misto de orgulho e angústia, irrompe em alegria imaculada, exibicionista, e sem medo algum, como que protegida por esse longo exercício de lacerante egoísmo, convoca todas as invejas e admirações em redor com o sentimento de ser invulnerável. Marcelinho Dodói a olha de soslaio, sorri orgulhoso, volta ao jogo; Veridiana não tenta imitá-la, mas a acompanha, endurecida e risonha; a Loira esfrega sua bunda na bunda de Vivi, como que a compartilhar das forças de seus quadris, e seus joelhos envelhecidos se enrobustecem como joelhos de criança, sustentam-na com equilíbrios mecânicos e se sacrificam em nome da beleza, de um rito casuístico; Vivi encarna uma pomba-gira, que desce dos telhados musgosos e arrulha em seu peito; abre os cotovelos e os fecha, feito asas, gira e rebola, rodopiando a cabeça. Kauane toma um trago e tenta imitá-la. Todas param um instante para rir, e mostram o coldre vazio dos dentes. Bebem um pouco mais e dançam. Os homens, essas criaturas sem erotismo, só observam, desejam e projetam opiniões.

"Gô! Onde está a caixinha?", Vivi pergunta a Dodói.

"Que caixinha?"

"A do pen drive. Aquela, que é mais forte, que vai na tomada."

"Do blututi. No banco de trás, no chão do banco de trás."

Vivi vai ao carro lentamente, bebendo, até que seu tornozelo vacile nos pedriscos. Pega um boombox e volta. Veridiana não consegue evitar comê-la com os olhos, ao que recebe um tapa de Gabriela. Indignada, resolve beber.

"Mô, você está tomando remédio. Não bebe", alerta Veridiana.

"Como se você se importasse..." e, indo aos homens, pega uma dose de uísque.

Vivi escolhe no celular a próxima música. "Não, não essa versão... Isso, essa! E depois essa, e essa. Vai!"

Vira a garrafinha em um longo gole, ao que é seguida da Loira e de Kauane, que diz, excitada e assustada: "Ai, já bebi demais. Sou fraca pra beber" e, no entanto, bebe a garrafinha ao som das palmas das amigas. O som é colocado no último volume. O Taxista protesta mais uma vez, Dodói o alerta:

"Não, não. Deixa as menina. Elas quer ouvir música, elas vão ouvir música."

Uander ratifica:

"Assiste o jogo quieto aí, fio. Seu time vai perder."

"Seu cu."

E então a música recomeça. E, com certeza, embora o buscassem, nenhuma delas poderia antecipar o prazer que encontrariam ao dançar.

Seus olhos se lambem de êxtase por si mesmas, de um amor de viciado. Com o ódio e o amor concomitantes das torcidas de futebol, dos estádios, em que fanáticos declamam paixões ao clube e vociferam xingamentos generosos — que o craque, humilhado, ao não recebê-los sente crescer em si a culpa, a vergonha de não ser devidamente execrado — esse furor fanático move Viviane e torna seus olhos de um branco ideal, leitoso, coalhado de veias palpáveis, apoteóticas. O amor-próprio em seu limite quase terrorista volta as pupilas para dentro: ali, observam o crânio, as mil luzes que são o cérebro. E os olhos da Loira são os próximos, e depois dela os de Kauane. A suprema Razão do mundo, de que falavam os teólogos e os filósofos, era, novamente, o Amor. Do boombox sai algo da música sertaneja que ela, a música comercial, jamais havia prometido. Com absoluta altivez, Vivi, em um jogo de corpo, recebe um acorde e o amassa nas mãos acima da cabeça, e o arremessa no rio, e para o céu, escarrando sobre seu conteúdo de verdade. A música, descendente direta das planilhas, dos cálculos, das máquinas, seu sonho de ser uma casa da moeda abstrata, sua vontade de grudar-se como um parasita rítmico nas inteligências todas, de uma hora para a outra é virada ao avesso e destruída pela dança, por sua mais perfeita e ignóbil execução. Com ódio, com amor, deixando escapar um movimento clichê que logo é destroçado por um desejo cainita de criatividade, de invenção sem pai nem mãe e sem irmãos, as mulheres dançam, em especial as três, libertas pelo cauim das garrafinhas de Ice. Cada um dos balanços dos braços, da coxa direita, dos dedos das mãos se movendo e imitando brilhos, é um desejo de livrar-se do tirânico poder das Variáveis. Mexe-se o cotovelo e uma variável — a presença alheia, o vento, o rio imenso, a inocência de um ácaro — é repelida; a vergonha, que é o sinal da presença de uma Variável, se enferruja em um átimo e vira pó, cintilante. Ninguém mais sabia como começara a dança que era menos um baile que um furor epilético, e quem estava de fora reagia com espanto, e consequente admiração ou reprova. E prosseguiam assistindo a essa fúria de popstar em quarto de hotel, e sorriam ou batiam palmas enquanto um resto de Variável vinha desdentado e desmoralizado desfazer-se à frente de um chinelo.

A vergonha — que é o movimento de retração quando em contato com a Variável — a vergonha é substituída pela expansão, pela bunda que se empina ou pelo ataque imitado e cinematográfico de um dinossauro em filme ruim, e cada uma das presenças do mundo é peremptoriamente dilacerada ao se aproximar: entre os dentes das três há fiapos de Variáveis, fibras de autoridade, de desejo masculino, de ar eletrolisado de chuva, e no incisivo de Kauane há um pedaço gosmento do olho de dona Ana. Deus grita: "Eu sei o que vocês fizeram! Achavam que poderiam esconder-se de mim?", e pela força da Ice, da História, as três se desfazem da Ice e da História e de Deus e dançam de boca aberta, a casquinha vermelhusca da maçã nos dentes frontais, e de olhos brancos voluteiam os ombros em um "não estou nem aí — e nem aqui" de apelo universal — o Ideal convulsivo, imune, sujo, desgrenhado, coberto de cinzas, agressivo e apaixonado, o Ideal que arrebenta o Real no molar e o fragmenta em realidade; o Ideal como pureza perfeitamente dissoluta, Platão com a língua amarga e marrom pelo vômito da ayahuasca, o Ideal-montanha, com o pico de seu mistério contra o mundo. O Ideal cujo campo de força protetivo é o ódio puro, repelente das Variáveis, e que como um sol irradia seu amor na forma do êxtase; o Ideal que tanto bem e tanto mal faz aos seres, zeloso, coincidência enérgica de amor e ódio em tal extremo que pode parecer a alguns, como se se cancelassem mutuamente, indiferença ou alienação; o Ideal das coisas que só aceitam tratar diretamente com Deus, e talvez sequer com ele, e que são as zonas erógenas da transcendência; aquilo que, olhado de perto, são pelos e, também, triângulos: não tanto como o amor que não alcançamos, mas como o que não nos quer. E ao ataque de uma repreensão imaginária, que já começava a hormonizar em sua cabeça um pudor cálido, a Loira pega seus dois peitos e os ergue às alturas, os chacoalha, afastando santidades e demônios com seus dois crucifixos moles, com seu luminoso leite invisível. A caixa de som projeta luzes vermelhas, amarelas, verdes, azuis, compulsiva por ritmo, tentando, pela tecnologia, arrastar as pessoas de volta ao pé do fogo, à concha acústica das cavernas. Kauane, que seguia um passo atrás os movimentos de Vivi, opta por um caminho erótico, sinuoso e não convulsivo, e passa as mãos em volta do rosto, dos seios, da barriga e do púbis, mas dois centímetros acima da roupa, como se abaixasse os pelos eriçados de sua alma. Sente um delicioso tesão por si mesma, que não pode ser satisfeito e que tampouco o deseja, capaz de desejar-se, e desejar-se, e pela ansiedade cadente prescindir da satisfação; os sucos de seu corpo se confundem e a preparam para deitar-se consigo mesma, tomada por esse êxtase dos santos, cujos peitos arfam, cujos seios endurecem, peles se avermelham e lábios secam, e sentem a primeira ereção perfeita, sem sujeito e sem objeto, a excitação nunca saciada que faz de um cisco um genitálico universo; e dançando, bagunçando os cabelos, fechando os olhos para uma escuridão anímica, imita gatos — garras no vazio, pelo prazer da projeção das unhas — macacos, peixes e o lento oscilar dos barcos, que imitam água; e, imitando, devora uma a uma as Variáveis, até que devore a si mesma e reste de Kauane um só longo arrepio de todos os pelos, das canelas ao crânio, um só longo e eriçado períneo entre o humano e Deus. E em seu joelho, forçando-a a despertar, um vacilar orgásmico, um tremor que a cospe como o mar de volta à vergonha.

"Aí, caralho! Filha da puta filha da puta filha da puta! Goooooooooooool caralho, filha da puta. Toma! Toma! Toma filha da puta! Gol! Gol! Gol!"

Monteiro, Dodói e Carlinhos comemoram o gol do Corinthians, pulam, dão socos na mesa, tornam-se vermelhos, doidos de raiva extravasada, e gritam ofensas — que o jogo apenas de forma limítrofe permitia — na cara do Taxista. Corinthians 1, Palmeiras 0. Nova rodada de uísque. Sai o primeiro prato de carne, em uma poça de sangue, e a Senhorinha, quase cochilando, volta a esconder as mãos na coberta.

QUIROGA
DEUS ANESTÉSICO

Somos coroados e punidos por luzes

Enquanto Vivi leva Kauane ao banheiro e segura seu cabelo para que vomite, lá fora ocorrem duas coisas dignas de nota: a chegada da família de Katarina e o início da tempestade.

As cigarras gritam ensandecidas pelo crepúsculo cinza que se aproxima. A caixa de som tem o volume atenuado. Ouvem-se a narração do jogo e um apito de juiz que se perde entre essas centenas de juízes alados, as cigarras, embriagadas pelo senso de urgência que lhes foi inscrito no corpo como um entendimento, uma filosofia, um *carpe diem* desesperado. As pesadas nuvens que se aproximam levam-nas ao paroxismo.

São nuvens faraônicas. Tumores tectônicos, formam joelhos de joelhos, com que engatinham sob a fina película que os separa do universo. Com urros graves, anunciam a dor da transformação da matéria. Em seu interior, o gás grita, recusa, tem as costas dilaceradas por raios. Os cachorros colocam o rabo entre as pernas e baixam a cabeça, pressentindo a força desse alto, abstrato, implacável cartório da natureza.

O gás implora pela própria forma. Tenta dissuadir as forças dessa transformação com o já inútil entretenimento: a formação de palhaços, leões, homens, mulheres e elefantes, porém seu estado avançado de gravidez ou de enfermidade não produz senão fiapos, saídos da grande barriga tumoral, apenas a tosa de sua lã fria. Como um doente terminal que tentasse a última piada e a terminasse em aflição, o espasmo no ventre que já sonha com o trocar de pele até tornar-se pedra.

Intestinais, as nuvens se movem com contrações de lagarta, de parturiente, a nuvem-mãe com a barriga cheia de cobras. As nuvens cheiram a transformação.

Do alto, do infinito negro que cobre o planeta com seu veludo críptico, no pano em que explodem joias e voam homens e mulheres entorpecidos, ligados por cordões umbilicais a máquinas, vê-se a turmalina envolta em uma película acaju, o maravilhoso cisto azul. Sob seu finíssimo crânio, o cérebro da tempestade. Os homens e mulheres entorpecidos boiam no nada, são pastores de cérebros, pastores de ovelhas extraordinárias.

Cada um dos relâmpagos é um pensamento. Cada nuvem é uma água extraviada, fugida das bocas e das bexigas dos animais, dos pequenos cérebros carnosos que mimetizam estrelas. A água foge e busca em si sua asa de gás, eleva-se. Escapa do antebraço em Çatalhüyük, na Anatólia, e encontra no céu as solas dos pés do universo, põe, aos modos de um peixe-dourado, a gasosa boca aberta na superfície do primeiro degrau, das escadarias que levam a Deus — e cai, pela força de um relâmpago, de um pensamento dolorido; encontra sementes, forja animais multiformes, cresce no talo de grama e experimenta tornar-se áspera; é lixada por áspera língua de boi, azul e musculosa, e excretada arranca de si suas seis asas gasosas, entre as quais duas lhe cobrem os olhos, duas o corpo e duas a elevam a uma cheirosa, ozonizada e gorda nuvem etíope — e cai, e molha o barro no alto da casa, e o barro o bebe com sede de infinitude, até dilatar-se, satisfeito, quando então começa a urinar; e sob a influência de um sol misericordioso sobe, trinca a telha que deixa para trás, e com seis asas alcança a multidão em êxodo, delirante, esperançosa, a palavra Zaire estalando feito gravetos em sua boca — e cai, e torna a subir e a cair, anda dentro das vísceras de um colono, voa, encarna-se no primeiro filho de um menino de dezessete anos; e excretada, consumida, e no meio do voo, precoce, sonha com sua próxima encarnação na viva orelha de um rato, na pedra quente, no oceano, atravessando as vesículas dos pequenos peixes, na palmeira, no leite nutritivo de uma menina, nos radículos de um fungo que já nasce com cheiro de velho; e, agora, sobre o rancho, no alto grau da experiência que é tornar-se demente, presa por uma corrente a um navio a vapor de todas as origens, rompe-se e volta ao líquido, urra em trovões, transforma-se, sonhando talvez com uma última demência sem dor, chamada novamente Inocência. Despenca em correntes contraditórias, obedece ao vento. Quando chega ao solo, os objetos e as plantas a bebem até que, inchados, arrotem de satisfação.

A chuva chega forte ao rancho e todos agora buscam refúgio debaixo do mesmo teto. Correntezas se formam na terra e entre os pedriscos, encontram caminhos até desaguarem no rio ou encharcarem em poças o cimentado. A Loira e dona Ana rapam com rodo a água ancestral.

O céu agora é inteiro invisível. Não há mais nuvem, senão uma unidade onipresente. A chuva, com seu furor sísifico, engole quase toda a realidade. De resto, reforça-se um sentimento de unidade também entre os que a observam. Vitinho e o pastor Ronivaldo são tomados por uma humildade alvoroçada, mas também por uma percepção mais intensa das pessoas que têm ao lado. No céu, um momento de agonia gigantesca, que coincide entre as pessoas com algum contentamento nervoso, euforia, risos, escárnio e susto. O mundo é lavado, purificado, e torna-se outro. Uander reclama do temporal, mas é prontamente recriminado por Monteiro: “Mas é bom — refresca”.

Como a chuva, a lógica engole tudo.

SOMOS CERCADOS E PUNIDOS POR LUZES

O azar é do mundo, a sorte é sua

Pelo portão aberto por Uander, chegam então Katarina, Sidney (lê-se Sidinêi) e o casal de filhos adolescentes: Maria e Zé. Vêm em um chevette cinza tubarão com uma escada amarrada ao teto.

Quem primeiro desce do carro é Sidney.

Há pessoas que são possuídas por tamanho grau de egoísmo e amor-próprio que acabam por se tornarem, involuntariamente, generosas. São os homens e mulheres que não sentem vergonha, que chegam nos recintos e suas presenças se irradiam — seu protótipo talvez seja o imenso Sir John Falstaff. Tais figuras parecem pensar apenas em si, e seu mundo é tão inchado que não há espaço para ninguém mais. Falam de si mesmos, arrotam ou suspiram alto, de seus peitos jorram piadas ofensivas, que fazem rir por fascinação e medo. Parecem desconhecer todas as regras da civilidade e, contudo, são elos civilizatórios: não deixam ninguém de fora do círculo de sua presença, e aquela figura tímida que se esconde (mesmo nas pinturas renascentistas sempre há um desses *halflings* intimidados, envergonhados e preocupados consigo, ocultos atrás de um ombro, até nas cenas em que, do céu, surgem anjos e a luz que precede a Virgem) aquela figura tímida é prontamente convocada por nosso Falstaff com uma pergunta indiscreta — não por compaixão, ou compaixão apenas, mas para trazer ao círculo social todo e cada recalcitrante, pois o círculo social é ele, o Falador, que se crê uma espécie de divindade solar. Assim, esses caracteres são os responsáveis pelas ligações do grupo, por dar-lhe coesão. E, ao pensarem tanto em si, ao falarem tanto de si, ao fundarem-se e fundarem o grupo nessa crença absoluta e fundamentalista na própria importância, essas figuras "maiores-que-a-vida" acabam por tensionar o egoísmo ao seu limite até que acabe, naturalmente, estourando em uma forma bastarda de generosidade. E se expõem à chacota universal sem temor, sem qualquer ressaibo, imolam-se, grandes, como se dissessem: "tenho carne de sobra — vá em frente, arranque-me um pedaço". São frequentemente imorais em público, o que atesta não uma descrença na sociedade, mas uma crença tão fundada no social que o crê inabalável — pela intuição, talvez, de que nada seriam sem plateia. Fazem rir, relaxam, enquanto aprontam estrepolias. Fazem um sermão da montanha e logo atendem ao telefone aos gritos, sabendo-se observados porém sem hesitação — como um bom ator, mais eles mesmos no palco que na coxia — e passam — em público — um amigo e antigo cliente para trás em uma venda de carros. Dizem, a seu modo: "Hipocrisia? Não se preocupem, podem proceder do modo como procedem, eu estou aqui, radioso, para que critiquem em mim suas agonias — e sigam sendo ruins — olhem para mim!: a sociedade, como eu, aguenta. Estou aqui, ou não estou? Eu os protejo, meus pequenos. É por vocês que aproveito tanto a vida". Não é incomum que morram de infartos fulminantes, o sangue tentando afoito chegar-lhes aos membros mas derrapando nas veias oleosas, no que restou de torresmos saboreados com severidade, com concentrada loucura. E seus aneurismas são múltiplos, como se morressem em um ano-novo memorável e resplandecente de fogos-de-artifício.

Sidney, marido de Katarina, é o oposto dessa figura. Sua esposa, de algum modo, o odeia também por isso — e ocasionalmente o espanca para saciar tal desprezo, quando se excede e necessita de uma espécie de sangria, para que o ódio volte ao normal, ao cotidianamente praticável. E ele aceita essas surras, talvez não apenas por amor — contrito.

Quem primeiro desce do carro, portanto, é Sidney, vestido a "social" com roupas maiores que seu corpo — aliás, franzino, a cabeça grande, cabelos cortados em máquina 1 e retraídos nas têmporas até quase a nuca; sua forma, consistentemente desnutrida, é como uma bexiga apertada ao meio e assoprada pelos pés. Já de pronto se percebe sua timidez excruciante, sua vergonha tão presente que já se calcificou em caráter.

O motivo pelo qual apanha em silêncio, muitas vezes em público, sem se divorciar, talvez venha de seu histórico. Sidney foi preso por aliciamento e estupro de vulneráveis: foi pego pela esposa ao remunerar um garoto de 14 anos para que o visitasse em casa, em segredo. Denunciado por Katarina, pagou sete anos de regime fechado, onde aprendeu a fazer tapetes lindíssimos. Ao sair, não abandonou o ofício anterior, de jardineiro e fazedor de bicos, principalmente de pedreiro, mas incrementou a renda com os tapetes que o filho, agora, vende pela internet.

Vale notar que, quando preso, não utilizou a palavra "liberdade" em sua acepção conceitual nenhuma vez, a não ser quando lia passagens bíblicas, mas mesmo assim não a associava a sua situação. Pensava, sim, em "sair", "ir pra rua". O uso do termo vinha, afora a bíblia, de outro texto sagrado: o código penal. "Liberdade provisória" ou "condicional" corria pelas celas, misturando-se nas bocas dos presos com o orgulho sarcástico que sentem com os termos jurídicos, com as palavras apagadas ou evisceradas de sentido dos juízes e advogados. Recebiam essas palavras e as melavam com discórdia, afã, metalinguagem pós-moderna, crítica ácida. Davam vida divertida a termos circunspectos por nascimento.

E Sidney não falava em "liberdade" porque o termo, utilizado assim, solto e autônomo, não se associa à vida, senão à morte. É a cristalização e a calcificação de algo em si fadado à imprevisibilidade, ou a uma comunhão. Se Sidney aprendeu algo na cadeia além de fazer tapetes, foi a noção tácita de que o uso da palavra "liberdade" é um uso fatalista, nocivo, como se a palavra proviesse de um rito obscuro. O termo "liberdade", usado assim sem concretude, idealista e sem escrúpulos, não passa de inconfessável e hipócrita vontade de arrebentar com tudo, de odiar ao próximo como a si mesmo. Esse pecado, ao menos, Sidney não cometeu.

Katarina, que sai agora do carro com um saião jeans e camiseta de um político de extrema-direita, gorda e de seios vastos, tão vastos que se esparramam em um sutiã tamanho 62 quase até as costas, levantando um pouco seus braços na axila, Katarina tem ódio ao marido também porque sabe que essa sua timidez não é a timidez dos inocentes. Quando, no culto, o pastor fala de Caim, imediatamente Katarina abre os olhos e, com um sorriso ilegítimo, encara Sidney de soslaio. Quando perguntada sobre ele, responde às amigas: "Não adianta. Não, tenho certeza, ele não faz mais aquilo — que Deus nos perdoe. Mas não adianta. 'Pau que nasce torto não cresce direito'" e aqui a polissemia intencional a delicia e assombra as ouvintes. Ela acrescenta: "Já está feito, as pessoas não mudam, menina", assevera, em um determinismo implacável.

Mas o que define Katarina não é o crime-pecado de Sidney, não importa o quanto o cônjuge seja relevante na formação do caráter de qualquer pessoa, a equilibrar ou realçar suas inclinações. Sua história, é claro, vem muito antes de sequer conhecer Sidney.

Não há um único fio que, sendo puxado, deixe de nos desvelar algum segredo essencial, em cujo extremo estarão demônios ou deuses, como nas antigas cartas náuticas, em que o segredo se manifestava de modo positivo (em alto-relevo, por assim dizer) na figura de um monstro. E, se pensarmos no porquê de Katarina estar vestindo uma camiseta de político, talvez o fio possa nos levar adiante: a depender da força do nosso braço, de nossa entrega ao maçante, em direção ao extraordinário.

Perdoe-nos a piada, mas, sendo "Pravda" "verdade" em russo, poderíamos dizer que Katarina veste Pravda. A "verdade" de Katarina não é exatamente a posição política, que endossa e sobre a qual falaremos adiante, mas o fato de saber que fica realmente bonita vestindo a tal camiseta. As medidas, a justeza em sua barriga, com alguma folga essencial nos rins, a prancha nos ombros e o caimento das mangas são parte do encanto, desse objeto mágico que é a camiseta que lhe cai bem. Outro encanto é o branco imaculado, cuja reflexão em seu rosto a deixa vagamente avermelhada, lembrando-lhe e aos presentes de sua juventude, dissipada em pouco tempo de triplas jornadas. Seus dentes estão, na maioria, estragados; seu rosto, inchado pelo excesso de sódio; os cabelos perseveram com viço, e persevera também, por trás da exaustão, a moça Katarina, que era mãe de seus dois irmãos — um mais velho, outro mais novo — e filha de pais saídos da roça, tímidos até a laceração, como se por força de um movimento histórico — o êxodo rural do capitalismo brasileiro — se arrancasse a casca dos caramujos, e se os deixasse com uma pele tão fina, exposta ao mundo, que era nada senão sangue, sangue sem coragem, contido atrás de uma película simbólica. Enfim, era porque se sabia bonita que Katarina cometeu a ousadia de ir, em dia de culto, com uma camiseta gratuita, de propaganda. O fato de que haveria um churrasco, um dia de lazer no rancho, foi suficiente para justificá-la perante seu tribunal pessoal, entre os litigantes: respeito a regras tácitas e amor a si mesma.

A mãe de Katarina vendia gelinho (ou chupe-chupe, ou sacolé, a depender da região). O isopor que carregava à frente da barriga foi se tornando sua casa, sua casca de caramujo, e ela foi se curvando em direção aos gelinhos. Arrastava-se pelas escolas e praças, tomada pela dor de uma vergonha bíblica, e não era incomum que em horários de muito movimento — na saída da escola pública — ao invés de se meter no meio dos adolescentes, encontrasse uma sombra em que pudesse se esconder, atrás de uma árvore cuja folhagem mexia-se devagar, como um coração verde, exposto ao vento. À noite, em casa, a culpa selaria sua boca, quando se visse forçada a preparar fubá, e mais nada.

Carregava a caixa de gelo sobre a barriga quente. O isopor, a qualquer movimento, gritava, esperneava em cada uma de suas bolhas. Como uma cacatua de ar e de plástico, reclamava a todo instante das dores de seu intestino de gelo. De lá, contudo, a mãe de Katarina — abre-se a tampa branca da caixa amarela, sobem em caracóis a grinalda e o véu siberiano — retira sacolinhas fálicas, coloridas feito bexigas, com as nuances do tamarindo, da manga, do morango, do maracujá e do leitoso coco, cor dos olhos dos possuídos. E, se não era hábil em vendas, o era ao fazê-los: sobre a pia de sua casa de tijolos, as jarras e leiteiras, ou canecões, com as cores de um arco-íris tutti-frutti; sobre a mesa de plástico de bar, no centro da cozinha, a multidão empilhada de platelmintos de plástico transparente, esperando o líquido para tomarem vida, multiplicarem frios e arrepios dentais. A mãe de Katarina enchia os saquinhos e dava nós velozes na ponta, com habilidade fordista, encontrando na repetição — dos domingos, das quaresmas, dos dias dos santos, dos aniversários sagrados, das festas de são João ou da romaria a Santo Expedito, do plantio e da colheita — um prazer substituto, frio e deliciosamente alienante. Gostaria de vender mais, para poder fabricar mais. Essa parte de seu trabalho tinha o sabor monossaturado do vício.

Por mais humilhante que fosse seu trabalho, já que estar sob o fogo das maldades das crianças era terrível, ao menos evitava a competição de quando tentara tornar-se costureira. E agradava-a a antítese de vender gelo, de endurecer água, em território de calor extenuante, e ver as crianças mamando açúcar, o sabor de traficar para elas uma fração de feérico inverno. Mais do que na roça, as crianças da cidade pareciam-se a saguis, a ninhadas de jaguatiricas — ela as temia e admirava como a animais fantásticos. Como os homens e mulheres iluminados, faquires, profetas e budas, compreendeu que o urbano era a loucura; porém, sob a força de uma vergonha antiga, artesanal, não achou vazão nem espaço para a manifestação da ira: em um martírio involuntário, tornou-se louca para que todos os loucos urbanos pudessem ser poupados.

Gostava, contudo, de acompanhar os dias no calendário. Rabiscava nas datas — não sabia escrever, mas conhecia todos os números — e forjava hipóteses. Seus hieróglifos perpassavam os meses e, se era fevereiro, haveria rabiscos até o mês de julho, quando repentinamente cessavam. Os dias úteis eram marcados com a isonomia preta e indiferenciada, que ela rendava com lápis e caneta; os dias santos e de descanso, com o vermelho do rubor, do desconhecido comunismo, e que adornava quase que invariavelmente com flores. Dia doze de outubro, data da padroeira, ofuscava como um sol o restante do mês, e dali irradiavam-se asas e riscos azuis, o que tornava, lá fora, o mês de outubro um mês desconhecido, sem caráter, bem acolchoado de nada, de vazio (como um isopor) para receber em seu colo a santa fria e afogada. Aliás, sua religiosidade, suave e vagamente dolorosa como uma lembrança, levava-a a rezar antes de sair ao trabalho. As orações eram repetidas. Renovavam sua segurança, sua utopia, atenuavam seu temor, acolchoavam em duro gelo incorruptível a sua vergonha. Do céu frio, os santos e anjos a assistem rezar, em sua boca o plástico incorruptível, coloridos gelinhos de fogo.

Com a mãe, Katarina não poderia contar (assim dizia): a cidade a tornara louca. O pai, imberbe e franzino, atavicamente desnutrido, tinha contudo a austeridade dos patriarcas. E, como eles, se embriagava muito raramente, porém com intensidade vexatória, exausto de carregar nas costas a intransigência divina. Cantava, cuspia, afrontava os clientes do bar, denunciava todos os pecados e não voltava para casa senão arrastado, após receber finalmente o soco ou o tapa que buscava desde o primeiro gole, e que finalmente o permitiria dormir. E, pego pelos ombros e arrastando pelas calçadas os bicos duros dos sapatos, vociferava baixo, xingava, humilhava seres invisíveis, no tom quase melódico de uma canção de ninar. Levantava-se no dia seguinte imaculado, ainda mais austero, como se não houvesse ido ao bar, senão à igreja. Por meses a fio mantinha-se sóbrio, silencioso. Vez ou outra, sua mão pesava sobre os filhos.

Uma coisa apenas o desmontava: o programa cômico do Chico Anysio. Indefeso, sentia-se como uma criança atacada por cosquinhas: tentava defender-se, não conseguia, e até a tentativa de evitar as cócegas tornava-se parte intervalar da sujeição hilária; de início, sorria; em breve, uma primeira risada, quando levava a mão à boca para esconder os dentes; e, já no segundo bloco, seu rosto se crispava, das rugas entalhadas pelo sol escorriam lágrimas, um de seus olhos ficava aberto, o outro esmagado, os lábios tremiam em um furor nervoso, em que metade vacilava e mostrava os dentes inferiores e a outra, um canino, uma ponta de língua assustada, querendo fugir daquele corpo descontrolado; e uma mão dava tapas na própria perna, tapas fortes, tapas de mão de pedreiro, enquanto a outra forjava um rastelo e com as unhas arranhava as coxas, até deixar-lhes quatro sulcos esbranquiçados e paralelos e um oblíquo. Logo sua perna batia, o tacão do chinelo dava tapas no chão e no calcanhar, ele se retorcia e quase caía do sofá de alvenaria. Os filhos, quando presenciavam o espetáculo, se assombravam, riam de medo, e Katarina — com o vermelho afogueado que até hoje lhe sobe às faces, como uma vergonha rural, hereditária — ao lembrar de uma surra recente ia para o quarto ou para a rua, e lá fungava indignações. Acabado o programa, o pai desligava a TV, e exausto de sua limpeza espiritual mandava todos para a cama. A mãe lavava o rosto, sem olhar-se no espelho, passava a corrente no portão e, arrastando os chinelos, dirigia-se ao quarto em que todos se amontoavam. Na cama, encurvava-se como um tatu-bola, e sonhava sonhos redondos, sonhos escuros, subterrâneos, de tatu.

"Xi, quem é esse povo com a Katarina?", indaga dona Ana à Loira, largando o rodo e já andando impaciente de um lado a outro.

"É os meninos dela. Estão grande, já."

"Esses eu sei, Bem. Quem é aquele lá, no banco de trás?"

Era um conhecido, um sujeito pequeno, parecido a um berbere, de pele de cobre indiano e barba grisalha em um rosto cavo. Veste uma camiseta do Sport Clube Recife para dentro das calças jeans, impecáveis e afiveladas por um cinto novo.

"Vê só... se ela pediu autorização..."

E Ana volta a rapar a água, com velocidade redobrada.

O AZAR É O MUNDO. A SORTE É SUA
QUIROGA

Bezerro bom é bezerro morto

A mãe de Katarina, como mencionado, desistiu rápido do corte e costura. A responsável foi sua melhor amiga na cidade, que muito a ajudou a estabilizar-se no bairro, apesar dos resmungos em contrário do marido, cujas opiniões sobre a vizinha, Edna, eram sempre as piores. "Má influência", dizia.

Foi Edna quem ficou com os meninos quando a mãe encolheu até a morte e o pai entregou-se de vez à bebida. Era uma mulher tatuada, quando ninguém ousava fazê-lo, usava óculos e vestido mostrando os ombros, onde descansavam uma sereia e um cavalo-marinho azuis. Tinha um salão no centro da cidade, em um prédio antigo, entre empresas de logística, dentistas, clínicas de estética, massagem tântrica, óticas, contabilidades e lojas de contrabando, ouro e relógios falsos. Ali, Edna cortava cabelos, fazia manicure, podologia e maquiagem. Também dava aulas, em horários espremidos durante o dia, quando clientes poderiam ter um corte de cabelo ou as unhas feitas de graça pelas alunas. Ao lado da porta principal, havia um banner em lona: "Podologia", abaixo de um ícone circular em que uma serpente se enroscava em um pé de involuntário cartum. Depois da palavra "Tratamento", as imagens terríveis de dedos carcomidos por fungos e a lista: "Onicomicose, onicocriptose, onicopatia, verrugas plantares, calos e calosidades, pé diabético, podogeriatria".

E Edna ia de uma sala a outra — nos bons tempos, três alunas eram atendidas de uma só vez e Edna chegava a buscar clientes na cracolândia — explicando, corrigindo, auxiliando, sempre com o mote: "Você precisa ser uma poça de paciência", tanto para alunas quanto para clientes apressados. E, sonhadora, em meio ao corte de cabelo, dizia: "É que sou perfeccionista. Não sei se isso é bom...". Essa mesma mulher, atarefadíssima, cuidou das três bocas que lhe chegavam, somente exigindo de quando em vez que o pai lhes desse algo do dinheiro que gastava no bar. Ao passar por ali, sempre que o via, entrava e bailava no chão encerado, humilhava-o, comunicava sua irresponsabilidade aos quatro ventos. Chamava-o, com ríspido carinho e uma intimidade repleta de fúria, de "Paquiderme". E a pele do "Paquiderme" inchava-se e avermelhava-se, feito barro cozido.

Para sua surpresa, Katarina tentou, mas não conseguiu se adaptar ao salão. Tanto quanto a mãe, não pôde tampouco se adaptar à costura, ao que Edna lhe informou: "Esquece, você não dá jeito. Foi que nem com ela: tem pra quem puxar", seguido de um beijo na testa. Optou, portanto, por trabalhar de faxineira nas casas vizinhas. Assim, tinha mais tempo para cuidar dos irmãos.

Katarina, naturalmente — se a palavra pode ser utilizada — tornou-se o eixo onde os dois irmãos se apoiavam. Foi um trabalho difícil: ninguém era mais diferente do que os dois. Seriam — de modo diverso, mas que os aproximava — dois homens muito bonitos, se o mundo fosse um lugar melhor.

Os dois irmãos eram Paulo e Júlio. Paulo, vulgo Hulk, era moreno, alto e de rosto largo; Júlio César, loiro, de olhos verdes, dentes encavalados. Trabalhando de diarista, Katarina conseguia estar com os irmãos e preparar-lhes as roupas da escola ou do trabalho, além de almoço e janta.

Ela amava os dois rapazes como nada mais no mundo. A timidez de seus pais, neles, se bifurcou, tornando-se duas formas distintas de timidez, como duas inovações genético-morais. Paulo, o Hulk moreno, tinha uma timidez cujo material era quase que puramente vergonha, com uma pitada de ressentimento; Júlio, uma timidez de quacre, idealista, severa e servil. Por mais que Katarina trabalhasse para aliviá-los dos fardos do mundo, Hulk enveredou no crack, foi flanelinha, um pastor de automóveis, e morreu em uma clínica — Katarina teria experimentado crack por seis meses, como forma de autopunição, mas depois voltaria à igreja e choraria seu irmão de outro modo; por um período passageiro, teve paixões avassaladoras por traficantes que empinavam moto, que lhe pareciam destemidos cavaleiros medievais. Usou roupas pretas, chegou a flertar com o Rock. Quando voltou à igreja, foi porque já estava exausta de aventuras. Seu irmão, Júlio, trabalhou como entregador de comida, sempre muito honesto, e casou-se por fim com sua mãe adotiva, Edna, a cabeleireira das tatuagens azuis. Katarina sentiu-se traída, mas o tempo mostrou-lhe que havia sido abençoada: o casamento dos dois era um idílio, programas de televisão compartilhados à noite, trabalho, um filho adotivo; e, durante os finais de semana, sentavam-se em cadeiras de plástico na calçada, conversando com os vizinhos. Aliás, Júlio, por influência de Edna, mas também para distinguir-se dela, passou a tomar cerveja na calçada, a seu lado, nos finais de semana; porém, a marca era apenas uma, e jamais colocaria na boca qualquer outra, não importando a veemência da sede; e, por esse estratagema intuitivo, preservou-se com facilidade dos riscos do alcoolismo. E o casal se divertia, ouvindo no quintal música Disco. Ao menos de fora, a paz reinava naquela santa casa.

Livre de seu jugo de mãe-irmã, e do martelinho da prodigalidade que lhe arrancara os dentes e a beleza, Katarina se casou. Teve dois filhos — o casal Maria e José. Descendo agora do carro, passa a mão nos cabelos de Maria, menos para penteá-los que para mostrar aos amigos e fiéis da igreja que há uma nova versão de si, posta por ela no mundo, bonitinha, recém-saída do forno. E endireita-se em sua camiseta, pomposa, e todo seu erotismo — que existe e é visível — não passa de uma forma concentrada de vigor, tão autoconsciente de sua intensidade que pode prescindir da beleza.

E assim se explica a quinta presença, o homem de pele cinzenta, tendente ao castanho, e de cavanhaque prateado; o homem magérrimo, de calças e camiseta do Sport, os olhos cavos, a face funda, as mãos nos bolsos e — coberto pelo telhado do rancho — olhando a chuva e as árvores, tentando adivinhar no terreiro as raças das galinhas (tem um amor infantil por galinhas garnisé, aquelas aves pequeninas que, vindas das ilhas de Guernsey, na Inglaterra, tiveram seus nomes adaptados ao português local). Este homem, também chamado José, porém José Alfredo, é o amante de Katarina. Ninguém sabe por que diabos Katarina, que reclama da retração e da vergonha de seu marido, optou por ter como amante um outro tímido, de uma timidez no entanto natural, garçom de uma choperia famosa da cidade, mas irremediavelmente temeroso, incapaz de se abrir mesmo quando, no bar, bebe cachaça até o desmaio.

Mas não é incomum que Katarina se volte contra si mesma, arrancando das contradições que a constituem e cercam o adubo que a faz florescer. A camiseta com propaganda política, mais uma vez, é um indício.

QUIROGA
BEZERRO BOM É BEZERRO MORTO

E a inteligência artificial pairava sobre a face das águas

Sempre votava errado. Desde a primeira vez, que coincidiu com a primeira vez que muitos no país também puderam votar, ela celebrou, sapateou com despeito, votou com cinismo inacreditável em Fernando Collor, o "caçador de marajás" — não porque acreditasse, mas porque tinha fé na falta de fé, queria mostrar ao mundo todo sua descrença na política, seu niilismo, seu ódio ao humano. Aliás, uma vez ouviu de um dono de bar, cuja casa limpava uma vez por semana, algo que a marcou, embora não levasse adiante. Tendo discutido com o filho, o pai resumiu, para ela, sua confidente: "Ele se acha acima do bem e do mal. Se está acima do bem e do mal, então que não converse com um ser humano." E ficou, de fato, assombrada com o ensinamento, mas cujos efeitos não teria o poder de levar adiante: era uma espécie de Dr. Jekyll e Mr. Hyde da democracia — na vida ordinária, empenhava-se nas filantropias da igreja, reclamava de patrões, de gente rica, estendia a mão a um vizinho vítima da droga e da Aids -, e sua alienação explodia com todo o vigor de que era capaz na cabine de votação.

Desde o primeiro voto, ela votaria sempre com violência, com canalhice, com furor desmedido. Durante a campanha, manifestava-se apenas a quem lhe perguntasse; mesmo vestindo camisetas de caciques locais, restringia-se ao básico do básico, e não discutia temas grandiloquentes, mas sim detalhes de sua cidade, de seu bairro, incapaz de conceber a existência de uma esfera federal — porém, no momento do voto, o fazia rilhando os dentes, em protesto, como se toda a força contida nas manifestações de rua, das quais ela nunca participou — o grito, a palavra de ordem, a festividade, a ferocidade, o extravasamento, o canto, a purgação, o movimento coletivo — tudo isso estivesse contido no momento em que ela ia à urna e votava o pior voto que poderia imaginar, com gosto, sabendo que era um ato de infâmia, de protesto, de felicidade e de maldade. Sentiu o sabor do cinismo e dali em diante entregou-se ao voto como seu pai entregava-se à bebida, com insânia e despudor.

Política, portanto, não lhe parecia o que é aos militantes organizados: um ato de fé, mas também de profecia e de paranoia, de análises de conjuntura e temores de espionagem. Política para ela era um direito ocasional à extravagância. Era como uma festa de casamento, um evento raro, embora reiterado, e que as pessoas iam para se degradar, para terminarem em lágrimas e discussões ferozes. O dia do voto significava, para ela, a falta de festa no mundo, a inoperância cotidiana.

Então ela se vestia a caráter, no domingo marcado: "a festa da democracia". Havia ouvido falar das pesquisas de intenção de voto, ouvira na televisão e no rádio, de amigos de igreja, análises e adivinhações. E sentia crescer em si a capacidade de tornar irracional esse momento de racionalidade — o que a alegrava. Tomava banho bem cedo, perfumava-se. Olhava-se no espelho do banheiro, embaçado e engordurado pelo vapor. Passava lápis no olho, os dois grandes seios contidos no dique de um sutiã bege, cujos bojos pareciam pipas. Passava batom e seus lábios despertavam, como Branca-de-neve, de um sono de quatro anos. As borboletas de banheiro se confundiam e se embriagavam de perfume, agarravam-se às toalhas como contrarregras abraçados às voltas das cortinas, à beira do palco, fanáticas e apaixonadas.

E lá estava ela, rumo a seu colégio eleitoral. Sidney cuidaria das crianças. Erguendo o queixo, exalava desafio. À passagem de uma comadre, esboçava um sorriso, que desfazia ato contínuo — era uma guerra, mas guerra secreta, guerra de espiões. Os carros passam com crianças debruçadas à janela e bandeirolas do Brasil. Santinhos espalhados no chão, pisados, granulados pelo longo contato com o asfalto, mostram rostos com o sorriso de pais olhando suas crianças dormirem. O garapeiro da kombi permanece profissional, firme em sua neutralidade como um suíço, os alpes de sua terra com montanhas polvilhadas de açúcar. E, decidida, Katarina chega à escola: EE Profª Maria Eugênia Cândido Sampaio.

A escola a lembra de velhos dissabores, que intensificam seu plano de sabotagem. O chão de ladrilhos encerados brilha aqui e ali com calvas solares. As paredes são pintadas até o barrado de um verde-claro, verde-dólar, e as solas dos sapatos guincham interjeições de borracha. Nas paredes, ou nas carteiras colocadas por todos os lados como barricadas ou postos de informação, há papéis com os números das seções, listas de candidatos, banners paternalistas do Tribunal Eleitoral acalmando os cidadãos — "É fácil, basta..." — todos afixados com argolas de fita-crepe, que os deixa vagamente distantes das paredes, fofos ao toque, amortecidos.

Katarina não tem pressa. No bebedouro prateado, cuja vontade de refletir tudo ao mesmo tempo torna opaco, barroco, o acionador soa estrondoso e urina uma água sem potência, feito um anjo de fonte. Ela molha os lábios vermelhos, enquanto a água gelada escorre por um ralo, parcialmente entupido com um papel de bala e um grão de milho. Vê seu rosto refletido na chapa, o biquinho quase tocando a ponta do nariz. Desaciona o bebedouro, novamente com estrondo, e um tardio ruído de refrigeração medita seu "ohmmm" de galhofa.

Na fila, é possível sentir a rixa silenciosa dos eleitores. Há quem venha com bottons e adesivos, camisetas estampadas; há os que se querem fazer apenas sutilmente conhecidos: pela cor das calças, pelo estratagema de um brinco. Todos naquela fila, ao falarem com o chefe da seção, tomam ares de cordeirinho. Não Katarina, que cruza os braços, bate a sandália, mastiga no vazio um chiclete que não possui. "Vai demorar?", pergunta para as lâmpadas fluorescentes do teto, já crescendo em si um gostoso espírito de porco. Se preciso, um bom barraco lhe cairá bem. Mas o chefe da seção não morde a isca. Passa um por um até que chegue sua vez.

Dizem-lhe que é preciso registrar a digital. Sua axila se aquece, um calor inesperado lhe sobe da gola da camiseta. O suor lhe escorre das costas até as nádegas, do meio dos seios até o umbigo.

"Quem disse?"

"É protocolo, senhora."

"Solta meu dedo."

"Ninguém pegou seu dedo, senhora. Mas, por favor, é rapidinho. É só colocar o dedo aqui."

"Ihh, rapidinho... rapidinho... olha só... rapidinho!", diz, sem saber como se contrapor, compreendendo-se sem razão e vagamente confusa. E, então, lhe ocorre o modo perfeito, irretocável — algo que só a inspiração pode prover — de manter seu espírito de porco e seguir em sua aventura infame:

"Põe o dedo aqui, que já vai fechar", e uma gargalhada destrambelhada, revigorante, alimentícia como um biotônico.

"Isso, isso, senhora. Que já vai fechar", balbucia o mesário responsável pelo registro de digitais, com o delicado pavor de um mordomo. Sabe, e todos ali, que há algo de errado com a eleitora, Katarina da Silva. Qualquer um reconhece uma pessoa possuída, mesmo sem tê-la conhecido previamente. Era tão evidente, sua postura tão denotativa de sua revolta, de seu ingênuo e pervertido anarquismo conservador, que seria como se Cristo houvesse esconjurado os demônios do possesso, enviado-os aos porcos e — imediatamente — os tangido à cabine de votação. Pois em seguida, registrada a digital, viu que a mesária ao lado procurava assustadiça seu nome em uma lista; passava a caneta translúcida, lancetada, com um intestino reto de tinta azul e a ogiva de uma tampinha de cá para lá, sem sucesso; e então o dedo firme de Katarina aparece e mostra-lhe o óbvio, humilha-a porque reconhece o próprio nome, e não apenas segue a sempre óbvia e sempre confusa ordem alfabética. "Aqui... filha", resume.

Na urna, faz o diabo. Limpa o suor da cara com a palma da mão, arranca um santinho do bolso, tira um celular proibido da calça jeans e começa a filmar. Não se pode dizer que não vote com consciência: vota, sim, sabendo o que faz, insidiosa, com a vontade não só de que seu candidato seja eleito, mas de que seja eleito e morra engasgado na janta. Com o instinto fácil dos possuídos, vota em outros, possuídos como ela. Não vota em um único reles candidato bem intencionado, que poderia lhe valer no dia a dia. Vota como uma filha da puta, feliz, filmando, digitando devagar e com força — com a sub-reptícia intenção de quebrar a urna — com uma vontade de autodegradação infinita. Olha a foto do candidato, cujos olhos são reptilianos, guarda o celular e fala, em voz alta:

"Olha a carinha dele." O chefe da seção, desconfiando, enfia a cabeça de lado na cabine como em um desenho animado.

"Tá olhando o quê?"

E, empolgada:

"O voto é secreto! Secreto! O Voto é secreto! Quero os meus direitos!"

Com muita dificuldade é tirada da seção. O segurança chamado, jovem, barrigudo e musculoso, bonito em sua farda azul, se aproxima e ela enfim se decide a ir embora, encarando-o com raiva e *sex-appeal*. Chegando em casa, diz ao marido, sem sobressaltos, aliviada:

"Vai agora, Amor, eu fico com as crianças. Aproveita que está tranquilo."

TSE
E A IA PAIRAVA SOBRE A FACE DAS ÁGUAS

Não vai ter bolo

Katarina é muito amiga da tia Marluce. Religiosamente, contudo, muito mais próxima de dona Ana, antes que de Ronivaldo. Tem a necessidade de uma líder mulher, e a irredutibilidade de dona Ana, além da posse do rancho, a avalizam para a posição. Aproxima-se e cumprimenta a dona da casa, faz um aceno aos outros. De pronto pega no rodo e começa a rapar.

Estão quase todos agasalhados, friorentos, fugindo da chuva. Que, aliás, cai torrencial. A música prossegue, Veridiana joga sinuca com Gabriela, os homens permanecem sentados, assistindo ao jogo.

Os recém-chegados são facilmente integrados: as crianças, Zé e Maria, conquanto mais velhas, se juntam a Vitinho e Lorenzo e se aproximam dos cães; os dois homens, Sidney e Zé Alfredo, à plateia do jogo; Marluce, Ana, a Loira e Katarina passam pano e rodo, alocam baldes estratégicos para goteiras. Vivi e Kauane ainda não voltaram do banheiro, Valéria dá papinha para o bebê. Apenas o pastor Ronivaldo fica entre os homens e as mulheres, de pé, habituado à função de mediador.

E Carlinhos passa por todos eles com o prato na mão, a linguiça já assada, a carne vazando sangue, o montículo de farinha dando ao prato um aspecto geográfico.

O espaço é amplo, mas — se contei bem — estamos em vinte e seis pessoas, além de dois cães. As extremidades do rancho coberto estão inviabilizadas pela chuva. Nos apertamos.

A dupla membrana do rodo raspa e saltita nas mãos de Katarina e dona Ana. Os rodos fazem como quem produz, sonoramente, um grosso catarro: róipe, roóipe. Restos de poeira, de cabelo e pano molhados se juntam na limpeza, formam esculturas moles, abjetas, de protozoários. A Loira derruba um tonel de plástico com água até a boca, para limpar a sujeira e o barro na descaída. "Vai ter culto mesmo, dona Ana?", questiona Katarina, olhando a cabeça do rodo, uma mecha molhada de cabelo sob o olho. "Do jeito que está, não sei", ao que o pastor Ronivaldo, intrometendo-se, declara: "Com a graça de Deus, vai. O Pai não me permite prometer nada, mas que vai ter culto, vai", e a Loira adiciona: "É assim que se fala". O pastor, as mãos como que algemadas às costas, volta a olhar a tela do jogo, os homens, e depois o céu, com seu chassis de ferro. As galinhas e galos já se empoleiram, encolhem-se no galinheiro ou no abacateiro feito novelos feios, sangrentos. Os cães perambulam, em busca de carne, até que o Atleta se canse e rodopie sobre seus lençóis, seguido pelas crianças. Floquinho deita a cabeça no colo do Magnata, as sobrancelhas em circunflexo de tristeza, e recebe carinho na cabeça, entre os olhos, no pescoço e nas orelhas. O lençol do Atleta está quente, vivo, cheio de voltas e dobras como um estrume bovino, como um mousse têxtil, e por ele andam pulgas e um carrapato, inchado e verde de sangue. Um robô feminino declara "You are connected", com sotaque chinês: por decisão da Loira, a caixinha de som toca novamente música gospel — animada, quase excitante. Veridiana pega um longo pedaço de picanha do prato oferecido por Carlinhos. Enfarinha e engole como o faria um filhote de pássaro com uma minhoca, a boca para o alto. Limpa a mão nos shorts e volta ao taco: "É assim, bem — é assim que se faz", e erra a caçapa, mas sem perder a altivez: "Faz melhor!", fala mastigando, os lábios dourados de gordura. Zé Alfredo, recém-chegado, cruza as pernas magras e assiste ao jogo. Cruza os braços também, sobre a barriga. Vez ou outra leva uma mão à barba e a alisa. "Quem tá ganhando?" Corinthians um a zero, explicam. "Quem tá melhor?" "O Palmeiras tá melhor", diz o Taxista, e ninguém contesta. "Tá valendo o quê?" "Campeonato brasileiro", resume pacientemente Luisinho, com a cabeça de

Floquinho no colo. "Quem tá em primeiro?" Atlético Paranaense. "E o Sport, como tá?", indaga Zé Alfredo, passando os dedos não só nas barbas, mas também nas faces, abaixo dos olhos, até acariciar a ponta triangular do pomo-de-adão. "O Sport foi rebaixado ano passado. Não tá sabendo, não, velhinho?", perde a paciência Sidney, o marido traído por ele. "Torce pro Sport e não sabe que foi rebaixado." Zé Alfredo não se manifesta. "Quem é o juiz?", pergunta. Dodói não se aguenta: "Tio, cê bebeu? Quem é o juiz? Sei lá quem é o juiz! Se não bebeu, bebe. A quente tá aí". "Eu não bebo", declara orgulhoso Zé Alfredo. O Taxista os ignora, é ataque do Palmeiras: "Vai, vai! Uhhhhhhh", bola pra fora. Mas ele dança. "Ver-dê! Verde verde verde ver-dê!". Agenor se aproxima, aumenta o volume da televisão — nem por um instante titubeia, ou pensa em perguntar a alguém. Não vai ao controle, mas aos botões laterais, e um cone de volume aparece na tela para o incômodo de alguns. "Sossega, Agenor", diz Monteiro, rindo, assoprando a mão gelada pelo contato com a cerveja e a tempestade. "Vamos tomar uma rodada?", faz a pergunta retórica o mesmo Monteiro, tirando debaixo da mesa sua maletinha de serviço; abre o zíper, tira uma garrafa de salinas: "Tava esperando a hora. Quem vai?" Faz-se um alvoroço, o juiz apita o fim do primeiro tempo. "Tava escondendo a garrafa de nós, Monteiro? Que safado!", diz o Magnata. Todos na mesa enchem os copos e os esvaziam com ligeiro desafio. "O jogo está bom", diz Dodói, esticando as pernas. Vai até Carlinhos e pega três fitas de carne, cujas fibras choram sangue como uma santa. Gabriela segura firme seu taco; olha o bolão branco, seus olhos se estrabizam; sente fundo a incerteza, a insegurança — ou melhor, uma certeza de que irá errar; mas finge que não é verdade, que não sente o erro, ali, palpitando no peito como que querendo nascer; e finge que a certeza do erro é seu contrário, que está fadada a fazer a bola 5; olha por um ângulo, e vê um jogo; ergue a cabeça, vê outro; abaixa-se novamente, e o jogo é ainda uma terceira versão; ergue a cabeça, decide ir na bola 3; a realidade da sinuca gira como um prisma, as cores se confundem, as linhas geométricas tornam-se ligeiramente não-euclidianas; uma mosca voa e pensa em pousar em seu cabelo, passa pelo olho, ela se ergue e sente um arrepio nos pelos dorsais; xinga, volta a se abaixar; e sem pensar mais, de um só ímpeto, confiando no acaso e como que pedindo a Deus que jogue em seu lugar, dá uma tacada a esmo, e o bolão branco acerta uma bola par — castigo: duas bolas perdidas. "Não é assim, bem. É assim", e Gabriela sente um ódio tão mais intenso quanto seu amor por Veridiana o permite — seu amor alargou tanto o campo do sentimento, em relação à namorada, que é possível odiá-la como a nenhuma outra criatura da Terra. E Gabriela toma outra dose, e Veridiana a acompanha, sem coragem para demovê-la. Uander olha o jogo. "Vocês são ruim, hein?", e as mulheres o desafiam: "Vem jogar, então, bonzão!", e ele solta uma gargalhada mais alta que todos os volumes, da televisão, das conversas e do rádio, e que serve para fazer com que alguns dos homens vejam a sinuca, se imiscuam nessa parte do rancho, por lazer, por curiosidade. Ronivaldo belisca um pouco do galo, com fome, mas também querendo agradar a dona Ana. Havia percebido que, quando Carlinhos passou por ela, ao contrário de Katarina, que se refestelou, dona Ana recusou a picanha: "Não estou com fome", disse. Carlinhos passa o prato por todos os lados e volta à churrasqueira; vira as carnes, fura as linguiças (que, como anjinhos infernais, porcinos, urinam arcos de óleo inflamável), volta a caminhar com o prato; enfia uma linguiça rosa e roliça como um leitãozinho dentro de um pão e o entrega, respeitosamente, a Marcelinho, que agradece. "Vai na 9", diz Uander. Pega o giz branco, tira o taco da mão de Gabriela — "Assim", e passa o giz em espiral pelo taco. "Agora vai." E, como que tomada por aquela espiral feiticeira, pela palavra de confiança, Gabriela acerta a bola 5 — tendo, no entanto, mirado na 9. "Melhor do que eu pensava", lhe diz Uander, e ela se cala, orgulhosa e envergonhada pela farsa. Valéria entra na casa, vai colocar o neném para dormir no berço, no quartinho. Enquanto entra, vê Vivi saindo: "A Kauane tá deitada. Deixa ela descansar um pouco, tadinha", explica. Na cama do beliche, Kauane está como que atropelada, os membros em ângulos impossíveis, os cabelos flutuando sobre o travesseiro, ao modo dos afogados. Uma baba esbranquiçada lhe escorre do canto da boca, e o pulso com a tatuagem de sua filha, Rayanne, protege seus olhos da luz. "Dorme,

dorme, meu benzinho", cantarola Valéria, e cobre a filha com uma mantilha azul. Sorri, vendo aquele corpinho gorducho, suado, as unhas pequeninas e os dois mamilos em miniatura padecendo de uma presunção deliciosa: "Acha que é gente", ri, e dá um beijinho na testa da menina, que se vira, mexendo as mãos e as pernas como se mãos e pernas fossem membros de igual relevância. A mãe lhe dá uma mamadeira quente, que a bebê suga dormindo. Espera, troca a mamadeira por uma chupeta, e volta quando o jogo já reinicia.

Foi no choque entre a escuridão da casa e a escuridão do lado de fora que Valéria percebeu no ar uma embriaguez alucinada. Estavam todos em polvorosa. A chuva se intensificara, mas dona Ana abandonara o serviço — não era possível lutar contra a chuva. Foi beber vinho com a Loira, sentadas uma de frente para a outra, e conversaram sobre um tema que excitava Ana: a demora e a complexidade dos atendimentos no SUS. A Loira concorda, porém não por anuência: compreende que Ana precisa falar, precisa se soltar, deixar de odiar seus companheiros, ali, de rancho. Nada como soltar os cachorros contra o serviço público. Uma espécie de rito neoliberal travestido de rito cívico. A Loira, então, entra em sua função: dá corda. Ana fala e sua mão faz rodopios de serra-copo no ar, dedo em riste; fala sobre uma fila, que ao final se mostra a fila errada; de um senhor chegando estropiado, delirando, cuja resposta ao enfermeiro sobre a pergunta se se encontrava bem, respondeu algo como "Não tenho troco, fia?"; fala sobre o miasma de gripes e doenças respiratórias, o atendimento cheio de mães, de tosses secas de crianças, nos ombros dessas moças novas vira a bandeira branca de uma fraldinha, que lhes escondia o seio quente, febril de leite. Ana fala de raios-x, de sondas, de exames de contraste feitos torturas feudais, de pedras nos rins, das doenças da mãe, das doenças do neto, dos conhecidos; dos pés descalços e as friagens, os humores melancólicos comendo as pessoas pelas plantas dos pés; da necessidade que Uander tem de fazer *check -up* urgente… Conta sobre a condução que pegou outro dia, para ir ao centro — o carro estava com o Uander, cuja moto fora apreendida — e que muitos idosos entraram no ônibus, que passava pelo hospital; e ela, Ana, ficou no meio de uma avalanche de terceira idade, todos para o lado de cá da roleta, porque não pagam; e que a onda de bengalas, de velhinhos e velhinhas encurvados, falando alto, enérgicos, vivazes como zumbis, brincalhões, reclamões, como uma massa de personalidades a muito custo construídas, os cabelos brancos, os corpos duros e evanescentes, ao descer no ponto do hospital a levaram junto; que ela reclamou: "espera, espera, calma, gente!", mas que aquela massa óssea, firme, vital, implacável a levou de arrasto, e teve que caminhar para o centro o resto do trajeto. A Loira enfim compreende; entende que esse livro de contos mental que abrira Ana, "Aventuras no SUS", é um modo de demonstrar, para com a morte, alguma aliança e alguma contestação; ou melhor, percebe que a amiga se conforta de pensamentos obscuros ao narrar e descrever doenças e atendimentos, ao contar dos idosos como se ela própria não o fosse. E se sente algo exausta, pois algo de marcante ocorre: o tempo se bifurca e, para a Loira — enquanto dona Ana narra suas aventuras hospitalares e a saga de doenças infecciosas — o tempo anda com uma lentidão excruciante, e, para a amiga, nada desliza mais veloz nas águas desse mesmo tempo. Assim, enfado e euforia andam lado a lado, graças à amizade. Mas logo dona Ana, à aproximação de Katarina, reverte o livro e o abre em um conto autolaudatório: "Porque eu, e você, a gente não se comporta que nem o povo lá na fila; a gente tem consciência, a gente lê..." e a Loira perde o interesse. Tanto quanto Katarina, que vai um pouco ao lado e resolve cantar com Marluce a canção gospel da vez. Cantam baixo, uma para outra e se encarando, como em um dueto.

Ao lado da TV, os homens já estão assistindo ao segundo tempo. Comem carne, ficam de pé, xingam juiz e jogadores. E, de repente, o tímido Zé Alfredo começa a cantar. De rabo de olho, seu rosto passaroide capta o canto de Katarina. E então posta a voz, e imita o canto dos bêbados recalcitrantes da choperia onde trabalha; modula o timbre, lança um grave espetacular, acima dos outros volumes todos e só não mais alto que a chuva — lá no alto se acendem e se apagam as luzes ofídicas dos relâmpagos — e canta uma velha canção sertaneja, cuja profundidade, lembrança e dor espantam a todos e tocam particularmente o peito dos mais velhos. E canta, do começo ao fim, seguindo consciencioso estrofe a estrofe; ainda sentado, com as pernas cruzadas ao modo feminino, o corpo magro inclinado, os braços atados, mãos abraçando os cotovelos, de olhos fechados segue, repete o refrão como na versão original, continua, modula mais a voz, e canta como se não houvesse amanhã. Seu peito está acelerado, mas obedece a alguma ordem superior. Ninguém mais assiste ao jogo; nesse intervalo de três minutos, a festa toda se suspende, e Marcelo Dodói e Carlinhos, ambos balançando de bêbado, incapazes de ficarem parados sem se sentirem como garrafas sobre uma esteira de mercado, olham-no com sorriso incrédulo e olhos vidrados. Uma mosca anda sobre a carne, outra sobre a linguiça. Zé Alfredo canta, Sidney esconde o rosto, afogueado, e, ao final, sobe no ar um vibrato que resume toda a história recente do país: a roça, o campo da infância, as calças curtas, os bois, o carro de boi, o capataz da fazenda, a cidade grande, a lua amarela sobre os prédios, adulta, exilada, repleta de cicatrizes de quando ainda rolava pelos barrancos e pelos buracos das corujas; a procura por trabalho, as amizades perigosas, os policiais temidos como sacerdotes incas, as casas no reboco, o fusca com seis jovens, os bailes e uma saudade imensa, os cabelos compridos, a procura por Deus, cujo tamanho talvez explicasse a lentidão, o porquê de ainda estar na roça, na casa inexistente dos pais; e a voz treme, vagamente árabe, e os peitos dos ouvintes terminam cheios, uma andorinha morta no lugar do coração.

Floquinho uiva sem compreender, Luisinho o afaga e tranquiliza.

"Quem que trouxe ele? Tio — bebe, tio, bebe!", diz Dodói, se aproximando, um sorriso de fora a fora, mostrando os aparelhos ortodônticos, abraçando o senhor de barbas prateadas, de camiseta do Sport para dentro das calças. "Tio, cê é louco! Você é artista", e alguns aplaudem, outros debocham, fazem giros de parafuso solto ao lado da fronte. Zé Alfredo aceita um copo, mesmo dizendo não beber. "Se você gostou, eu bebo", e vira a cachaça de um só gole.

"Sou tímido", explica.

O PÁSSARO PERMANENTE

O pássaro permanente

A chuva percute nas telhas, nas árvores, no lago. É particularmente estridente na lona velha, sobre a carcaça de um carro. Um trovão bate em seu tambor de pedra e treme o cimento das nuvens, desmoronam os queixos abertos dos relâmpagos.

Agenor teme que a televisão pare de funcionar. Não por interesse no jogo, mas porque se sente responsável. As quatro crianças, Zé e Maria e Vitinho e Lorenzo, deitam-se no chão ao lado do Atleta. Seu corpo todo treme sob a religião informal da tempestade. Um arrepio elétrico e constante, como o zumbido em um fio de alta-tensão, percorre seu corpo que vibra. Maria cola sua cabeça à do cachorro; Vitinho passa a mão por afeto e curiosidade nas lombadas das vértebras; Lorenzo tenta tirar o rabo de entre as pernas e balançá-lo, como crê que deveria ser. Zé, por ser mais velho, está entre dois campos magnéticos: o de Atleta, com seus olhos apavorados de coelho e as três crianças que lhe orbitam, e o da sinuca, em que Gabriela e Veridiana jogam sob os palpites e intrusões de Uander. De camisa e calça, o corpo pré-adolescente, obcecado pelo crescimento e insensível à harmonia — como certas economias — dá-lhe um caráter destemido, presunçoso. Olha o jogo, o cachorro, e não se decide. O cachorro olha-o de volta, como que a pedir socorro com uma expressão de pavor e de afeto.

As lâmpadas que não haviam sido acesas o são — e todos batem palma: "até que enfim!", gritam, sem que ocorresse a ninguém antes acendê-las. A chuva não cessa, mas amaina, e Agenor — vendo que o sinal da televisão não parece correr risco — dispara rumo ao pomar. Corre com saltos ligeiros, erguendo muito o joelho, a cabeça de tartaruga encolhida entre os ombros, um riso atrevido com a língua entre dentes. Chega à árvore morta, cujo tronco é comprido e os galhos foram podados, semelhante a uma pata de galinha, e com esforço lhe arranca a casca — um pedaço abaulado, como as longilíneas máscaras africanas — e deixa o tronco liso, pelado. Volta correndo, molhado, os cabelos grisalhos e revoltos eriçados. O Magnata lhe pergunta: "Mas você ficou doido, é?" Agenor mostra a todos, ergue no ar sua taça — a casca áspera e escura, encabelada de bromélias pequeninas, em cujas reentrâncias surge um inseto que desperta em pânico, uma espécie de barbeiro avermelhado, cujas costas têm desenhos em zigue--zague padronizado, burocrático e luxuoso; formigas sentam-se sobre os traseiros e se limpam com todas as patas. "Peguei", diz Agenor, e contextualiza: "é para as minhas orquídeas." "Eita! Esse aí de pequeno bateu a cabeça — só pode", finaliza Luisinho, voltando ao jogo e à atenção cuidadosa com Floquinho. "Ai!", exclama Marluce, com o gritinho de dor das coincidências, "eu também adoro orquídeas!"

Vivi se aproxima de Dodói e lhe dá um beijo, senta-se em seu colo para assistir ao jogo. Dirige-se a Monteiro:

"A Kauane tá deitada lá. Deixa ela quietinha que daqui a pouco ela melhora".

"Ah, tá bom", responde o despreocupado Monteiro.

O Taxista encara por um momento o corredor que dá para o quarto de Kauane — Monteiro não o nota, mas sim Carlinhos e Dodói. Olha o relógio imenso em seu pulso. Mas logo volta ao jogo, começa a cantar com alguma regularidade. Seu time é evidentemente mais forte, apesar do placar. Faz aqueles ataques que não são propriamente para gol, mas criam certo ritmo implacável, certa convicção, entre si e no adversário, da naturalidade do gol por vir — de tal modo que, na figura de algum zagueiro perturbado por essa sombra do acaso se materializando, se volte inconscientemente contra seu time e facilite o que parece natural, necessário e incontornável. Desse modo, surge uma falta na boca da área — o que se chama de "falta besta", o atacante de costas perto do escanteio. A bola será alçada. Cria-se a expectativa, construída pelos últimos lances.

A bola sobe e os jogadores de ambos os clubes se estapeiam, encaram a bola com os olhos apertados, um pouco cegos pelo sol de couro sintético; acertam-se nas costelas, na boca, nos joelhos; o coração do goleiro acelerado, a boca seca; Murilo Torres sobe mais que o zagueiro, impulsionado pela crença do gol; a bola bate em seu olho direito, que se enche de grama, e pinga antes de estufar a rede. O goleiro dá socos no chão, como uma viúva bíblica inconsolável.

"E aí caraio, tá lá tá lá tá lá tá lá! Caraio! Vai, chupa! Chupa!", e vai saltitando de um lado a outro, larga o copo, que já se derramara na camisa verde-amarela, e aponta na cara dos corinthianos sua euforia. "Toma!", resume em um grito. Aponta o dedo na cara de Carlinhos: "Toma, filhadaputa! Toma!" Luisinho celebra também, porém mais contido — suficientemente abrupto para assustar Floquinho, que se retira. Os corinthianos Dodói e Carlinhos seguram o ódio na garganta — houve o gol, e há a ética do gol: por um instante, é permitida toda e qualquer zombaria. Se resignam. Todos bebem mais uma rodada e a garrafa de salinas de Monteiro já quase chega ao fim.

Tia Marluce, Katarina, a Loira e Ana conversam e, durante as comemorações, fazem uma pausa — como quem espera uma motocicleta barulhenta passar, as feições amarradas e amargas. Voltam a debater sobre plantas — iniciando nas orquídeas, já falam sobre o terreno baldio do bairro, em que crescem mamonas selvagens e no qual algum vizinho plantou viçosas espigas de milho; seguem sobre mosquitos, escorpiões, mazelas de terrenos baldios; chegam à história de uma vizinha que foi picada no banho, de como esses monstros pequenos porém fatais entram por ínfimos buracos e matam crianças, com a naturalidade e a convicção de demônios. Valéria, que estava à margem da conversa, tanto quanto Agenor e Ronivaldo, vai checar sua filha no quarto. A conversa prossegue sobre os ratos do rancho, que comem o plástico dos fios elétricos.

"Ratos não são de Deus", diz a Loira, esconjurando o mal-estar por espasmos sincronizados dos ombros.

"Quando eu era pequena", diz tia Marluce, em um devaneio infantil, "tinha muito mais rato. Os ratos do Velório Novo andavam debaixo da terra, e revolviam o chão; as árvores naquela época eram maiores; cinzas, como se fossem as noivas feias dos ratos."

"Não são de Deus", reitera a Loira, ao que dona Ana acrescenta:

"Eu é que não tenho medo de rato. Na época em que meu finado marido estava doente, surgiu no rancho um rato branco, terrível, olho vermelho, com jeito de lebre. Uma ratazana. Era como o primeiro experimento do Diabo, quando tentou recriar o Espírito Santo..."

"Cruz credo", se persigna a Loira. Katarina olha, e parece surgir em seu rosto um laivo de diversão. Sorri, um pouco receosa de seus dentes estragados.

"Apareceu essa ratazana, branca e grande. Meu marido tinha uma necrose no pé. Uma necrose maravilhosa, vermelha e preta, como os olhos dos ratos — uma hulha de carne. Não disse nada, mas sabia que a flauta apodrecida no pé de meu marido convocava os ratos — que especulavam. Essa ferida, que fazia o pé de meu marido se converter no pé de uma estátua, e que reluzia, vermelha, entre os fogos pretos de seu sangue — feito um carvão que se assopra ainda quente — não me repugnava. Era uma necrose absoluta, inconsequente. Cuidei dessa necrose com um amor obsceno. E, nas vigas ali — aquelas acima — a ratazana, quente de fome, nos julgava. Passou o tempo e meu marido foi levado daqui morto, sua boca aberta tentava explicar alguma coisa para o céu. Três dias depois, a ratazana apareceu morta. Ao ver seu corpo, boiando na margem do rio, chorei de amor e de nojo. Não tenho medo de rato, porque vi o rato imenso, branco, fanático, o rato cuja fome era paixão — esses, no telhado, me irritam com sua vulgaridade."

"Eram realmente muitos, naquela época", prossegue Marluce, "e nada podia ser guardado sem que se ofertasse a eles, aos ratos, um pensamento; somente pensar nos ratos permitia que pudéssemos guardar-nos dos ratos. Eram onipresentes, e a despensa era seu altar. Íamos à despensa, pegávamos a farinha de milho, e ratos corriam ligeiro em nossa imaginação. Supersticiosos, não tocavam na cruz de suas ratoeiras, e convertiam — por um impulso idealista — todos os alimentos e os não-alimentos em fezes idênticas. Eram muitos, naquela época, invulneráveis. Eram numerosos e bíblicos."

Katarina espera o silêncio tomar corpo, até que possa ser mordido, sonoramente, como uma maçã:

"Eu lembro desses ratos do Velório Novo, esses que tia Marluce conta. Tinham pernas pequenas e bundas gordas, rabos vivos como lombrigas e, no forro de casa, soavam pesados, e os confundíamos com gambás. Foram, junto conosco e com os cadáveres, os primeiros moradores do bairro. Realmente, ratoeiras não funcionavam. Mas meu pai tinha um jeito de lidar com eles. Pegava sementes de girassol, envenenadas, rosadas, de girassóis macabros e ilusionistas, e as colocava em um pires. Aí estava a diferença: os outros acreditavam apenas nas sementes. Meu pai, não. No pires com sementes amendoadas ele deitava cachaça. E, então, achava um lugar obscuro do forro. Dizia: 'Pode esconder o quanto quiser — eles vão achar; são criaturas feitas para a festa, como os homens'. E assim sucedia. Os ratos encontravam a oferenda: a mesma morte deliciosa que lhes enchia as línguas de saliva. Durante uma noite e uma madrugada, os ratos festejavam. Era uma orgia. Gritavam, dançavam, procriavam, violavam uns aos outros, se dilaceravam. Era uma noite de tormento, uma aguda tempestade de gritos. Ninguém na casa dormia. Sobre nossas cabeças, a meio-caminho entre nós e o céu, na altura subterrânea do forro, eles festejavam seu equinócio de fim do mundo. Era horroroso. Era assustador, pecaminoso, fascinante, uma explosão de esplendorosa ingenuidade. No forro, passadas as horas duras e finas da madrugada, prosseguia esse carnaval de ratos. Havia um momento, com a mudança dos guinchos, que em seus sons era possível absorver finalmente o entendimento da morte; eram guinchos de desespero e de descoberta. Nos dias seguintes, descobriam-se os corpos: estavam murchos e úmidos, feito quarta-feiras de cinzas."

"Isso é um horror", diz a Loira.

"Abominável", replica Katarina, com olhos sonhadores.

"Vamos mudar de assunto?", implora a Loira, mas o tema macabro ainda fascina, e elas pulam de charco em charco, se refestelam.

Carlinhos passa também por elas, que não se fazem de rogadas e molham as linguiças e as tiras de carne na farinha. O Taxista pede pimenta e é atendido prontamente por tia Marluce, que lhe leva o pote e a colherzinha. Molha a carne no óleo e seu rosto se avermelha. "Não vai aguentar", lhe diz Uander, em expectativa. Mas o Taxista aguenta e, por despeito, reclama:

"Picanha dura, carai — nunca vi!"

Dodói perde a paciência — a ética do gol não está mais em vigor — e responde, sério:

"Cala sua boca. O quê que você trouxe?"

"Não falei nada, irmão."

"Pois cala sua boca e não fala nada mesmo. Carlinhos, não traz mais carne pra ele não. Vacilão!"

"Calma, calma, gente", diz Monteiro, olhando o vazio embaixo da mesa, a cabeça girando ainda prazerosamente.

"Se fudê!", diz, também para calar-se, Dodói.

Carlinhos sente o prazer da vingança. Olha a televisão, o placar do jogo é 1 a 1. Seu time vai ganhar, tem a certeza de que seu time fará um, dois gols antes do término. Já ninguém come, então abandona a churrasqueira. Faz-se certo silêncio, exceto pelo jogo e pela música gospel.

Há algo de abominável se preparando, tomando forma no ar, como um gol.

Ao fundo, ouve-se o ronco da Senhorinha, o som arrastado e curto, em sua boca aberta nenhum dente e a inútil pulseira de um sonho.

O PÁSSARO PERMANENTE

Uivai, porque está próximo o dia do Senhor

"Você sabe que eu não gosto de música gospel", reclama Veridiana, a cabeça recuando de um lado a outro como bebês que recusam a colher.

"Vai, fica quieta e dança", impõe Gabriela.

As duas dançam coladas, de um modo vagamente irônico que as faz rir. Gabriela, que é quem normalmente se opõe às investidas da namorada em público, está solta, soltinha. É Veridiana quem, de boné virado para trás, nesse momento sente-se responsável pela vergonha.

Um trovão ruge, mas a chuva diminui. O rio incha, esverdeado pela noite.

Agenor não suporta o papo de dona Ana: "Esse traste aí, olha só: bebendo! Esse traste eu recolhi, que Deus ia levar ele." Dirige-se à Loira e Katarina, pois tia Marluce há pouco foi "mexer um pouco as pernas" e o pastor Ronivaldo olha e ouve tudo, sem olhar nem ouvir nada — feito um juiz cuja sentença ainda não foi demandada. "Ele vivia no bar. Mas não em um bar só, porque, como arranjava encrenca, tinha que ir pulando de bar em bar. Até porque não tinha mais crédito em lugar nenhum em que fosse conhecido.

Bonzinho, você fala? Que mané bonzinho que nada! É um traste. Teve uma vez que alguém ficou falando pra ele coisas que ele não concordava; e falou, falou, falou, até que ele deu com a garrafa na cabeça do homem. Abriu a cabeça dele. O homem falava e não se expressava, a ideia não se concluía, então o traste abriu a cabeça, pra ver se a ideia saía — só pode ser. Estourou o abscesso da ideia dele. E isso foi um dia, só. O homem até hoje manca de uma perna, do tamanho que foi a pancada na cabeça. Eu mesma tive que ir no hospital, junto com a irmã dele. Foi um dia, que ele tinha arranjado briga num bar, depois em outro, depois em outro, e estava nessa maratona, tentando bater o próprio recorde. A briga foi tão feia, que se não fosse eu e a irmã irmos lá no hospital, ele ia ser internado: louco furioso. Chega assim, como quem não quer nada, pede uma pinga, pede outra, aí se mete numa conversa que não é com ele. Misericórdia. Ele só não briga e não apanha quando as pessoas deixam passar, fingem que ele não existe. Não presta, eu estou te falando. Nem sei por que peguei ele e trouxe pra cá. Está aí, que não se aguenta. Eu dei pão pra ele, dei café, dei cigarro — um maço por dia, daquele que ele gosta, lá, do Paraguai. E, em nome do quê? Pra ele me desrespeitar — pra isso. Se não fosse eu, hoje ele estava tomando essa chuvarada, estava dormindo na rua. Porque nem a irmã aguenta ele."

O jogo prossegue na televisão. Carlinhos acende um cigarro e vira uma pinga. Se senta em uma cadeira de bar, de metal, que se abre e fecha aparentada a uma tábua de passar roupa. A logomarca da cerveja às costas já desapareceu, devorada pelo tempo e pela faminta pele das pessoas.

Monteiro não se move e não pensa em se mover, exceto para ir ao banheiro. Esparramado na cadeira, bebe largos tragos de cachaça e mistura com cerveja. Seu copo é um denso cone de ouro, sem espuma. É Agenor, portanto, quem se aproxima e puxa uma cadeira. "Monteiro, você já andou num Jetta? Da Volks? É brincadeira! Uma delícia", se expande Agenor, sem escrúpulos, chegando do nada e descrevendo sua paixão por um carro aleatório. "Jetta? Só sabe beber. Bebe mais que eu", dá o veredicto Monteiro, as sobrancelhas arqueadas, a ironia nos lábios.

"Mas não é essa a questão: a bicha anda, que você não acredita."

"Andar qualquer carro anda. É só saber tomar conta. Tem que saber ouvir, ouvir a rotação, o câmbio..."

"Não sei quantos cavalo tem, mas é cavalo demais! É muito cavalo!", tenta explicar Agenor, que sente não que o outro discorde, mas que não está sendo devidamente compreendido.

"Volks não presta. Eu te falo uma coisa nessa vida: Volks não presta." Ambos ignoram o jogo na televisão, em que o Palmeiras é avassalador, e experimentam o sabor da contradição polida — que lhes permite, por ser polida, irem mais adiante, experimentarem as dores e os alívios de soluções difíceis, a tensionarem as ideias sem tensionarem os corpos, deixando, portanto, que as ideias façam sua própria luta-livre encenada, com seus exageros, suas mentiras conscientes e inconscientes, seu espalhafato, sua autozombaria; porque não há embate real entre corpos, podem experimentar girar com a ideia do outro no ar, arremessá-la nas cordas elásticas do ringue e recebê-la com o cotovelo na presumida garganta; e a ideia que acaba de receber o golpe — que, fosse real, seria também fatal — no chão acusa o golpe, mas em um átimo se levanta, buscando vingança — vingança ela mesma simulada; as ideias se pegam pelos cabelos, colocam uma a outra verticalmente invertidas, dão-se "pilões", voadoras, "*driving double axe handle*" e se espatifam sem dor, na deliciosa emulação de um amor-próprio (que por isso, por estar sendo emulado, é invulnerável). Por estarem protegidos pela polidez — não uma polidez conservadora, temerosa, mas, muito pelo contrário, uma polidez de ataque, capaz de desembaraçar ousadias e aventuras de outro modo relegadas ao rancoroso e silencioso ruminar cerebral — por estarem protegidos pela polidez, podem seguir nessa luta-livre, nesse talmudismo, em que teses e contrateses se chocam pelo bem do choque; a luta-livre, esse filho bastardo e tardio do Talmude, lhes dá a chance de reconhecer a beleza do argumento alheio e, no entanto, não se render a ele, acreditar sempre em mais — como se acionado sempre o "modo messiânico" — ainda que a ideia ou a tese sobre o Gênesis seja de uma plasticidade tão perfeita quanto um "*suicide dive*". Ao fim, compreendem que as teses são pontos de partida, e que a beleza da Criação está no movimento; e então se movem, dançam, se ofendem, cospem, giram estrelas, simulam soberbas excruciantes, celebram com o público sem notar que o adversário voa por trás em uma tesoura fantástica — porque não existe definitivo, não existe morte, senão puro e completo e inadiável movimento. Montando o teatro das ideias — Jetta ou não Jetta, Volks ou não Volks — preparam um teatro de bonecos em uma caixa de sapato, e observam com gosto, com fantasia, com intensidade e envolvimento legítimo essa dança de astros, esses giros de planetas, meteoros, as pernas das tempestades de pó acertando a boca-do-estômago do próprio arrebatamento, as chagas, os cílios da galáxia, a páscoa, a cruz, a supernova; e experimentam, simulando, o prazer de um Deus que observa, e que se envolve, como se acreditasse em sua própria Criação; e, assim, Agenor e Monteiro experimentam o prazer do debate, porque de algum modo imaginam que é assim que se dá o prazer de Deus por suas criaturas, por eles, suas ficções. Pela discussão do número de pistões em um carro, os dois se alçam aos céus, e observam — sentindo calor — o peito aberto em que se mostra um sol, de hemorrágico hidrogênio, quente como um motor ligado; como alguém quando docemente se crucifica no mar e, flutuando, coloca a si mesmo como objeto, e experimenta as ondulações por que passam os objetos, a paixão das águas e a dança do mar, a única linguagem do líquido; abandonando-se à ideia, por mais banal, sentem o pulsar de algo anterior à ideia, o ritmo de suas contradições, dos músculos, da água, de uma coisa chamada Movimento. E Agenor e Monteiro riem. Também se abrasam, são por vezes duros um com o outro. Porém, a todo o momento sentem o prazer de perseguir algo banal em direção ao absoluto — as coisas banais muitas vezes passam por debaixo da cerca da transcendência. Não debateriam com tanta intensidade, ainda que com ironia, se não acreditassem, se não estivessem inflamados pela própria realidade, se a realidade não estivesse ali, ao alcance da mão, enfiando-se como uma farpa sob a pele. Prosseguem falando sobre carros como se fossem o que há de mais importante no universo, pois o que há de mais importante no universo estava, por intuição, também ali atrás, movendo e misturando-se às coisas. É como se dissessem: em cada coisa há oculto um motivo, um motor, uma máquina que explode sob o influxo da gasolina da crença. E que o homem e a mulher creem, creem a todo o tempo, em todas as coisas. Porque aquilo que faz acreditar é ele próprio, a contraditória Criação, o inominável Movimento. Então procediam em seu curto, ligeiro espetáculo; dois amigos que se fantasiaram para se tornarem os adversários de luta-livre — "*Bright horse killer*" contra "*Bull-Bus* Monteiro" — vestiram o colã ridículo da certeza e odiaram-se com carinho e acrobacia; dois talmudistas, puxando as tiras das teses, das contrateses, puxando a realidade para lá e para cá, oscilando na cadeira-de-balanço do cérebro, até que tornassem a realidade plástica, feito goma, e arrastassem os sentidos das coisas, esticassem, tracionando os cabos-de-guerra do espírito; experimentavam as aparências, o aparente sem-sentido do movimento, da crença, da certeza que se move e se espatifa, entre os astros e sobre a áspera carne da língua, e cuja alegria, cuja intensidade provam algo — ainda que superficial — sobre a verdade do mundo. E seguiram até o cansaço, os dois talmudistas automobilísticos, os coreográficos lutadores que questionam a esmo a tese, espúria, da falibilidade ou infalibilidade da Volkswagen.

A seu lado, tia Marluce caminha como um papagaio de asa cortada. Se aproxima das crianças e deixa desmoronar lentamente seu corpo esférico. Segurando no ombro de Vitinho, vai caindo, se desmontando como uma cadeira de praia, gemendo, as juntas explodindo ruidosamente, o quadril gritando mudo, debaixo da água da dor, e então se espalha e, feito um joão-bobo, vai para trás e para a frente, rindo, como uma criança na montanha-russa de seu próprio corpo. As crianças se assombram e riem também. Estão todos — ela, Vitinho, Lorenzo, Maria e José — espalhados em redor do cachorro, cujo olhar já não demonstra medo, e que começa a pular de colo em colo. Estão esparramados ali como em um presépio. Tia Marluce conta a história de um cachorrinho que teve quando pequena, e ninguém lhe dá atenção. Acariciam o Atleta, e Maria pergunta: "Quê isso?", apontando para um tumor na coxa. "É feridinha", esclarece Marluce, "só uma feridinha. Não! Não aperta!", e todos estão passando a mão no cachorro e investigando sua pele, dentro de sua orelha, como anatomistas coloridos em um quadro de Rembrandt, de um Rembrandt que pintasse com as cores das balas de goma. "Olha a pulga", tia Marluce mostra a pulga esmagada na unha, esmaltada por uma gota de sangue. Surte efeito: menos para salvar o cão que para atrair as crianças, atropelar suas inteligências com o absurdo. "Ela tem pulga?", pergunta Maria, e Zé a corrige: "É ele, não é ela. Tem pinto, você não viu?", com uma crueldade justificada e satisfeita. "Não fala assim", corrige Marluce, enquanto as outras crianças riem c Maria faz bico. "Ele se chama Atleta. E tem pulga, sim, olha só: aqui, outra!", e, como uma mágica, ninguém vê nada, mas logo surge a minúscula gota de sangue em sua unha. "Ele tem pinto!", declama Vitinho, contente, colocando a mão na frente da boca como se isso já fosse, por si, repressão suficiente. "Para, meninos! Que pinto que nada!" Lorenzo não compreende e, em seu delírio, algo semelhante ao delírio submarino da Senhorinha, passa a mão no corpo do cachorro, que se deita para receber o carinho, mas o faz não para acariciá-lo, senão para ver a pele branca quando arrasta sua mão a contrapelo. "Mas ele tem pinto sim, tia", diz Zé, algo altivo, para ser engraçado, cruel, mas também com o intuito de sentir o mentolado bálsamo de quem tem uma pernóstica razão.

De repente, estouram gritos de gol, todos se assustam, o cachorro se apavora e, saindo da cama, se esconde entre as coxas, na barriga quente de tia Marluce.

Enquanto o bem existir o mal tem cura

O gol é um acontecimento extraordinário. Um evento. É como se se pegasse o copo da realidade e se o chacoalhasse, tirando daí um súbito, passageiro, efervescente coquetel de loucura. Os humores se alteram, se suspendem, são obrigados a juízos imediatos — enfim, ninguém está, jamais, preparado para o gol, por mais que se o espere. Raro, mesmo quando ocorre aos borbotões, mágico, insano, milagroso. E pode ser, por que não, um sortilégio. Quem, à ocorrência do gol, não sente de imediato a falência das esperanças ou o êxtase primitivo, este olhará sorrindo e abobalhado em redor como que tentando entender; os globos oculares giram e, em gostosa incompreensão, os não-fanáticos assistem ao inofensivo terremoto. Isso, é claro, no caso de um gol importante — como aqui, em que se dá o clássico derby paulista, com um século de história, mais de mil gols exasperantes e milagrosos como este, e para o qual se preparou todo um ambiente, os humores, as bebidas, as apostas tácitas, no qual a fé se imola visível, nua, à frente de todos em seu "agora ou nunca" ao mesmo tempo verdadeiro e mentiroso. Desde os tempos do rádio, quando os torcedores amassavam o chapéu à frente do peito, amassando a própria cabeça para dar passagem a um coração angustiado, e olhavam o vazio — desfaziam-se dos olhos, em nome da vontade da imaginação em tentar recompor o concreto — e, em um transe, recuperando os olhos e o sorriso, pulando, abraçando os amigos em camisas suadas; desde os áureos tempos da única televisão na casa, sob cujo espectro luminoso os amigos ou familiares se deixavam irradiar, como na visão extática de um milagre que não passa; e davam-se as mãos, levavam-nas aos olhos, implorando para que a imaginação, agora, desfizesse a realidade, ou com uma mão em copo seguravam a boca, calavam um espanto dolorido, inacreditável; desde o início do futebol, esse esporte irresponsável, que pode demorar mais de duas horas e terminar sem nenhum — absolutamente nenhum — ponto e, ainda assim, satisfazer um torcedor até a loucura ou o infarto do miocárdio, desde então o futebol tem criado esses momentos de carnaval imprevisível, efêmeros, *ad hoc*, uma quaresma antes do fim do campeonato. O gol é um milagre, um sortilégio. A depender de quais paixões arranca do subterrâneo e regurgita no cotidiano.

É gol do Palmeiras. O VAR não é acionado e o gol é inapelável. As pálpebras do Taxista se abrem ao máximo, antes que possa gritar; seu olho redondo fica mais verde, treme, com uma alta de pressão intraocular; suas sobrancelhas desaparecem debaixo da franja; sua boca se abre, os lábios sangrentos principiam a se abrir, a se arredondar como o olho; não é, de início, um movimento alegre: a fúria e a imprevisibilidade fazem seu queixo despencar, e seu rosto — vidrados os olhos — é o de Maradona em 1994. O gol é de imediato um ódio do mundo, uma vingança, uma justiça de Antigo Testamento. É o rosto de alguém que, em uma guerra, no corpo-a-corpo, ataca enquanto sente a baioneta lhe atravessar a barriga. Luisinho, por sua vez, também comemora, mas sem tamanha efusão. O Taxista pula, pula, grita, ofende, esculacha e sente todo o direito que tem de ser um malfeitor: quarenta minutos do segundo tempo justifica êxtases que outros gols desconhecem. E então, alcoolizado, liberto pela extraordinária virada de dois a um, começa a imitar um gorila. Grita, urra, bate no peito, vai pulando — ora caindo o ombro pra esquerda, ora pra direita — e em uma voz grave, não humana, repete a única palavra de sua língua: "Gol! Gol! Gol!

Gol! Gol! Gol!" arrastado — não exatamente grave, mas uma só vogal longa e áspera, um urro de urso. E bate no peito à frente de Carlinhos, e grita em sua cara — à mesma distância de seu rosto que Maradona da câmera, que queria devorar. Carlinhos baixa os olhos, sorri de raiva. Dodói está quieto, implorando para que o Taxista venha comemorar à sua frente — ali, intui ele, está traçada a linha vermelha que lhe permitiria desrespeitar a tradição, a imunidade diplomática da comemoração de gol. Mas o Taxista não vem. Demora um pouco para que se humanize de novo, comemore de modo um pouco mais humano, gritando, xingando e ofendendo claramente, com objetividade. "Achou quc ia ganhar? Achou, filhadaputa? Aqui é Verde, caralho, aqui é Verde seus filhadaputa!"

Dodói diz a Vivi:

"Sai de cima, tio".

"Ei, não tenho nada a ver com isso!"

"Minha perna dormiu. Sai. Vai!"

Sua perna dormente e o extravasamento contra a namorada o acalmam um pouco, porque também o envergonham.

Carlinhos sai da frente da televisão. Percebe, antes dos outros — talvez porque seu ódio o tenha levado à indiferença — que nada mais é possível fazer: o destino do jogo está selado. Aperta no bolso seu objeto mágico. Tira o maço de cigarro do outro. Bebe mais um trago, vai ver o final da chuva à beirada do telhado.

Embora não pareça estar chovendo, nos postes que iluminam o caminho até o portão, as lâmpadas — sob capuzes metálicos — são chuveiros luminosos. Entre a chuva, a escuridão e a luz, aleluias giram e se imolam.

A noite mostra seu focinho molhado e terrível — longe, do outro lado do rio, um rastro azulado-cinzento, cor do trinca-ferro, está borrado no horizonte, como se uma faca longa houvesse sido afiada na pedra ocidental. Os últimos pássaros diurnos mostram suas silhuetas mais escuras que a noite púbere, voam, molhados, pesados, arrependidos. Os morcegos fazem rasante nos rios e enchem suas bocas úmidas de mosquitos; outros, rápidos como o brilho de uma lâmina, voejam em redor da sete-copas e das mangueiras. Um fruto roxo como um hematoma cai, mordido, escorrendo seu vinho monstruoso.

Não há mais trovões, senão relâmpagos — muito ao longe, as nuvens ocultas surgem em convulsões de magnésio. É uma tempestade distante, só relâmpagos, cuja forma de iluminar as nuvens pretas tem a radicalidade e a recorrência de uma linguagem. Sob o rio, o pintado — com sua boca maior que o dia, grande e curva como um século — devora os peixes que acha mais bonitos, os circenses camarões que o divertem, corcundas e dourados sobre triciclos de quitina. Um enorme biguá para no esqueleto de uma árvore morta; um socó-jararaca espera, e grita da outra margem.

Carlinhos acende o cigarro e ignora a discussão atrás de si.

Fuma, a escarpa vermelha da brasa escurece e uma fita cinzenta de fumaça, sinuosa e de duas margens como um rio, sobe e se confunde consigo mesma, faz no ar desinteligências circulares. Carlinhos ouve entre a discussão e a gritaria a não menos alta gritaria dos sapos-boi; das rãs, que pulam no lago em nados-borboleta, suas coxas e braços humanoides deslizando no frio. Algumas flores, inchadas de chuva feito abscessos de perfume, explodem e provocam as criaturas móveis. As aranhas recompõem as teias destruídas, em que gotas jaspeadas, funambulares, se equilibram. O cheiro de mato está inchado, em produtiva putrefação. Os grilos já cantam mais alto que a chuva.

As gotas caem grossas do fim dos caibros e das beiradas das telhas. Carlinhos fuma, sua cabeça gira e faz rendas de ressentimento.

Atrás, o jogo já acabou, mas outra confusão começa. Enquanto as pessoas comentavam do jogo, ou reclamavam do exagero de um jogo que não valia nada, Uander — talvez sentido pela dor que seu ídolo Dodói sentia — observa que Sidney não fala nada; que não olha a televisão, senão para o lado, como que distraído. E então Uander se inflama:

"Quê que você tá olhando?"

Ninguém responde, mas todos se suspendem.

"Tô falando com você. É, com você mesmo! Quê que cê tá olhando? Perdeu alguma coisa?"

Sidney entende que Uander fala com ele, porque todos, covardemente, se viram para si.

"Eu? Não tô olhando nada, seu Uander", diz, em tormento imediato.

Uander larga o taco, que quica no chão em gritinhos ou risos finos.

"Não vai falar? Eu tô te vendo, seu filho da puta."

Monteiro se levanta, Agenor não tem tempo de se dar conta do que ocorre. Dodói espera, dona Ana grita "Uander, meu filho!", Katarina está em pânico. Quem não se move, e observa com fleuma inatacável é Zé Alfredo: apenas troca a perna que cruzara.

Gabriela e Veridiana estão paralisadas, Veridiana esperando o momento em que possa agir. Tia Marluce, até que se levante, demora séculos e não consegue falar de dor.

"Tira o zóio do meu filho, seu filho da puta. Se eu ver você chegando perto do meu filho, eu te mato, filho da puta!"

Todos entendem e ninguém entende nada.

"Mas, seu Uander, Deus que me perdoe!"

Ao fundo, a música evangélica clama para o nada: "Quero ser como criança/ Te amar pelo que és / Voltar à inocência / E acreditar em Ti".

Luisinho segura Uander o abraçando, como a dizer que era disso, na verdade, o que ele precisava.

"Não, porque essa bicha do caralho vem pra minha casa! E fica olhando pro meu filho!"

Luisinho percebe que Uander está procurando a faca do churrasco com os olhos e o segura mais forte.

"Segura, segura! Segura ele!", dizem em coro.

Katarina sai do torpor e pega seus filhos pelo braço. "Sidney! Vem!", e vai arrancando, as crianças seguras pelo sovaco.

"Seu Uander, pelo amor de Deus! Eu juro, eu nunca", e sem que consiga se explicar é afastado por Agenor, que lhe diz ser melhor ir embora. Ninguém lhe pede desculpas.

Quando já estão quase no carro, Katarina volta:

"E você, seu cretino! Vai ficar aí parado?"

Com a mesma fleuma, Zé Alfredo compreende e se levanta, como se nada houvesse acontecido. Vai ao carro. "E é você que vai dirigir", ouve, inapelável.

Carlinhos vê o carro se distanciar, uma das lanternas queimada. O escapamento tosse e treme com vapores condensados. Joga a bituca fora, quando pressente que o Taxista está vindo em sua direção, com o intuito de mijar no mato, de um modo semi-ilegal.

QUIROGA

Gato e sapato

No rancho, a turma toda discute. É uma assembleia, e só Vitinho e Lorenzo ficam de fora. Lorenzo chora e um ranho desesperado cobre seu rosto roxo. "Você tá errado, Uander", diz-lhe a mãe; Luisinho lhe dá razão parcial: "Se fosse com o meu filho..." Dodói bebe mais, ouve e não se manifesta. O resultado do jogo ainda o abala: é um torcedor convicto, leal, um atormentado diácono do Corinthians paulista. Aproveita, contudo, o momento de anomia e acende um baseado, que, por um momento, as pessoas fingem não notar. Vivi e Veridiana se aproximam e fumam com ele.

A Senhorinha está semidesperta. Observa tudo, a confusão, e o sorriso no rosto demonstram que está feliz por haver chegado ilesa ao inferno. Não diz nada, para de sorrir e mama o azul do ar.

E logo a aproximação de Veridiana dá a dona Ana o pretexto que esperava:

"Mas, quê que é isso? Dodói, meu filho! O que que você tá fazendo?"

"Ah, tia, dá licença."

"Não", interrompe Ronivaldo, "dá licença o senhor! Aqui vai ter oração. Isso aqui agora é a casa de Deus!"

Dodói começa a rir. Seguem-no Vivi, e depois Veridiana. Sem que saibam a razão, estão os três rindo até se torcerem. Dodói tosse e ri um riso fumarento, apertando o diafragma. "É só um traguinho, tio", explica; e oferece, a voz como que embargada de gás hélio: "O senhor quer?", e então os três desabam em gargalhadas e tosses.

"Dona Ana, assim não dá", se revolta o pastor.

"Uander, fala pro Marcelo apagar esse cigarro" e, como Uander não se move:

"Já!"

Dodói está rindo e repetindo: "Cigarro... cigarro! Onde já se viu? Viu? Onde já se viu?", enquanto Uander se aproxima. Aceita a incumbência de ser o apaziguador, após haver sido o terrorista de há pouco.

"Dodói. Dodói! Dá licença. Dá aqui. Respeita minha mãe", com tom calmo, pega o beque e o apaga, um toque de dedo na língua, um toque na brasa.

"Desculpa, tia", pede o líder do PCC, e baixa a cabeça, ainda rindo.

Quando na curva do rancho o Taxista se aproxima, Carlinhos o espera. "Você tá aí?", lhe pergunta o Taxista, surpreso. "Quero te mostrar uma coisa", resmunga Carlinhos entredentes.

E então o Taxista para:

"Ãh? Quê que é, agora?"

Carlinhos tira do bolso sua relíquia. "Me respeita", diz ele, enquanto vai mostrando a fonte de sua fé, de sua honra. Aquilo que o define, seu CPF sagrado, seu Registro Geral particular. Ali estão sua pessoa física e metafísica.

Trata-se de uma fotografia. Velha, muito manuseada e com um sulco em cruz, por haver ficado por longo tempo dobrada. O Taxista espera impaciente que Carlinhos mostre o que tem para mostrar, porém, agora, sente alguma curiosidade. E Carlinhos desdobra seu relicário. É uma fotografia da década de 1990, de fins do século, com todos os seus modismos, colorações, espíritos. Há um flash branco que estoura a imagem, bem ao centro, e que lhe dá uma aura de santidade, de revelação — a imagem é visível por trás dessa sombra branca, dessa neblina da representação. É possível ver duas figuras, algo inclinadas em direção à câmera. As mãos dos dois fazem joia: um joia precioso, grato, de uma honestidade lancinante. Há um saguão de hotel, longe um balcão de atendimento cujo recepcionista sorri, compreendendo a importância do momento, como nas pinturas da descida de Nossa Senhora os camponeses são tomados pelo êxtase, pela maravilha. Há um elevador de portas abertas, um carpete marrom-avermelhado, alguém que passa desatento ao milagre. E, após um segundo de confusão, o Taxista enfim os distingue: é Carlinhos, jovem, ao lado de Marcelinho Carioca, o inesquecível craque do Timão. Estão com um braço em volta do ombro um do outro, no centro espectral do flash, e sorriem mostrando os dentes: os olhos eram púrpuras, como de grifos, como de galos. Marcelinho Carioca e Carlinhos, no saguão do hotel onde Carlinhos trabalhou, abraçados, fazendo joia, sorrindo, juntos ali para sempre, até o fim dos tempos — quando, como Rousseau, chegará à presença de Deus com sua confissão fotográfica debaixo do braço. Era sua relíquia. Os lábios bêbados de Carlinhos tremem, ele sente a terrível, incontrolável força da lágrima no fundo do peito, da glote e dos olhos. "Olha aqui. Olha bem aqui", aponta com o dedo trabalhado, machucado infinitas vezes, machucado antes de seu nascimento, antes da aurora do mundo, esbranquiçado pelo adâmico calo; e bate seguidas vezes no centro da foto, no centro do flash — por onde entra a pomba química, a pomba de sódio do Espírito Santo — e mostra-lhe a Verdade, sua Bíblia de uma única imagem, sua ilha no mundo, sua Salvação; aquilo que entregará somente ao Deus Altíssimo, e a mais ninguém, e Deus a receberá, e olhando verá toda sua pureza, sua alma translúcida, sua humildade, sua companhia do grande e pequenino Marcelinho Carioca; e o Deus Altíssimo passará em seu rosto a mão machucada, os dedos de pedreiro, de maçom de mundos, e o engolirá, em um único sopro, para dentro da infinitude; e à frente do trono de Deus, sobre cada um dos tijolos de fogo da fé, estará a relíquia, a fotografia de Carlinhos e Marcelinho, a provar, para todo o sempre, a pureza das criaturas de Deus. E seu Filho chorará, crucificado mais uma vez, desta feita nos sulcos da fotografia dobrada e desdobrada, e perguntará — desesperado, doído, sem jamais obter resposta: "Pai, por que me abandonaste?" E Carlinhos estará, finalmente, para sempre entre os seus, devolvido aos campos de futebol infinitos, à grama e à sombra do Senhor. "Tu és", dirá Deus, e depois voltará ao absoluto silêncio, "meu eterno lateral".

O Taxista abre os olhos, perplexo, leva a mão à boca e desata em uma longa gargalhada — talvez influenciado pelos risos que ouve ao fundo: "Grosso! Foi um grosso!", diz, referindo-se a Marcelinho Carioca, e se dobra, bate na própria barriga, entrando em um transe humorístico. Enfim, vai mijar, não sem antes passar por Carlinhos, dar-lhe uma ombrada e afagar seu cabelo crespo, como se fora uma criança. "Marcelinho! kkkkkkkkkk" e apoia a mão no tronco da árvore, dando as costas a Carlinhos, que ouve um peido — horroroso, de churrasco — o jato de urina e a risada, que não para, e que faz cessar o jato, que depois volta, uma urina longa de cerveja.

"Kkkkkkkkk. Um grosso, isso sim!"

Então todos veem e não conseguem agir quando Carlinhos volta à cozinha, pega a faca de cabo branco, engordurada pelo churrasco, e andando firme e rápido vai ao homem que mija, e lhe corta o pescoço. Ninguém foi capaz de interrompê-lo, de perguntar-lhe qualquer coisa; ninguém teve tempo, juízo, sensatez; ou ninguém nada pode contra a fatalidade, contra a Roda do Destino, e apenas observaram o que já então, antes de ocorrer, era irreversível. E o Taxista é degolado do mesmo modo como muitas e muitas vezes Carlinhos degolou frangos. Sua camisa da seleção brasileira se tinge de vermelho, ele segura o pescoço aberto, como que querendo calar essa nova e imensa boca, boca de pintado, esse bagre e essa brânquia artificial, e de joelhos, ainda mijando, enforcando essa guelra de sangue, cai, convulsiona, chuta e se balança, já como um cadáver.

"Meu Deus! Meu Deus!", exclamam. Há gritos, a pressão de alguém cai, os homens e as mulheres histéricos. As mulheres que não estão atônitas protegem as crianças, há um rebuliço imenso de gritos, de choro e de pavor. O pastor é quem primeiro menciona a ideia de chamarem a polícia.

Então, voltando à presença de espírito, Marcelinho Dodói se aproxima e fala com uma autoridade total, inelutável:

"Cabou. Tá morto."

O cheiro é horrível, cheiro de sangue, de morte, de absoluta falta de sentido.

Se levantando e deixando o corpo no chão, o qual empurra com o pé — como a tirar zombeteiros sinais vitais — Dodói resume:

"Ninguém faz nada. Ouviu! Todo mundo quieto. Aqui, aqui!" E estala os dedos à frente de quem está em choque. Tira a faca da mão de Carlinhos, o empurra suavemente, como a mandá-lo para o meio dos outros:

"Ninguém vai fazer nada. Não quero ver um celular! Um! Todo mundo vai ajudar. Vai, você, pega os pés; você, me ajuda com as mãos. Ninguém fala nada! Deixa que com a polícia eu resolvo."

Não o desafiam. Sentem uma vontade terrível de apenas obedecer. De chorar, gritar e obedecer.

Um pardal, extraviado, pousa sobre a laje do fogão a lenha apagado. E olha, sem compreender.

GATO E SAPATO

Cheiro de pássaro

Cheiro de pássaro. As costas de um pássaro, cujo cheiro é coletivo, perfumado pelo óleo sagrado que excreta e pelo látex de seu excremento. Que as nossas narinas se preencham com aquilo que o pequeno corpo torna volátil, com sua existência que cheira além de si, emprestando um pouco ao ar e ao vento a fragrância de sua consciência. Cheiro de pardal, entediado de parasitas, o castanho, o preto, o cinza de sua cabeça de deus, esse cheiro de coisa amaldiçoada pela virgindade eterna, pela imaturidade do milagre. Este mesmo pássaro que entra pelas frestas das capelas e que nidificou no ouvido esquerdo de Bach, deixando ali filhotes cegos, cada um com o nome de um Evangelho. Um fiapo de nuvem no pescoço, a cabeça inclinada perguntando, de um modo doméstico, nas árvores das praças ou no molar da montanha, se está ali a princesa cercada de fadas e de pulgas. A princesa que arrancará da sua própria carne a próxima geração, semeando no futuro seu cheiro de pássaro. Se houver pardais para sempre, o Tempo depositará armas; medieval, fechado em aço, o estrondo será enorme porque se quebrarão os joelhos do Tempo, sua articulação inflamada de nostalgia; o Tempo chorando, ajoelhado em frente ao ninho, em sua boca no lugar de dentes todos os ovos dos pardais.

Cheiro de pássaro, essa alegria que os pássaros alugam com suas plumas para os carnavais. A alegria, esse algo tão misterioso como suas garras, congenitamente tortas; essas unhas cheias de dor e que voam, unhas que voam recolhidas como se segurassem uma esfera. Que o pássaro ande na palma da mão da árvore e a faça sorrir por dentro, e que, tocada no melaço de sua inteligência, suas raízes dancem até a morte. Em seu oco, a gema, a uva do sol, desenhando com carbono uma cabeça e duas asas assimétricas como seios. A árvore morrendo, fazendo mímicas no escuro. E o filhote saindo do ovo, como uma interrogação espanhola, cego pelo canto de uma estranha proteína com um jeito de bordado e nata. E seu cheiro vagamente celeste, vagamente marinho, evolando da árvore que mesmo morta ejeta um formidável baralho de pássaros. E ali ficam os filhotes. Barulhentos, só pescoço e gritos, mais tênues que o sonho de um menino recém-nascido, aqui e ali brilhantes com o cálcio de seus berços, nas despenteadas ruínas infantis eles clamam por Deus sem consolo à vista até que lhes chegue o verme pela boca. Que se cheire estes filhotes, até a saciedade. Que o excremento dos pardais nos pátios das prisões forje, à noite, na cabeça do homem, um bem-aventurado sonho de fuga. Que se perceba no castanho dos pardais que toda essa infinita angústia é a mola, o tomar impulso — o grito será apenas uma astúcia da asa.

Cheiro de voo e cheiro de pássaro. O ovo físico, a lua — a fé que encheu o céu do planeta de répteis. O cheiro do pássaro é o cheiro de sua última mão, de sua mão entrando primeiro, junto da maçaneta, no próximo Paraíso. É o cheiro de tinta, de permanência, em uma tese ainda fresca. O cheiro da primeira pedra não lançada em Maria.

QUIROGA

Bonito e cruel como uma crase

O pardal voa e o corpo do Taxista cai como uma capivara na água. Eles podem vê-lo afundar, e depois boiar, girar sobre o próprio eixo. A correnteza, pelas chuvas intensas na cabeceira e pela abertura da comporta, está favorável e o arrasta para o meio do rio. Luisinho ajuda, empurrando-o com um bambu.

Dodói garante que nada acontecerá, o que não desanuvia certas desconfianças. Ao olhá-lo, se percebe que fala sério. Tia Marluce, em choque, não fala, não pensa, quase não respira. Dodói o nota, mas decide que conversará com ela amanhã, que hoje ela dormirá no rancho com dona Ana. "O carro dele eu dirijo", determina, "e Vivi vai embora com o meu."

Mas o pastor Ronivaldo, muito sereno, coloca a mão no ombro de Marcelinho, que se choca e se acalma. "Tá bom, meu filho" e, seguindo à ponta do píer, molhado pela chuva fina, se volta para seus fiéis e diz:

"Chegou a hora. Em nome de uma alma — tenha quem goste ou quem não goste — em nome da alma de um homem, vamos orar."

"Amém", dizem dona Ana e Marluce, voltando por um segundo do estupor. Todos, bêbados, transidos pelos acontecimentos, pela loucura instantânea e histórica da alma, erguem as mãos, ou fecham os olhos e baixam a cabeça, concentrando-se na força da oração.

Ronivaldo recoloca o paletó. É uma figura escura, de trajes escuros, de pele escura, sob um firmamento escuro, sobre um rio escuro e lavado, negro, transcendente. Ergue as mãos para os rumos de onde vêm os relâmpagos, que se atiçam e eriçam suas pernas amarelas e quebradas de inseto. Está suado, pela loucura dos últimos momentos. E sente no peito, mais do que nunca, a fé e sua imensa cauda de dúvidas. Olha o céu, as gotas que caem por quilômetros das nuvens lhe mordiscam a esclerótica do olho. Ele pisca, enche o peito de ar, e grita:

"Senhor! Senhor dos Exércitos!"

Todos sentem uma agulhada interior. O corpo gira no rio, degolado.

"Seja feita a Vossa vontade, Senhor. Pai, Pai dos nossos sofrimentos. Pai também das nossas alegrias: seja feita a Vossa vontade."

A chuva prossegue fina, beliscando o rio.

"Nós estamos aqui — há tanto tempo, Senhor! E erramos como o profeta pelo deserto, bebemos só da sua água, comemos apenas da tua areia, e seguimos em luta. E, quando alguém levanta a voz contra Ti, meu Pai, nós levantamos a oposição. O Senhor, que é a cruz, é os dois braços do povo, e também o pé que pisa as profundezas, a boca de todas as estrelas. Nós andamos por aí, perdidos, procurando nosso pastor. E balimos, e gritamos, e no meio do grito alguma coisa em nós dói, bem dentro do peito. E sai de nós um entendimento. O divino pastor estava dentro da nossa boca. O divino pastor é uma parte, no meio de nós."

Peixes numerosos como em um milagre mordem o corpo que gira, rio abaixo.

"E é com esse entendimento, meu Pai, que nós agora te pedimos: seja feita a Vossa vontade. Te pedimos, Senhor, que seja feita a Vossa vontade. Com esse entendimento, de mãos dadas com o nosso pastor, com teu Filho, já não erraremos mais. E pedimos — seja esta a Vossa vontade — que o homem que nos deixou, agora, possa encontrar a Vossa paz. Que caminhe entre cordeiros e leões, entre cabras e ursos, que coloque a mão no ninho da serpente e não tema mais: porque foi feita a Vossa vontade. Que ele encontre a paz do Vosso lado, para que, assim, possamos encontrar também a nossa, aqui, com o auxílio do nosso pastor. Tenha convosco Vinícius, que nós aqui chamávamos de Taxista, com toda Tua ternura. Receba ao Teu lado Vinícius, ensina a ele a Vossa palavra, recolha a alma do nosso amigo e a derrame em Teu infinito rio de amor. Mostra ao Vinícius toda a Vossa bondade e toda a Vossa misericórdia. E perdoa também, Senhor, nosso amigo Carlos. Perdoa a todos nós, que não pudemos ajudá-los, ao Carlos e ao Vinícius. Derruba os Vossos inimigos da Babilônia e perdoa o mundo inteiro, de novo, Senhor — só mais desta vez. E, quando chegar a hora, pediremos ao nosso amigo Vinícius que nos perdoe, porque até lá ele já terá sido perdoado. Que o Senhor nos escolha a todos, na fé de que não haja sorteio entre nós. Por toda Vossa misericórdia — Amém!"

Eles voltam em silêncio, pisando nos cascalhos. Estão seguros e atordoados. Apenas dona Ana é capaz de dar a cada um dos presentes, inclusive a Carlinhos, as seguintes palavras de consolação:

"Vai ficar tudo bem, filho. O que Deus quiser que seja, será."

Veridiana e Gabriela estão abraçadas, apertadas em um nó. Seu choro é convulsivo. A Loira segura a mão de tia Marluce, a consola, mas Marluce grita e soluça, feito um bebê. Monteiro senta-se, os dois cotovelos nas coxas, as mãos no rosto. Dodói dá um beijo em Vivi e vai falar ao telefone, no meio da horta encharcada. Valéria e Uander estão cuidando das crianças, dentro da casa, tentando acalmá-los, enganá-los e explicar-lhes o inexplicável. Agenor chora não pelos olhos, mas pelo nariz, que limpa com a manga da camisa.

A televisão foi desligada, o rádio também. De repente, Kauane aparece, vinda de seu coma alcoólico. Seus cabelos estão desarrumados como os de uma medusa, as pálpebras pesadas, anda com pés separados de pato e arrastando os chinelos:

"Nossa, gente, que silêncio! Quê que aconteceu?"

A Senhorinha olha em volta. Nota que Adauto desapareceu, novamente, como há muitos anos atrás.

A Senhorinha mama o ar, e para.

Algo, por trás das cobertas, se mexe, vivo, em sua barriga.

Fim

BONITO E CRUEL COMO UMA CRASE
QUIROGA

pólen bold 90 gr/m2
tipologia calisto mt
impresso na primavera de 2024